TA VIE SANS FILTRE

14+

D'ALCOOL À VOYAGE : **100 MOTS** POUR TOUT COMPRENDRE

Loi n° 49-956 du 16 juillet 1949 sur les publications destinées
à la jeunesse modifiée par la loi n° 2011-525 du 17 mai 2011.

www.mangoeditions.com

Instagram **@mangoeditions**

ANNA TOUMAZOFF
Illustrations de MÉLODY DENTURCK

TA VIE SANS FILTRE

14+

D'ALCOOL À VOYAGE : 100 MOTS POUR TOUT COMPRENDRE

MANGO
jeunesse

AVANT-PROPOS

AU PRINTEMPS 2019, j'ai commencé mon aventure dans un café, parce que c'est entourée que je me perds le mieux dans mes pensées. Cela faisait alors un an et demi que tonitruaient publiquement nos colères féministes – mais il restait (et il reste encore), trop de mauvaises personnes savamment planquées et attendant juste que cesse la pluie. Le tonnerre grondait dans mon cœur (et là aussi, rien n'a changé depuis), et pulsait en moi l'envie de sauver celles et ceux que je pouvais, de devenir la grande sœur à l'épaule sur laquelle s'appuyer que je n'avais pas eue. J'écrivais, çà et là, des bouts de phrases dans l'espoir de faire taire les maux en moi. Alors, seuls m'apaisaient ces espaces populaires où, rythmée par les machines à café et les tireuses à bière, bruisse la vie et ses éclats de voix.

C'est épuisant, parfois, d'avoir en telle horreur le silence. Mais la tranquillité ne m'a jamais tellement plu et crier seule (tu vas le lire en boucle dans les pages qui suivent) ne sert à rien : je crois qu'à la longue, ça m'aurait tuée. Au contraire, crier ensemble, plongée dans l'amour et la violence de nos liesses combattantes, m'a sauvée. Je me suis élancée de toutes mes forces dans les batailles, perdant sur la route le sommeil, beaucoup de potes et le reste aussi. Quand soudain on secoue ainsi sa vie, on ne choisit pas d'avance ce que l'on sacrifie.

Quand j'ai lancé mes pages Instagram, j'avais pour seule ambition de clouer les becs sales qui toujours pourfendaient nos luttes par peur de ce que ces dernières allaient enfin ébranler. Et puis soudain, hashtag après hashtag, dans un tourbillon imprévisible, ces pages ont déclenché une détonation dans ma vie. Ajoutée aux errances solitaires liées au Covid, je me suis trouvée à tout questionner.

À 25 ans, qui est-on vraiment ? Et avant ? Et après ? Je crois qu'on ne cesse jamais d'être cette même personne qui, à travers les âges, tantôt se pose et guérit, tantôt se soulève et fleurit, dans de grands cycles aussi réguliers que l'histoire de nos sociétés. Nos histoires sont uniques, personnelles et pourtant si semblables ; tout ce qu'on peut partager, vivre ensemble ; toutes nos luttes communes et nos combats, contre nos démons, nos craintes, nos incertitudes et nos échecs, contre nos égarements, nos faiblesses et nos peines… Nous devons nous en saisir et les embrasser pour comprendre combien tout cela fait partie de nous et faire le choix d'aimer nos défauts et nos peines pour mieux nous accepter.

On est les mêmes, vous savez. Sous les parures, dans les assemblées, derrière les sourires, les soirs de fêtes, les jours de victoire et sous les figures imposées, au-delà des photos et de tout ce qu'on se dit, derrière ce qu'on prétend être, on est les mêmes.

ALORS, VOILÀ. Dans ce livre, tu trouveras du « bonheur malgré tout », pas celui d'Instagram, le vrai, celui qui crève l'écran, sans filtre, pour te rappeler que l'adolescence change tout, et qu'elle dure aussi longtemps qu'on n'a pas pleinement trouvé qui on est – d'ailleurs, s'arrête-t-elle vraiment un jour ? –, que l'aventure est aussi belle qu'elle est intense et qu'au fond la quête de la véritable connaissance de soi-même a cela de sublime que jamais elle ne se termine. Quel plus beau voyage que celui où l'on s'apprend ?

DANS LES PAGES QUI SUIVENT, tu liras sur qui être, pourquoi aimer, comment survivre, où aller et quoi devenir – parce qu'une chose est sûre, c'est que la route est encore longue devant toi, qu'elle sera sublime, parfois même aux heures des larmes, ou curieusement triste dans les moments d'allégresse et qu'elle sera pleine de surprises, de ces chaos où tout est beau. Tu pourras être absolument qui tu veux, parce que tu as droit aux paradoxes, qui sont le lot de la vie, capable d'offrir à la fois solitude et notoriété.

Je veux que tu aies toujours en tête que, quoique tu traverses et qui que tu sois, tu trouveras toujours du soleil au milieu des glaces et de l'amour dans les ténèbres, même les soirs où tout ne sera que doute. Souviens-toi que chacun de tes bonheurs en annonce des plus grands encore, car sans forcément s'enchaîner, ils se suivront. Il y aura de la joie, tu la mérites, et toujours des gens pour t'épauler, quelque part – même si tu ne les as pas encore trouvés.

Forte des dix années depuis lesquelles j'ai la chance d'avoir ton âge, je te donne toutes les armes dont je dispose et j'espère, aussi, l'envie de continuer à avancer et de tout savourer, seconde après seconde, pour remplir tes nuits d'espérance et tes jours, de lumière.

Plein d'amour,

ANNA

SOMMAIRE

ABC

DEF

GHI

JKL

MNO

PQR

STUV

ALCOOL

La vie n'est pas une feria – je l'ai souvent souhaité aussi, mais la réalité est ainsi faite : l'alcool n'est pas QUE drôle. J'aimerais te parler en adulte raisonnable et te dire de ne pas boire, jamais, sous aucun prétexte. Mais la vérité, c'est que beaucoup d'adultes raisonnables boivent de l'alcool, et qu'il serait très malvenu de te faire la leçon. Ce que mon expérience d'adulte peut t'apporter, en revanche, ce sont des conseils concrets sur comment consommer de l'alcool, si vraiment tu y tiens, mais en réduisant les risques.

IL Y A DE L'ALCOOL DANS TOUS LES ALCOOLS

Laisse-moi commencer par la base avant que tu ne le réalises à tes dépens : il y a de l'alcool dans tous les alcools. Que tu boives une bière, un shot ou un cocktail dans un bar ou un resto (ou à domicile si tu utilises un doseur), ton verre contiendra la même quantité d'alcool : ça s'appelle « l'unité d'alcool ». Pourquoi ? Le liquide est servi en fonction du degré d'alcool initial de chaque boisson : plus c'est fort, moins il y en a dans ton verre. Garde donc bien ceci en tête : une unité d'alcool reste une unité d'alcool.

UN VERRE STANDARD

Un verre standard = 10 g d'alcool = une unité d'alcool

2,5 cl de boisson anisée

2,5 cl de whisky

7 cl d'un autre apéritif

25 cl de bière

10 cl de champagne

10 cl de vin rouge ou blanc

2,5 cl de digestif

L'ALCOOL N'EST PAS UNE COMPÉTITION, TU N'AS PAS BESOIN DE BOIRE TOUT TON SOÛL

Ça n'a absolument rien de cool d'être la personne la plus ivre de la soirée, de vomir, de montrer tes parties génitales ou que sais-je. Ça peut arriver une fois (*spoiler* : on ne réagit pas à l'alcool de la même façon selon sa forme, ce que l'on a mangé, ou même l'humeur), mais n'en fais pas une habitude. Je le dis d'abord pour toi, que ça ne fera pas rire si longtemps d'être la personne dont on se moque parce qu'elle repousse toujours les limites et se donne en spectacle. Et je le dis aussi pour les autres : rien de plus insupportable que de faire la fête avec quelqu'un dont on sera forcément responsable à la fin de la soirée.

Te souvenir de tes soirées et de tous les bons moments que tu y passes sera bien plus satisfaisant que de te savoir capable d'ingérer de plus grandes quantités d'alcool qu'untel ou unetelle.

IL EXISTE DE VRAIES ASTUCES FACE À LA GUEULE DE BOIS

La gueule de bois est une vraie descente : ce qui a été ingéré va s'éliminer péniblement, pendant un temps plus ou moins long. En plus de la fatigue, ton corps est en manque de la substance. C'est la raison pour laquelle certaines personnes combattent ces lendemains difficiles en rebuvant. D'expérience, je te déconseille fortement de prendre cette habitude, qui est un moyen très sûr de développer une addiction (c'est-à-dire un besoin compulsif de consommer une substance). De plus, l'alcool déshydrate ton corps, ta priorité est donc de boire beaucoup d'eau et de te reposer – promis, ainsi, ça passe. Je te conseille d'ailleurs de commencer ton hydratation avant d'aller te coucher, directement après la soirée voire pendant celle-ci, en buvant jusqu'à un verre d'eau par unité d'alcool.

Les lendemains de soirée sont souvent synonymes de douleurs physiques, de fatigue, d'angoisses et même de déprime, selon les personnes. Alors, fais attention aux effets que cela a sur toi. Bois à nouveau beaucoup d'eau, repose-toi bien et, même si c'est tentant, ne te rue pas sur la malbouffe : tes organes ont été éprouvés par l'alcool, il ne faut pas continuer à les agresser. Ce sont aussi des journées où je te déconseille de prendre des décisions : en ce sens, si tu sais que tu as un emploi du temps bien chargé, abstiens-toi de boire la veille… ou fais-le avec une modération absolue et en veillant le moins tard possible.

ON NE MEURT PAS DE HONTE

Je reviens ici sur les symptômes psychologiques de la gueule de bois. Quand on a peu dormi et trop bu, tout ce qu'on a fait la veille semble bien plus grave, et ouvrir ses messages au matin peut être un moment vraiment très gênant. Pourtant, garde en tête quelque chose que j'aurais rêvé savoir plus jeune : « On n'en meurt pas de se casser la gueule. [...] On ne meurt pas de l'humiliation » (c'est pas moi qui le dis, c'est Jacques Brel).

À cause de la gêne, tu risques de décider de ne plus jamais boire – et tu peux le faire, d'ailleurs –, mais n'en veux pas trop non plus au toi sans filtre : si tu n'as manqué de respect à personne, ne te blâme pas d'avoir été trop sincère. Ce n'est pas grave de dire ce que tu as sur le cœur et, que ce soit dans le cadre d'une embrouille ou d'un *crush*, ça débloque parfois des situations – encore faut-il assumer ses propos, chose que je te conseille vivement de faire parce que c'est aussi ça, être adulte ! Cela étant, prends garde à ce que l'alcool ne devienne pas la première chose vers laquelle tu te tournes lorsque tu as besoin de courage...

LES TROUBLES LIÉS À L'USAGE D'ALCOOL SONT UNE RÉALITÉ

En lisant le mot *alcoolisme*, tu as sûrement en tête l'image d'une personne seule, triste, qui boit chez elle, à l'abri des regards. C'est un cliché, et c'est le problème : ce stéréotype nous empêche souvent de prendre en considération beaucoup de cas d'alcoolisme.

D'après les données officielles de Santé publique France (SPF) et de l'Institut national du cancer (INCa), on peut parler d'alcoolisme au-delà de dix verres par semaine, au-delà de deux verres par jour, et s'il est impossible de passer une journée sans alcool. À vrai dire, c'est déjà mauvais pour la santé en dessous de ce seuil, surtout sur un cerveau en pleine construction comme le tien ! Si tu sens ta consommation ou celle d'un copain ou d'une copine devenir problématique et que tu n'es pas à l'aise avec ça, n'hésite pas à le verbaliser et à consulter des médecins.

Malgré ces chiffres, l'alcool est souvent vu comme mondain et festif, car il a des effets euphorisants mais aussi anxiolytiques. Sans que tu ne t'en rendes compte, c'est à ces effets que tu peux véritablement développer une addiction, en solo ou en groupe, bien plus qu'à l'aspect désinhibant qui t'amuse avec les potes. Le problème principal, c'est que boire beaucoup passe pour un truc cool de gens sympas et drôles. Notre société glamourise donc l'alcoolisme, alors que cette addiction est une maladie – et la deuxième cause de mortalité dite « évitable », après le tabac.

APPRENDS À T'AMUSER SANS

T'es-tu déjà rendu compte que tu ne pouvais pas voir tes potes sans qu'il y ait un peu d'alcool sur la table ? Ça vaut aussi, d'ailleurs, pour les relations familiales. Dans de nombreux cercles sociaux, tout est prétexte à boire : une bonne nouvelle, des retrouvailles, un événement ou simplement un moment de détente. C'est ainsi que l'alcool devient un automatisme. Pourtant, on peut savourer le fait d'être ensemble et partager de bons moments sans alcoolisation. Réfléchis à ce que tu aimes le plus dans ces instants-là : ce que tu échanges et vis avec les gens, ou seulement le fait de boire ?

GARDE (UN PEU DE) TON CERVEAU ALLUMÉ

Quand tu bois, tu prends le risque de faire des choses que tu regretteras. En début de soirée, pense à ce qui occupe actuellement ta tête et ta vie et fais la liste des choses à éviter – celles auxquelles tu préfères ne pas penser et celles dont il vaut mieux ne pas parler. Pour être claire, je te lâche ici un super code de triche ; si le *drunktexting* t'angoisse, alors pose ton téléphone, quitte à demander à des potes de t'empêcher de le toucher.

Il y a bien plus important, néanmoins : un pourcentage énorme des relations sexuelles ont lieu sous alcool parce que cela semble tout rendre plus simple, dans un monde et à un âge où on n'a parfois pas le cran d'assumer nos attirances ou nos sentiments en étant sobre. Pourtant, ne pas boire te permettra de t'assurer que le consentement est respecté, pour l'autre comme pour toi. L'alcool n'est pas, et ne sera jamais, une raison pour l'outrepasser : une personne qui dort, c'est non ; une personne ivre, c'est non ; une personne qui n'a pas dit oui... C'est toujours non !

Dernière chose capitale : quel que soit le véhicule, ne conduis jamais en ayant bu, et ne monte pas non plus avec un conducteur ou une conductrice qui a bu. L'alcool donne une impression d'invincibilité : aussi, à tout prix, même si vous vous fâchez momentanément, même si dormir chez soi est plus confortable, même s'il y a des choses à faire demain, et malgré tout un tas d'autres bonnes raisons, ne laisse pas partir un ou une pote qui a trop bu. Des vies se brisent comme ça, se finissent à l'hôpital, en prison ou au cimetière. Le jeu n'en vaut pas la chandelle.

TU AS LE DROIT DE NE PAS AIMER L'ALCOOL

Il y a une réelle pression sociale sur le fait de boire, qui se manifeste dans beaucoup de nos cercles amicaux, familiaux, parfois même professionnels : il sera alors question d'être « bon vivant », de ne pas « gâcher l'ambiance ». L'idée que tout le monde doit partager la même ivresse pour danser ou avoir de vraies discussions, pour « se lâcher » sans honte, est malheureusement très répandue.

Pourtant, il existe de nombreuses raisons de ne pas consommer d'alcool du tout, ou très peu : avoir souffert d'alcoolisme, avoir un traumatisme lié à cette consommation ou des interdits religieux, suivre un traitement médical, ou tout simplement ne pas aimer en boire. Ces personnes sont d'ailleurs plus nombreuses qu'on ne le pense souvent : 15 % de la population française ne boit jamais d'alcool !

Alors, si tu en consommes toi-même, montre-toi cool avec les gens qui ne te suivent pas. Tu n'as pas besoin d'amener cette conversation ni d'insister : soit il y a une raison particulière et tu ne convaincras pas la personne – surtout si tu argumentes sous l'effet des trois verres que tu t'es déjà enquillés –, soit c'est une simple question d'envie, et là, il suffit de se mettre à sa place. Toi-même, tu n'aimerais pas qu'on te force, par exemple, à manger un aliment que tu n'aimes pas… Tu sais qui sont les gens qui disent des phrases comme : « Allez, tu aimes sûrement ça ! », « C'est juste que tu dois faire un effort », « T'es pas fun ! » ? Ce sont ceux qui ne respectent pas le consentement.

À la tienne !

→ VOIR AUSSI : DROGUE, HONTE, PREMIÈRES FOIS, SANTÉ MENTALE ←

AMITIÉ

Tu croises sûrement du monde, avec qui tu prends plaisir à passer du temps : potes d'école, du quartier, du sport, du théâtre, de vacances… Parmi ces personnes, certaines sont particulièrement importantes pour toi, si bien que tu as peut-être l'impression de ne pas pouvoir t'en passer : ce sont celles et ceux que tu considères comme des amis. L'amitié est un pilier de l'existence : c'est le lien qui unit deux personnes ressentant un attachement profond l'une pour l'autre.

UNE FORCE QUI FAIT AVANCER

À ton âge (et tout au long de la vie), on traverse des périodes où on ne sait plus vraiment ni qui on est, ni où on va, ni pourquoi – bref, on a beaucoup de questionnements. Ton corps change, tes relations avec ta famille aussi et, à l'école, ça se complique. Heureusement, tu peux surmonter tout ça avec de formidables soutiens à tes côtés : tes amis. Ce sont des personnes qui comprennent tout, qui sont là pour t'écouter et passer de bons moments avec toi, créant autant de merveilleux souvenirs. L'amitié donne de la force, à commencer par celle de tout affronter sans jamais rien craindre.

ENTRETIENS TES AMITIÉS

Tout le monde n'a pas la même façon de montrer son amitié. Le plus simple, c'est encore de clairement exprimer tes propres attentes. C'est une discussion qui peut te sembler un peu gênante, mais qui est extrêmement importante pour que tes relations correspondent à ce dont tu as envie ou besoin. Comme on a tendance à croire que notre façon de penser ou de communiquer est universelle, puisque c'est à travers elle qu'on voit le monde, on peut parfois interpréter certains comportements comme étant distants ou, au contraire, intrusifs. Autant gagner du temps et parler avec le plus de clarté possible.

Pour autant, inutile de te mettre la pression sur les preuves d'amitié dans toutes tes relations, car il y a des amitiés qui, même si on se voit rarement, ne changent jamais. Ce type d'attachement n'a pas besoin de preuves mécaniques. Assure-toi juste de passer des bons moments en compagnie de personnes avec lesquelles tu te sens bien et que tu as sincèrement envie de voir, et sois là, autant que possible, dans les moments de crise que tes amis peuvent traverser.

LES CINQ ATTACHEMENTS

Dans son livre *Les Langages de l'amour* (Éditions Farel, 2020), Gary Chapman dit qu'il existe cinq façons de manifester son attachement :

- Le temps passé ensemble (les fois où tu gardes les yeux vissés à ton téléphone ne comptent pas)
- Les services rendus (ou la faculté à proposer spontanément son soutien, à être là)
- Les mots positifs (ce qui inclut aussi bien les compliments que les déclarations explicites d'amitié, celles qui font si chaud au cœur)
- Les gestes (sur ce point, j'insiste sur la nécessité d'en parler, tout le monde n'est pas tactile)
- Les cadeaux (ça peut être juste partager un croissant le matin en arrivant en cours, ou un vêtement que tu aimes bien)

IL Y A PLEIN DE FAÇONS DE SE FAIRE DES AMIS

Ne confonds pas amis et potes ! Les amis sont les personnes devant lesquelles tu peux être sans filtre. Même quand on est populaire, qu'on nous invite partout, et que nos réseaux sociaux croulent sous les commentaires, il faut avoir auprès de soi des gens en qui on a entièrement confiance… en toutes circonstances. C'est génial de traîner en bande, ça permet de faire des tas d'expériences, de s'amuser et de passer du bon temps, et puis ça donne beaucoup de force. Pourtant, et retiens bien ça, il est important de bâtir de vraies relations interpersonnelles, des amitiés plus intenses. C'est-à-dire d'avoir, parmi ces groupes, des proches que tu vois parfois en tête à tête, que tu peux appeler et avec qui tu as des discussions à cœur ouvert sur ce qui vous importe vraiment.

Tu regardes peut-être d'un œil triste ces gens que tu connais et qui sont très entourés. En vérité, on met souvent du temps à le comprendre : les vrais amis sont rares et les apparences sont souvent trompeuses. Des gens très entourés sont parfois très seuls dans les moments difficiles. Ne complexe pas trop sur ton entourage : ce n'est pas une honte de ne pas avoir d'amis d'enfance, de ne pas avoir une super bande pour poster des photos, ou que tes amis soient encore plus proches entre eux que de toi. La seule règle, c'est que les personnes que tu fréquentes te fassent du bien, vraiment.

Si tu as une réelle impression de solitude, mais que tu ne sais pas où trouver des personnes dans une nouvelle école ou sur un lieu de travail avec qui partager ton quotidien, pas de panique ! Il y a plein de possibilités de se faire des amis : via les potes de potes, dans le cadre de loisirs, ou même sur Internet – en prenant quelques précautions quand même, tu ne sais pas toujours qui se cache derrière un écran. Tu n'es sûrement pas la seule personne à ressentir de la gêne, alors fonce ! Intéresse-toi à la vie des autres, à leurs passions, à leur famille, à leurs rêves. Demande des nouvelles régulièrement, propose des activités… Ça viendra beaucoup plus rapidement que tu ne le crois.

GARE AUX RELATIONS TOXIQUES !

Tout comme certaines relations amoureuses, certaines amitiés peuvent être toxiques. Même les années ne justifient pas de garder dans sa vie des gens qui n'y apportent rien de bon, au contraire, comme ce ou cette « meilleure amie » de longue date qui passe son temps à t'humilier. Rapproche-toi plutôt de cette personne que tu viens de rencontrer, mais avec qui tu te sens toujours bien.

Premier cas de relation toxique, les personnes blessantes ou hypocrites : ce n'est pas normal que la présence de tes amis te pèse, de craindre leur jugement à en avoir mal au ventre, ou de ne pas te sentir bien après les avoir vus. Ces personnes ne sont vraisemblablement pas des amis, juste des connaissances en qui tu n'as pas confiance. Tu as le droit de t'en éloigner.

Deuxième cas, les personnes très possessives : tu ne t'engages pas de façon exclusive en commençant une amitié. Il y a des gens qui ne peuvent pas concevoir que tu en fréquentes d'autres. Pourtant, et tu dois le leur expliquer, l'affection que tu as pour une personne n'enlève rien à celle que tu as pour une autre. Mieux, vous pouvez traîner ensemble à trois, ou à quatre, si cela ne crée pas de tensions ! C'est formidable de voir ses amis créer des liens à leur tour. Si on te demande

de faire un choix entre deux personnes, tu peux discuter avec la personne de ce qui la fait souffrir et de comment arranger cela, mais ne modifie pas ton comportement à cause d'un ultimatum : dans ce cas-là, c'est à l'autre de réfléchir à ses propres insécurités et de prendre une décision en conséquence, pas à toi.

Troisième cas, les personnes qui aspirent toute l'énergie : tu ne peux pas porter le poids de la vie de tes amis à leur place. C'est normal de les aider dans les moments difficiles, mais il n'est pas bon, en revanche, que leur santé mentale, voire leur survie, repose sur tes seules épaules.

Si quelqu'un exige trop de toi, tu dois pouvoir lui en parler pour rééquilibrer la situation, ou bien prendre tes distances. Mais fais aussi attention à tes propres tendances. Pas mal de gens expérimentent le syndrome du Saint-Bernard, qui consiste à vouloir sauver la terre entière – en s'investissant sincèrement dans la résolution des problèmes des autres. Rappel important : on ne peut pas réellement soulager les autres si on ne prend pas d'abord soin de soi-même.

UNE AMITIÉ PEUT S'ACHEVER

Les amitiés, comme les histoires d'amour, commencent un jour puis peuvent prendre fin. C'est même parfois préférable. On ne doit pas se maintenir dans des liens qui nous sont douloureux juste au nom du temps qu'on a passé ensemble ou de conventions sociales qu'on n'a absolument pas choisies.

Une amitié n'est pas obligée de se terminer dans le sang et les larmes, on peut juste discuter posément de ce qui ne va plus et n'est plus acceptable – peut-être pour se retrouver plus tard, en ayant avancé de son côté, ou pas. Quoi qu'il en soit – pour que tout se passe bien même si tu décides de ne jamais revoir la personne – il y a plusieurs règles pour rester honnête et éviter les problèmes : ne critique pas ta ou ton ex-ami dans son dos, même si tu apprends qu'il ou elle le fait. Ça ne donnera rien de bon ; ça te fera juste de la peine d'avoir sali une amitié qui t'a peut-être apporté à un moment ou un autre. Plus important encore : ne trahis pas ses secrets, même si tu as l'impression que c'est mérité. En amitié, on se livre intimement, et balancer derrière est littéralement la chose la plus sale qu'on puisse faire à quelqu'un.

À la manière du deuil amoureux, le deuil amical peut être douloureux, d'autant plus que l'amitié est supposée plus franche, moins mystérieuse, et surtout, plus simple que l'amour. On se dit que nos amis nous connaissent parfaitement, donc que si elles ou ils nous rejettent, c'est qu'on ne vaut rien en tant que personne. En vérité, les choses sont plus compliquées. Deux vécus s'entremêlent, et on n'est pas responsable des émotions de l'autre, qui peuvent être déterminantes dans son comportement et sa décision de rompre l'amitié. Ne te remets pas en question pour des choses que tu ne maîtrises pas. Comme pour tout, quand on ne sait plus bien s'aimer, alors mieux vaut tout arrêter.

→ VOIR AUSSI : AMOUR, FAMILLE ←

AMOUR

L'amour est un sentiment très intense d'attachement et d'affection pour une autre personne. Jusque-là, tout semble facile et naturel. Mais, comme tu le sais, l'être humain est complexe, et il existe autant de formes d'amour que de proverbes sur le sujet. Souvent, le mot *amour* est utilisé pour désigner le sentiment amoureux. Le cœur qui s'emballe, l'envie de voir l'autre et d'être de plus en plus intimes : il est décrit très largement, aussi bien dans tes chansons que dans tes séries préférées. Mais l'amour, c'est aussi ce qui te lie aux personnes qui composent ta vie, comme tes amis ou ta famille. Ces derniers sujets, je les aborde ailleurs dans ce livre. Je vais ici me concentrer sur le fameux sentiment amoureux, parce que je me doute – tout le monde en est là, pas vrai ? – que c'est un sujet qui te préoccupe.

TES VERTIGES SONT NORMAUX

Ne t'inquiète pas, si tu as un gros coup de cœur pour quelqu'un, tu ne vas pas forcément faire un malaise. Mais tu le sais peut-être si ça t'est déjà arrivé : le moment où tu le réalises est très particulier.

On utilise souvent l'image des papillons dans le ventre, qui sont déjà la preuve que quelque chose se passe : ton rythme cardiaque, en s'accélérant, propulse ton sang vers ton ventre. Tu as sûrement aussi le cerveau occupé, tu stresses, tu y penses souvent distraitement – et tu te trouves peut-être bête, d'ailleurs, quand tu t'y surprends, tant tous tes sens et le reste te semblent se ramollir soudain comme du miel au soleil. Croiser la personne ou pire, son regard, te chamboule. Peut-être aussi que cette nouvelle situation te donne plein de joie et l'envie de chanter, le sourire aux lèvres.

CROIS EN TON INSTINCT !

Dans le même temps, tous ces nouveaux sentiments peuvent t'angoisser. Tomber amoureuse ou amoureux, c'est aussi ne pas savoir avec certitude si c'est réciproque – et ça, ça peut être terrifiant.

Mon conseil à ce sujet est simple : écoute ton instinct, de façon objective. Souvent, on sait. Si tu as beaucoup de doutes et que ton entourage est réticent quand tu en parles, ne fonce pas tête baissée dans une histoire qui va te faire de la peine, juste pour te prouver que tu peux y arriver ou pour oublier la solitude. À l'inverse, si tu sens tout au fond de toi, sans trop te l'expliquer, que l'autre personne ressent la même chose pour toi, alors respire, et vas-y. Tout va bien se passer. Nous avons un instinct très puissant et, même s'il n'est pas valorisé de nos jours, tu peux lui faire confiance.

PROFITE DE TON BONHEUR

Tu l'aimes, et vice-versa. C'est un sentiment à chérir. Il n'est pas obligé de durer toute une vie, parce qu'il n'y a aucune règle dans ce domaine, ni de date de péremption. En tout cas, une fois que les choses sont établies (dans le dialogue : je t'assure que tu gagneras énormément de temps à mettre des mots sur les choses, jouer au roi du silence n'a jamais aidé personne), tu peux en profiter tranquillement, et si tu as envie de consacrer le plus de temps possible à ton copain ou à ta copine, c'est tout à fait OK. Personne n'est en droit de te le reprocher.

C'est ta bulle, et les premiers moments de l'amour – et ceux qui suivent – sont des instants précieux qu'il est génial de savourer à deux. Tu as le droit de garder ça pour toi, même si ton entourage veut tout savoir : ce qui se passe entre vous vous regarde, tu ne dois rien à personne à ce sujet, que ce soit concernant vos sentiments, votre proximité physique ou votre avenir. Ne parle pas de ce qui te met mal à l'aise ! C'est pareil avec les réseaux sociaux : ne poste des choses sur vous que si ça vous fait vraiment plaisir de les partager. Si ta raison de mettre une jolie photo de couple est juste de prouver quelque chose à votre entourage, ne te force pas. Rappelle-toi que plus vous vous montrerez, plus vous vous exposerez aux avis des autres – qui ne seront pas toujours bienveillants. Ne les écoute pas trop, concentre-toi sur ce que tu ressens, profite et fonce.

LA VRAIE VIE NE SE TROUVE PAS DANS TITANIC

Les films (et pas mal d'œuvres d'art) adorent faire croire qu'on ne peut aimer qu'une fois, et que la vie n'a de sens que si on la passe avec notre âme sœur. C'est très romantique, mais c'est faux. Alors, oui, bien sûr, des gens traversent leur vie entière avec la même personne, et c'est très bien, mais ce n'est pas obligatoire.

On peut aimer plusieurs personnes dans sa vie, et heureusement. Si, par exemple, tu as actuellement le cœur brisé (on y reviendra très longuement plus loin, ne t'inquiète pas), sache que tu pourras à nouveau aimer. Le cœur est ainsi fait : on aime, et on peut oublier, cicatriser même, puis fondre pour une nouvelle personne.

Les passions destructrices, le « je t'aime moi non plus » qui fait tant vibrer dans les séries, n'est pas non plus un modèle. Un amour qui ne se réalise qu'à travers la souffrance et le manque est en réalité une idée fausse des sentiments amoureux. Si elle semble séduisante par l'intensité qui s'en dégage, n'oublie pas qu'au quotidien, un amour sain est supposé t'épanouir et te faire du bien – en bref, ajouter du bonheur dans ta vie.

On peut aussi aimer plusieurs personnes en même temps, parce que, encore une fois, il n'y a pas de vérité universelle en amour. Enfin, on peut aussi vivre dans la joie sans amoureuse ou amoureux, et il n'y a aucune honte à ça. La solitude choisie est plus douce que des relations forcées « pour faire bien ».

Tu l'auras compris, ne te limite surtout pas à une vision rêvée de l'amour, et ne cherche pas à te conformer aux conventions sociales transmises par les œuvres culturelles ou par ton entourage.

AIME-TOI !

Le meilleur pour la fin, comme on dit – et parfois le plus dur. Il y a un amour très important, qui détermine celui que tu peux donner aux autres, y compris, et surtout, dans les relations amoureuses : c'est l'amour que tu te portes à toi-même. Il est capital, et on le néglige souvent. Ce n'est pas toujours bien vu, de se porter de l'amour, et peut-être as-tu d'ailleurs déjà dit d'une autre personne qu'elle s'aimait trop. En réalité, on ne peut pas trop s'aimer. Tu passeras ta vie, pour sûr, et tout ton temps, avec une seule et unique personne : toi.

Alors, ne te fais pas ce que tu ne ferais pas aux autres et traite-toi avec beaucoup de bienveillance, sans rudesse ni négligence. Passe de bons moments avec toi-même, en t'offrant de longues balades pour réfléchir ou de beaux instants de solitude, où tu te consacres à des choses que tu aimes et qui te font plaisir. Liste tes qualités, tes forces, tout ce que tu as réussi à faire, toutes les blessures que tu as déjà surmontées. Tu n'as pas besoin d'autres personnes pour être quelqu'un de complet. Rappelle-toi souvent que tu as de la force, que tu es unique, et que, même si tu fais des erreurs, tu mérites le respect et l'amour. Tu mérites de t'aimer autrement qu'à travers les yeux posés sur toi. L'amour est beau quand il vient des autres, mais tu es déjà la plus belle des personnes qui peuvent te l'apporter.

→ VOIR AUSSI : AMITIÉ, CHAGRIN D'AMOUR, COUPLE, DÉSIR, FAMILLE, ORIENTATION SEXUELLE, SEXE, TOXICITÉ ←

ANATOMIE

L'anatomie, c'est tout simplement la structure du corps. Tu n'as pas grand intérêt à en apprendre plus sur la structure de tes bras, mais il est d'autres parties de ton corps sur lesquelles tu te questionnes peut-être, comme tes parties génitales, dont on va parler ici.

TOUTES LES ANATOMIES SONT OK

Le porno dit *mainstream* et les images que tu peux voir sur Internet et les réseaux sociaux ont créé des modèles de corps, qui se sont imposés dans nos têtes comme la normalité. Cela génère par ricochet une idée d'anormalité, alors que toutes les anatomies sont OK.

Comme pour les visages, les sexes peuvent prendre une multitude de formes. Dans la réalité, il n'y a pas de pénis standard. Il existe d'ailleurs des pénis de chair (qui conservent globalement toujours la même taille) et d'autres de sang (qui grossissent beaucoup avec l'afflux sanguin de l'érection). Quand ils ne sont pas circoncis, certains d'entre eux sont pourvus d'un prépuce (un petit morceau de peau) ne couvrant pas intégralement le gland, tandis que d'autres pendent un peu.

Il n'y a pas non plus de vulve « normale » : il existe, par exemple, des petites lèvres de toutes les tailles et de toutes les couleurs. De super initiatives l'ont montré, comme Project Vulva (projectvulva.com), qui présente des photos de vulves pour montrer leur grande diversité.

Mais on a tellement mis de pression sur ce sujet que, ces dernières années, les opérations « esthétiques » de la vulve ont explosé. Comme tu le vois, les complexes que tu rencontres peut-être sont très largement répandus, et cette peur de l'anormalité est naturelle et surmontable. Car, si tu voyais les corps des autres, tu saurais qu'il n'y a pas UN modèle, mais une infinité de possibilités – et c'est génial.

DÉSTRESSE ET FONCE !

Si tu as une vulve, n'hésite pas à l'explorer pour savoir exactement comment elle est faite. Pour cela, prends un miroir et place-le en dessous pour la regarder en entier. Quoi qu'il en soit, même si tu n'as pas beaucoup de points de comparaison, sache que personne ne te rejettera pour ton anatomie génitale. C'est OK de n'avoir aucune envie de se montrer, en maillot de bain par exemple, ou de n'avoir aucun attrait pour la sexualité, mais ne te bride pas par peur du jugement. Les personnes qui partagent tes craintes concernant leur anatomie sont bien plus nombreuses que tu ne le crois.

MYTHES ET LÉGENDES DE L'ANCIEN MONDE

Dans le vieux monde misogyne, on répétait que les vagins larges étaient signe d'un « trop grand nombre de partenaires ». On ne savait manifestement pas qu'un endroit dont un bébé peut sortir pourrait difficilement être déformé par un simple pénis, ni que des rapports ponctuels avec des partenaires multiples ont peu de chances d'avoir plus d'impact que des relations sexuelles régulières en couple. Tu noteras, d'ailleurs, que personne n'a jamais eu l'idée d'inventer que les pénis rétrécissaient au contact de trop de vagins… Est-ce que ce ne serait pas encore un coup du sexisme, à tout hasard ?

CE N'EST PAS LA TAILLE QUI COMPTE !

Parlons des pénis, parce que c'est les concernant qu'on entend le plus souvent cette phrase. Dans l'imaginaire collectif, un pénis de grande taille serait un signe de virilité ou encore un gage de qualité en matière de rapports sexuels. Comme tu t'en doutes, c'est complètement faux, et c'est bien que tu le saches dès maintenant. Prenons, par exemple, la représentation la plus courante d'un acte sexuel : un pénis qui rentre dans un vagin. Gros scoop, tous les pénis ne marchent pas parfaitement avec tous les vagins, parce que ces derniers sont aussi de taille variable. Ainsi, un pénis très long ou large ne sera pas agréable pour un vagin de moyenne ou petite taille, voire ne pourra pas y rentrer. Dans tous les cas, ne t'inquiète pas : plein de personnes ont une anatomie qui s'accordera parfaitement avec la tienne… Il ne reste qu'à les trouver !

LES CHOSES SONT TRÈS BIEN FAITES

Tout évolue très vite et, au risque de t'étonner, sache qu'il y a quelques années, on ne parlait pas du clitoris. Parce qu'elles n'étaient pas informées, des générations entières (jusqu'à la mienne) ont grandi sans connaître son utilité, ni même, parfois, son existence ! Les premières mentions du clitoris dans les manuels scolaires remontent à 2017, c'est pour dire. La bonne nouvelle concernant ce clitoris (8 000 terminaisons nerveuses, qui dit mieux ?), c'est qu'il peut procurer du plaisir en étant stimulé de l'extérieur, mais aussi de l'intérieur via le point G qui est une petite zone rugueuse sur la paroi du vagin, à quelques centimètres de l'entrée et qui est en connexion directe avec le clitoris.

Tu as un pénis ? Comme ici tout le monde gagne, sache que tu as aussi une sorte de point G, stimulable de deux façons également ! En plus de ton gland et de son frein, qui sont hypersensibles, tu as ce qu'on appelle la « prostate ». Elle se présente comme une petite noix, à environ sept centimètres de l'entrée de l'anus, et est accessible par la petite paroi tendue sous tes testicules.

Tu voulais une raison d'aimer ton corps ? Pense à toutes ces machines à plaisir qui y sont naturellement intégrées et qu'il ne tient qu'à toi d'explorer !

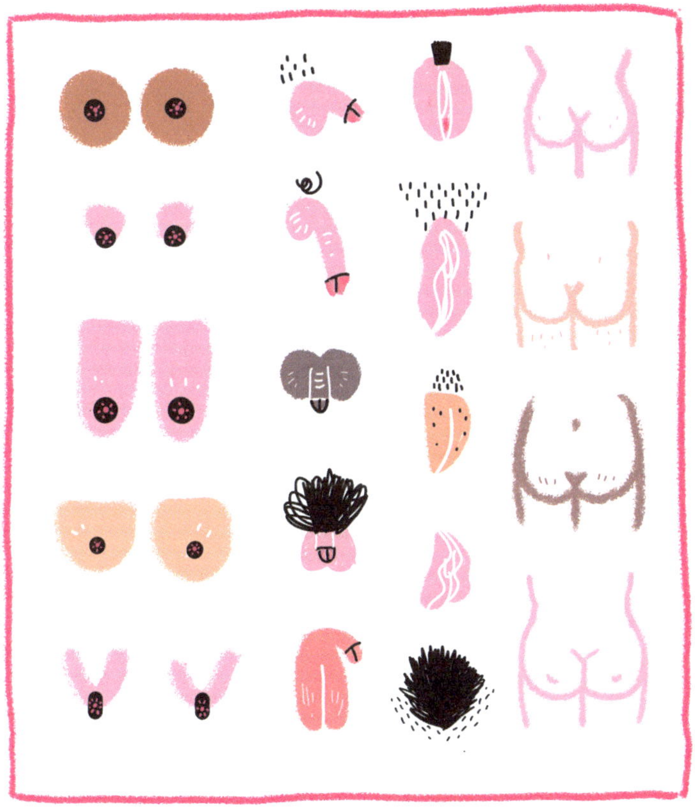

VOIR AUSSI : COMPLEXE, FÉMINISME, NORMALITÉ, SEXE

ARGENT

L'argent est tout simplement ce qui permet de se procurer ce dont on a besoin pour vivre. On parle souvent d'en manquer, ou au contraire de l'accumuler : il s'agit en réalité de quelque chose qui peut aussi bien faciliter que compliquer la vie, c'est pourquoi c'est un sujet qui pose beaucoup de questions.

L'ARGENT DES AUTRES NE TE CONCERNE PAS

Ne juge pas la façon dont les autres gèrent leur argent. On n'a pas tous et toutes eu la même éducation, et tu ne peux pas toujours savoir ce que représente l'argent pour quelqu'un.

Certaines personnes en ont moins et ne vont pas forcément te le dire. Cela peut se voir rapidement au cours d'une sortie, ou même en vacances. Si tu penses que c'est le cas de quelqu'un de ton entourage, ne force surtout jamais cette personne à se justifier du fait qu'elle ne peut pas dépenser autant que toi ou les autres, même si tu te rends bien compte qu'elle trouve des excuses. Si tu tiens à sa présence et que tu peux te le permettre, paie discrètement pour elle, mais ne lui fais pas sentir.

D'ailleurs, mets-toi bien en tête que, si tu viens d'une famille riche, il n'y a aucun orgueil à en tirer : ce n'est pas ton argent, c'est celui de tes parents. Cela ne crée aucune espèce de hiérarchie entre toi et les autres. À l'inverse, ne complexe pas si tu en as moins : ça ne dépend pas non plus de ta volonté. Dernière chose : n'essaie pas de faire croire à ton entourage que tu viens d'un autre milieu social que le tien. Tu peux essayer d'avoir l'air riche, mais il y aura un moment où tu ne pourras plus suivre, et ça te mettra très mal à l'aise. Pire, ne prétends pas être d'une classe populaire pour le style si ce n'est pas le cas : c'est insultant.

L'ARGENT N'EST PAS TOUT

L'argent est une donnée sociale inégalitaire, mal répartie dans le monde, au sein des pays, et même des familles. Du fait de ce qu'il permet ou empêche de faire, l'argent conditionne une partie du bonheur. Pour autant, sans prétendre hypocritement qu'on peut parfaitement vivre sans, il ne fait pas le bonheur : tu peux être riche et solitaire, riche et malade, riche et malheureux. Alors, il faut te souvenir de cultiver les autres aspects de ta vie, et de ne pas la voir par cet unique critère.

Si tu as de l'argent, et comme tu ne l'emporteras pas dans la tombe, pourquoi ne pas le partager ? Donne à des associations dont la mission te tient à cœur ou aux personnes qui en demandent dans la rue – et fais taire les personnes qui prétendent connaître l'usage qui en sera fait, en leur demandant, par exemple, comment elles dépensent leur argent. Si tu n'as pas d'argent à donner (et même si tu en as !), tu peux aussi aider en faisant du bénévolat, en éveillant les consciences par l'art ou les réseaux sociaux, ou en passant du temps avec les personnes sans abri qui le souhaitent.

GÈRE TON ARGENT SANS CULPABILISER !

Quelle que soit ta situation, apprends à te faire plaisir ! Ça ne veut pas dire tout dépenser d'un coup, mais accepter de consacrer une partie de la somme dont tu disposes à des choses qui te font tout simplement envie, sans trop y réfléchir. Du reste, pense aussi à mettre de côté. Ça te rendra progressivement responsable, ce qui est essentiel à ta future autonomie. Crois-moi, ne pas savoir du tout gérer son argent peut vraiment mettre dans la sauce ! Si tu vois que tu n'y arrives pas, essaie de noter tes dépenses pendant un mois dans un carnet ou sur ton téléphone. Tu repéreras vite les problèmes – à toi, ensuite, d'ajuster. Économiser un euro par-ci, par-là peut faire la différence.

Quoi qu'il en soit, ne culpabilise pas du rapport entre tes rentrées d'argent et tes dépenses, et encore moins en le comparant aux autres : il est beaucoup conditionné par l'éducation et les sommes dont tu disposes. Tu as le droit d'être tantôt cigale, tantôt fourmi !

GAGNE TON PROPRE ARGENT

Même avant la majorité, tu peux trouver des moyens de gagner tes propres sous, comme des petits boulots (baby-sitting) ou des services à ton voisinage ou à ta famille (jardinage, lavage de voiture…). À partir de seize ans, tu peux même travailler officiellement dans ta ville, ou ailleurs en saison. Ce sera peut-être un peu compliqué, car les entreprises sont soumises à beaucoup de règles et peuvent être réticentes à embaucher des jeunes, mais c'est possible !

Tu peux non seulement gagner de l'argent, mais aussi en économiser en ayant recours, avec l'accord de tes parents, à la seconde main (achat ou revente de vêtements, accessoires, petits meubles d'occasion…). En plus, la planète te remerciera. Pour ça, rien de plus simple : tu peux dévaliser aussi bien les magasins et les brocantes que les applis et les réseaux sociaux spécialisés.

C'est normal de ressentir une certaine ivresse en gagnant tes premiers sous. À cette occasion, il est bon d'économiser pour quelque chose de précis, mais n'oublie surtout pas : tu as aussi le droit de te faire plaisir !

Dernier point pour la route : manquer d'argent est une situation difficile à vivre et on se sent pris au piège. Je sais combien c'est obsédant. Mais par pitié, par tous les moyens, même si tout te semble perdu, n'abandonne pas des projets qui pourraient changer ta vie par manque d'argent. Cours partout pour en trouver, renseigne-toi auprès d'un centre social ou d'associations, trouve un travail temporaire, lance une cagnotte, mais ne plaque pas tout définitivement. Ne renonce pas.

→ VOIR AUSSI : FAMILLE ←

ASTROLOGIE

Que tu y croies ou non, tu en entends sûrement beaucoup parler parce que c'est très en vogue. L'astrologie a pour but, entre autres, de décoder notre caractère et notre attitude grâce à la position des planètes dans le ciel au moment exact de notre naissance.

LES GRANDS PRINCIPES

Grâce à ce qu'on appelle « le thème astral », on pourrait déterminer la façon d'agir et de penser d'une personne. Tout cela se calcule non seulement grâce à l'heure, mais aussi au lieu de naissance. Ainsi, le signe solaire (le signe dans lequel se trouvait le Soleil le mois de ta naissance) représenterait ce qui nous guide dans notre vie, nos ambitions, nos désirs… Toujours d'après l'astrologie, l'ascendant déterminerait la personnalité qu'on laisse consciemment paraître aux autres, c'est-à-dire la façon dont on choisit de se positionner par rapport au monde. Le signe lunaire correspond à la place de la lune au moment de la naissance et déterminerait notre gestion des émotions. Et il existe plein d'autres éléments à découvrir dans un thème astral complet.

UNE PRATIQUE EN DÉBAT

Tout le monde n'adhère pas à cette pratique que certains et certaines adeptes ont érigée au rang de « science ». Pour tout te dire, j'y crois moi-même à moitié : la lune pourrait influencer l'eau dans notre corps, comme elle crée les marées des océans de notre planète, alors pourquoi pas les astres et leur attraction ? Il est d'ailleurs passionnant de se perdre des heures dans le ciel étoilé pour chercher les constellations. Et puis, ne nous mentons pas, qu'on adhère ou non, cela reste un bon sujet de conversation. Si on aime tant l'astrologie, c'est parce qu'elle donne l'impression de confirmer certaines choses et de nous en apprendre d'autres : on parle alors d'effet Barnum, un biais mental qui nous pousse à nous reconnaître dans des descriptions vagues de la personnalité et à les trouver particulièrement justes.

QUI EST QUI ?

D'après l'astrologie occidentale, chaque signe est rattaché à un élément. Voici leurs caractéristiques générales :

• Signes d'eau (Poissons, Cancer, Scorpion) = petits cœurs sensibles et inconstants.

• Signes d'air (Verseau, Gémeaux, Balance) = esprits sauvages et mystérieux.

• Signes de feu (Bélier, Lion, Sagittaire) = gros caractères prêts à foncer !

• Signes de terre (Capricorne, Taureau, Vierge) = forces tranquilles, organisées, voire tatillonnes.

VOIR AUSSI : CULTURE, FOI

AVENIR

L'avenir, comme son nom l'indique, c'est ce qui vient après. C'est le futur et tout ce qu'il recèle : ce que le monde va devenir, et surtout ce que tu vas devenir, toi !

C'EST NORMAL DE FLIPPER !

C'est tout à fait normal d'avoir peur de l'avenir. Tu es à un âge où on ne sait pas vraiment qui on veut devenir, et encore moins qui on *va* devenir, dans une société dont le futur semble globalement assez incertain. À certains moments, tu sais avec un peu de précision ce que tu veux. D'autres fois, tu changes complètement d'avis jusqu'à te demander qui tu es. Est-ce que tes choix sont les bons ? Est-ce qu'ils t'apporteront la stabilité ? Le bonheur ? Vas-tu les regretter ?

Comme il n'y a aucune vie-type, la seule façon de découvrir si tes envies et tes choix sont bons pour toi, c'est de les tester. Parfois, effectivement, on se trompe ou on échoue. On ne peut pas savoir à l'avance quelle sera l'issue d'un choix – mais n'est-ce pas un peu ce qui rend la vie excitante ?

TOUT VA SE DÉROULER TRANQUILLEMENT

Ton avenir contient de nombreuses facettes : professionnel, amoureux, familial, amical… Ne va pas te mettre en tête qu'il y a un âge particulier ou des échéances pour cocher telle ou telle case. Tu peux évidemment avoir des objectifs : exercer une profession donnée, avoir des enfants, voyager, ou tout ce qui te plaît. Pour autant, tu ne peux pas anticiper ce qui se passera exactement dans les années à venir. La vie est pleine d'imprévus, et on atteint parfois nos buts par des chemins détournés. Pas de stress, consacre plutôt ce temps à ce qu'il y a de bien dans ta vie, maintenant ! Ce qui doit arriver arrivera.

RESTE CHILL FACE AU MONDE ET À SON DÉSORDRE

Ne te laisse pas déborder par la peur que tu ressens à l'égard de tout ce qui se passe dans le monde. Des générations entières ont grandi dans des circonstances exceptionnellement difficiles (par exemple, pendant les guerres) et leur vie s'est faite naturellement, malgré tout. Si les informations te stressent, coupe-t'en et évade-toi dans ce qui te fait du bien : la musique, le sport ou les balades. Ton quotidien te préoccupe déjà suffisamment, pas la peine d'en rajouter avec des choses que tu ne maîtrises pas.

PRÉPARE TON AVENIR DE FAÇON CONCRÈTE

Je te le répète beaucoup dans ce livre : il n'y a pas de formule magique. Quand tu penses à ta vie future, peut-être as-tu l'impression de voir un grand nuage où tout s'embrouille : rien d'anormal étant donné la quantité de possibilités qui s'offrent à toi. Si une profession te fait déjà rêver, tu dois retenir deux choses.

Premièrement, tu peux travailler à réaliser ton rêve dès maintenant. Il n'y a pas d'âge pour ça ! Selon le domaine, fais des activités extrascolaires en rapport avec les compétences exigées, renseigne-toi en consultant des livres ou Internet, ou en allant voir le conseiller ou la conseillère d'orientation, ou encore, demande à aller observer des personnes dont c'est le métier. Les gens sont souvent beaucoup plus accessibles qu'on ne le pense !

La seconde chose, c'est que tu peux changer d'avis : ça veut dire que ce qui te fait rêver maintenant peut ne plus t'intéresser d'ici quelques années, et c'est parfaitement OK. L'être humain est en constante évolution, et il en va de même pour ses envies, plus particulièrement à ton âge. Cela vaut aussi pour tes loisirs : quand quelque chose te plaît, fais-le à fond sur ton temps libre. Même si tu rencontres des difficultés, accroche-toi. Les progrès que tu fais aujourd'hui peuvent donner de très beaux résultats demain ! Voici une chose sur laquelle tu dois vraiment me croire : on ne sait jamais où nos passions peuvent nous entraîner.

RESPIRE : TOUT VA BIEN SE PASSER

Aussi banal que te semblera ce conseil, c'est une réalité : les périodes nulles ou ennuyeuses te forgent et sont excellentes pour prendre de bonnes habitudes, pour que ce qui vient après soit mieux que maintenant. Réfléchis à ce que tu veux mettre en place (en faisant de petites listes : parfois, ça aide à ordonner les pensées) et attends la suite sereinement.

Je te propose un exercice simple pour te rassurer. Pense à la fois aux gens qui t'entourent et à ce qui occupe la majorité de ton temps libre. Ta vie était-elle exactement similaire il y a un an ? T'attendais-tu à avoir les fréquentations et les activités ou passions que tu as actuellement ? Même si ça part parfois en vrille, l'existence nous offre des surprises magnifiques.

→ VOIR AUSSI : CHILL, CRISE, ÉCHEC, ÉCOLOGIE, ÉTUDES SUPÉRIEURES, RÊVES, VOIE PROFESSIONNELLE ←

BACKLASH

***Backlash* est un mot anglais qui signifie « contrecoup », « répercussion », « conséquence ». Je l'ai choisi parce que, pour parler des esprits chagrins – réactionnaires, fachos et rétrogrades –, je préfère désigner le phénomène. Ce *backlash*, c'est la vengeance des personnes qui ne veulent pas que les choses changent.**

DÉFINITIONS

Les **PROGRESSISTES** sont les personnes qui veulent voir notre société changer, évoluer, notamment en matière de droits humains. Elles espèrent ainsi la rendre meilleure. Non seulement les progressistes croient à des changements, mais ils et elles peuvent en plus œuvrer pour eux.

Les **RÉACTIONNAIRES**, ou « conservateurs et conservatrices », souhaitent que la société demeure telle qu'elle est, voire que l'on revienne sur certaines avancées. La nouveauté n'est pas vue d'un bon œil. De la même façon que les progressistes, les réactionnaires peuvent œuvrer activement pour que rien ne change.

Une **OPPRESSION** est la domination qu'une population exerce sur une autre sur la base de sa différence de couleur de peau, de religion, de genre ou de milieu social, par exemple. Ça n'apparaît pas forcément dans la loi, mais c'est inscrit dans les comportements. Ce qui apparaît dans la loi, en revanche, c'est la discrimination : à l'embauche, au logement, etc.

Le **PRIVILÈGE** se définit par rapport à l'oppression. Dans une société sexiste, par exemple, il y a un privilège masculin ; dans une société raciste, un privilège blanc. Ça ne veut pas dire qu'un homme ou qu'une personne blanche aura une vie facile, ça veut juste dire qu'elle ne sera pas davantage compliquée par le racisme ou le sexisme.

LA RÉPONSE DES RÉACS À UN MONDE QUI CHANGE (ENFIN !)

Les progressistes, et notamment les jeunes, se battent depuis longtemps, sans relâche. On gagne du terrain, mais ce changement n'est pas confortable pour tout le monde. Il y a des raisons simples à cela : d'abord, beaucoup de gens sont tout bonnement sexistes, racistes, ou homophobes, mais les avancées sont aussi difficiles à encaisser pour toutes les personnes privilégiées. En effet, prendre conscience des oppressions implique de devoir agir dessus concrètement en renonçant à des privilèges : accepter, par exemple, de remettre en question ses comportements, de gagner moins d'argent, d'être moins visible, de surveiller son langage... Toute une affaire ! Et ça en chamboule beaucoup, jusqu'à créer ce que l'on appelle le « *backlash* », c'est-à-dire une réponse violente et pas toujours de très bonne foi aux revendications des progressistes.

#METOO

En 2017, un hashtag fait le tour du monde : #MeToo. Lancé en 2007 pour dénoncer les agressions sexuelles visant notamment les personnes racisées, il est repris dix ans plus tard pour dénoncer celles commises par Harvey Weinstein, un producteur de cinéma américain, à l'encontre de nombreuses actrices. Rapidement, il se diffuse à travers le monde et permet la libération de la parole des femmes ayant elles aussi subi des violences sexuelles. C'est un moment historique, notamment pour les droits des femmes, pendant lequel le silence entourant ces drames a enfin été brisé, et où le monde a pu prendre la mesure de ce phénomène majeur. Un pourcentage énorme de femmes ont été victimes de violences sexuelles et leur parole ne peut plus être ignorée.

ON LEUR FAIT PEUR, ET C'EST BON SIGNE

Il y a beaucoup de réactions d'opposition à nos combats, et pour plein de raisons : certaines personnes cherchent à pallier leurs frustrations personnelles en se défoulant sur d'autres (nos bons amis les trolls) ; pour d'autres l'intérêt est politique ; pour d'autres encore, c'est l'appât du gain (oui, tenir des propos haineux est vendeur : demande à des journalistes, youtubeurs et youtubeuses ou présentateurs et présentatrices de télévision).

Tous ces gens travestissent nos combats en les caricaturant ; en pointant des paradoxes (car il existe différents courants de pensée chez les progressistes et cela crée des débats internes). Tout simplement, il est plus facile de se vautrer dans la méchanceté que de faire ce qui est juste, et ces gens ont peur – à raison ! – de perdre leurs privilèges devant la masse de nos dénonciations (souviens-toi de #MeToo). C'est pour ça aussi que les agresseurs et leurs complices se protègent comme ils peuvent (par exemple, en nommant des violeurs présumés à des postes au ministère ou en décernant des récompenses à des pédocriminels).

Qu'il s'agisse de violences sexuelles, policières, ou de LGBTQIA+phobies, les acteurs et actrices du *backlash* veulent donner l'impression que la sensibilité des personnes qui exercent une oppression est plus importante que le vécu des victimes. Ce n'est pas acceptable, et c'est pour cette raison que nous continuons, sans cesse, à nous battre pour les droits humains.

TU AS PLEIN D'ARMES

Crois-en ma grande expérience de la haine en ligne (la chance), plein de petites techniques permettent de se protéger du *backlash* et de continuer à affirmer ses idées – oui, même en repas de famille. Il y a deux choses à comprendre sur les discours, quels qu'ils soient : un argument a soit vocation à convaincre (il utilise alors la raison), soit à persuader (il joue alors sur les sentiments). Selon ce à quoi tu fais face, et avec un peu d'entraînement, tu vas pouvoir adapter ta réponse.

Par exemple, si la personne utilise UN fait divers pour justifier toute une idée (au hasard, raciste) – c'est ce que l'on appelle une « induction », c'est-à-dire faire une généralisation, et c'est un raisonnement bancal –, tu peux d'abord lui rappeler que ce n'est pas honnête intellectuellement

de faire ça, avant de toi aussi, à ce niveau-là, utiliser un contre-fait pour lui montrer que ce type d'argument ne tient pas. N'hésite pas à sortir ton téléphone et à faire une recherche rapide pour montrer à quel point il est facile de trouver des faits qui viennent appuyer des idées toutes faites.

Si la personne utilise l'humour (bien souvent couplé au célèbre « On peut plus rien dire », un bon vieux prétexte pour tenir des propos odieux), joue la carte de l'innocence, à base de : « Je n'ai pas compris », « Tu peux préciser ta pensée ? », « Est-ce que tu voulais dire ça ? ». C'est tout de suite plus compliqué quand il faut exprimer ses vraies idées sans se cacher derrière une « blague » : rira bien qui rira le dernier.

Rappelle simplement aux gens la nécessité de la bienveillance et de la tolérance – et si on te traite de Bisounours, dis-toi qu'il n'y a aucune honte à être de ce côté-là. Mal se comporter avec d'autres populations, s'opposer à leurs droits, rire de leur malheur, et ce quelles que soient les raisons, c'est ça, faire preuve de pauvreté et de faiblesse morale. Tu es dans le vrai, même si les personnes en face cherchent à se moquer de toi – notamment en utilisant ton âge. Elles sont vieux jeu et n'ont pas la bonté de se soucier des autres ; ce n'est pas de ta responsabilité mais de la leur.

PRÉSERVE-TOI !

Le plus simple est de garder ton sourire et ton calme, car tes idées seront plus limpides et tu t'épuiseras moins. Cela étant dit, ce n'est pas toujours possible et tu n'as pas à t'en vouloir d'être en colère. Ce qui est indigne, ce sont les situations d'inégalité et l'indifférence qui les entoure. Dans tous les cas, protège-toi, notamment quand il s'agit d'oppressions qui te touchent directement : tu as le droit de ne pas t'exposer à des débats virulents, que ce soit en ligne ou non. En ce sens, tu peux répondre très clairement : « Je ne souhaite pas mener ce débat, car je fatigue de le faire constamment. » Fuir une violence, même symbolique, n'est PAS de la faiblesse, surtout face à des personnes que le sujet n'impacte pas.

Prends le recul qu'il te faut, mais ne te décourage pas, même face aux oppositions les plus agressives : ce sont les résistances de l'ancien monde… et la preuve que nous sommes en train de le changer.

VOIR AUSSI : FÉMINISME

BEAUTÉ

Par définition, ce qui est beau est ce qui est conforme à un idéal esthétique. Mais qui le choisit ? En réalité, la beauté est probablement quelque chose qui t'occupe beaucoup l'esprit, mais qui est aussi très compliqué à évaluer.

LA BEAUTÉ ÉVOLUE SELON L'ÉPOQUE ET L'ENDROIT

Les standards bougent, et c'est presque amusant d'observer comment, d'une année à l'autre, ce qui était un défaut devient source d'attrait. Quand j'étais ado, par exemple, les filles devaient épiler leurs sourcils le plus possible, quitte à les réduire à un trait, alors que maintenant, la mode est aux sourcils fournis, nous laissant goûter la joie de n'avoir absolument aucun complexe à ne pas les épiler. Il y a plein d'autres exemples : les fesses volumineuses, moquées il y a quelques années, maintenant convoitées et créées par la chirurgie, les mâchoires féminines tracées, autrefois critiquées pour leur supposée « masculinité » et désormais très appréciées, ou même les taches de rousseur qu'il fallait cacher avant… et qui, à présent, sont tatouées à prix d'or. Ce que l'on décrit comme inesthétique aujourd'hui sera probablement la splendeur de demain.

Par ailleurs, ne te laisse pas avoir par Instagram et les visages et corps standardisés qui se fixent sur ta rétine ! On ne le répète jamais assez, mais ces photos sont retouchées et sélectionnées parmi des centaines, donc ne compare pas ta tête des pires jours à des visages irréels. Et si c'est quelque chose qui te pèse trop, tu peux éduquer ton algorithme en changeant tes abonnements et la façon dont tu consommes les publications.

LE << PRIVILÈGE DE LA BEAUTÉ >>

La beauté a un impact sur les relations humaines. C'est ce qu'on appelle le « privilège de la beauté ». C'est simple : comme le montrent des études psychologiques, nous prêtons inconsciemment plus de qualités aux gens beaux et nous leur accordons plus rapidement notre confiance. Cependant, tout ça se passe dans l'inconscient, beaucoup d'interrogations demeurent, notamment concernant l'influence concrète des personnes belles sur nos actes. Enfin, si pour les raisons évoquées, il est avantageux d'être conforme aux standards de beauté, cela peut aussi susciter de la haine et de la jalousie – notamment chez les femmes, à qui on a appris à se critiquer et à se juger mutuellement.

TOUT LE MONDE N'EST PAS SENSIBLE À LA MÊME BEAUTÉ

Quand on aime une personne, on la trouve de plus en plus belle ; il y a donc aussi une part de subjectivité dans notre conception de la beauté. Regarde comment, d'une personne à l'autre, on peut aimer des choses ou des physiques tout à fait différents ! Ce qui t'attire irrésistiblement laissera peut-être ton ou ta pote de marbre. La beauté est partout : on a tous et toutes nos petits trucs qui nous font craquer, un style qui nous touche davantage... Et c'est plutôt rassurant quand on y pense, qu'il y en ait pour tous les goûts, non ?

De la même façon, rappelle-toi qu'il n'y a pas que la beauté dans la vie. En tout cas, elle ne devrait définir ni tes attirances ni tes amitiés : ne te laisse pas aveugler ! D'ailleurs, tu te rendras vite compte que, s'il est facile de *crusher* sur un joli minois, il y en a finalement beaucoup autour de toi. Et s'il y avait plus important que la beauté ? En réalité, ce qui nous retient et nous emporte chez quelqu'un va souvent bien au-delà.

LES COMPLEXES N'ÉPARGNENT PERSONNE !

On peut être considéré comme une personne physiquement très attirante sans même réussir à le voir soi-même. Si tu connais quelqu'un comme ça, ne la ou le blâme pas : avec toutes les injonctions que nous subissons, c'est très compliqué de s'aimer, sans compter que notre regard sur nous-même est toujours très critique et que nos yeux se focalisent davantage sur ce qui nous dérange. Si tu es toi-même dans ce cas, concentre-toi sur la façon dont les gens te perçoivent, et dis-toi bien que si les gens sont unanimes sur certains aspects de ton physique… c'est qu'il y a sûrement deux ou trois raisons !

→ VOIR AUSSI : COMPLEXE, MAQUILLAGE, NORMALITÉ, RÉSEAUX SOCIAUX ←

BIENVEILLANCE

La bienveillance, c'est tout simplement vouloir du bien aux autres. On nous apprend à nous blinder et à nous méfier, ce qui peut nous pousser à nous conduire mal. Pourtant, si la norme était inversée, quel bonheur ce serait ! Et si tu décidais de commencer ?

LE MONDE DES BISOUNOURS

Sache que faire preuve de bienveillance ne nécessite finalement qu'un petit effort, qui rend soudain la vie plus légère. Il suffit de te demander, avant de mal agir, de juger sur l'apparence ou de critiquer quelqu'un de différent, ce que provoquerait ton comportement si tout le monde l'adoptait ou si, toi-même, tu le subissais. Ça te fera changer d'avis et t'encouragera à faire preuve de bienveillance avec les autres.

Et puis, disons-le clairement : la vie est plus simple quand on vit en harmonie avec autrui et que tout le monde bénéficie d'écoute, de considération, d'intérêt et de soutien. On s'épanouit personnellement et cela engendre un certain optimisme. C'est un cercle vertueux – c'est-à-dire que plus on tâche de faire preuve de bienveillance, plus on s'en entoure. On en a bien besoin ! Personne ne veut vivre en guerre.

Il est essentiel d'avoir conscience qu'on ne connaît pas l'état, notamment psychologique, des autres. Tu n'as pas envie d'être la goutte d'eau qui fait déborder le vase de la tristesse de quelqu'un pour une broutille. Faire preuve de bienveillance, c'est aussi avoir le courage de présumer les autres capables de bonnes intentions et d'en avoir à leur égard. C'est bien plus reposant, y compris pour toi-même.

Il te faut aussi accepter que tout le monde n'agit pas exactement comme toi, n'a pas les mêmes faiblesses, les mêmes façons de s'exprimer et d'interagir. N'essaie pas d'écraser les autres : quand on veut trop montrer qu'on est la ou le meilleur, ça donne juste l'impression inverse. À mon sens, la bienveillance est plus importante que les convictions. Quel est l'intérêt, par exemple, de gagner un débat en blessant les autres ? Je ne parle évidemment pas de laisser des choses graves passer, juste du fait qu'il n'est pas nécessaire de s'imposer à tout prix. Réfléchis avant de t'énerver.

LA BIENVEILLANCE AVEC TON ENTOURAGE

Dans les discussions, ne te contente pas d'attendre ton tour pour parler et raconter ta vie. Écoute vraiment les personnes de ton entourage, intéresse-toi à leur vie et pose-leur des questions : on appelle cela l'« écoute active ». Cette attention te permettra de les encourager, de les féliciter et de te réjouir avec elles et eux – bref, de créer de vrais liens. Car, non seulement la personne se sera sentie écoutée, mais tu ressentiras également du bonheur toi-même. Grâce à tes connaissances sur leur vie, soutiens tes proches ! En amitié, rien n'est plus doux que de sentir qu'on aura toujours quelqu'un à nos côtés. Finalement, l'ultime bienveillance, c'est peut-être de faire savoir aux personnes qu'on aime qu'on sera toujours là, même si les hasards de la vie nous éloignent temporairement.

Les compliments aussi sont précieux, et c'est une habitude très rapide à prendre – même avec des gens peu réceptifs. Lorsque tu rejoins ou que tu croises quelqu'un, pense en amont que tu devras avoir complimenté (sincèrement) sa tenue, ses dernières actions ou ses qualités morales, avant la fin de la conversation. Ça fait du bien à tout le monde, n'hésite pas – mais prépare-toi aussi à accepter qu'il n'est pas facile pour certaines personnes d'accepter un compliment.

DE LA BIENVEILLANCE POUR TOUT LE MONDE

Un geste insignifiant et rapide peut changer la journée et même la vie d'une personne– tout comme la malveillance peut faire beaucoup de mal. Tu étudieras peut-être l'impératif catégorique d'Emmanuel Kant : selon lui, il faut se conduire d'une façon qui, universalisée, rendrait bonne toute l'humanité. Il s'agit donc d'adopter un ensemble de comportements qui pourront d'abord te sembler bizarres, surtout s'ils ne te sont pas naturels, mais tu verras que de bonnes choses en découleront.

Il te faut agir avec tout le monde comme tu le ferais avec des proches : protection et volonté d'agir et de parler, de conseiller avec justesse, avec tendresse même. Prendre soin des autres et accepter leurs faiblesses, en somme. L'idée est d'agir en pote, même dans le cadre d'interactions superficielles. Plus concrètement ? Tu peux par exemple sourire à une personne âgée dans les transports, saluer et échanger quelques mots avec une personne sans domicile fixe, voire lui payer un truc sympa à manger ou à boire, te retenir de critiquer ou de te moquer, aider tes voisins et voisines qui peinent dans l'escalier avec leurs valises, laisser un ticket de métro encore valable dans la borne pour la personne suivante quand c'est possible. Tu peux aussi adresser des remerciements chaleureux à quelqu'un qui te rend un service ou accède à ta demande – à l'école ou au travail, pendant une assistance téléphonique, dans les transports. Ça fait juste du bien, ça humanise nos rapports et peut donner le sourire aux lèvres à une personne qui, à ce moment précis, en avait bien besoin. On se restreint parce qu'on nous a fait croire que c'était étrange de faire preuve de bienveillance. Quelle drôle d'idée... Et si on changeait tout ça ?

ADOUCIS TA VIE ET CELLE DES AUTRES

Faire preuve de bienveillance, c'est aussi ménager les autres en cas de conflit. Quand tu dois émettre une critique, fais-le au bon moment, pas en coup de vent entre deux portes, sachant que la personne peut aussi vouloir répondre (dans le cas contraire, cela s'apparente à une vengeance et ça ne sert personne, pas même toi). En agissant ainsi, tu favorises le pardon et l'indulgence, ce qui profite à tout le monde. Ne mets pas les autres dans l'embarras en affichant publiquement vos désaccords – même quand ta colère te semble légitime. Donc règle ce qui doit l'être en privé : c'est plus sain, ça sonne moins comme un règlement de compte et ça pousse à la franchise, car on ne craint pas le jugement des autres.

Quand un conflit éclate, il est beaucoup plus simple et apaisant de faire preuve de bienveillance. Le principe n'est pas de tendre l'autre joue, mais de montrer de l'empathie, puis de prendre tes distances et de te concentrer sur les personnes positives qui t'entourent (s'il n'y en a pas, réfugie-toi dans des activités solitaires : la solitude ne dure jamais, nous apprend beaucoup, et on y survit !). C'est la réaction la moins fatigante et elle peut aussi neutraliser la personne, qui finira par te lâcher.

Ne te lance pas dans des guerres inutiles. Certaines personnes se sentent tellement mal dans leur vie qu'elles consacreront tout leur temps à essayer de gâcher la tienne, là où tu as trop de choses à faire et à construire. Ça te permet aussi de n'avoir aucun remords, aucune sensation d'avoir mal agi : tu as tout bien fait, avec de bonnes intentions et le sens de la justice. Dernier bon point : tu auras l'air plus intelligent. C'est l'obstination d'une personne face à quelqu'un qui s'en moque que l'on désapprouve, pas la personne qui décide que la vie à mieux à offrir. Même si ce n'est pas ton but premier, il est possible que tu rendes service à une personne malveillante en mettant fin à son cycle d'entêtement. Dans le cas contraire, ce n'est pas ton problème.

Il faut qu'en lisant ces mots sur la bienveillance, tu aies en tête l'image d'un cocon de douceur qui enveloppe, protège et sécurise. D'ailleurs, lorsqu'on se trouve avec à une personne qui vit un drame, la bienveillance nous vient souvent naturellement. Pourquoi ne pas le faire tout le temps ? Pars du principe que les gens veulent faire bien les choses et sont animés de bonnes intentions. C'est bien plus reposant et en plus, si quelqu'un te déçoit en agissant mal avec toi, ce n'est pas toi qu'on blâmera.

AIE DE LA BIENVEILLANCE ENVERS TOI-MÊME

Gardes-en pour toi aussi ! Il y a plein de choses pratiques à ne pas perdre de vue :

• Ne te force pas à t'exposer à de la négativité : sur les réseaux sociaux, par exemple, lire les commentaires sur des publications qui ne nous concernent parfois même pas peut créer beaucoup de colère et de panique, tout comme suivre des personnes que l'on n'apprécie pas ne nous apporte que des mauvaises ondes. À cesser au plus vite !

• Sache te reposer sans t'en vouloir quand tu as moins d'énergie et d'envie : ce n'est pas de la faiblesse, c'est un besoin naturel. Ensuite, tu pourras de nouveau pleinement exercer ta bienveillance envers les autres. Quand on n'est pas bien, c'est beaucoup plus compliqué.

• Ne consacre pas ta vie entière à aider tout le monde ! Si tu te vides et que tu ne vas plus bien toi-même, tu ne pourras plus être d'une quelconque aide à qui que ce soit.

• Ne te repasse pas en boucle chacune de tes interactions sociales pour savoir ce que tu aurais pu dire de nul ou de blessant. En cherchant, tu trouveras toujours, alors ne cherche pas trop. Arrête de croire aux films catastrophe que ton cerveau imagine.

TU PEUX GÉRER LA MALVEILLANCE

Face aux gens malveillants, fais confiance à ton instinct. Tu peux facilement repérer certains d'entre eux : ils prêtent toujours les pires intentions aux autres, parce que c'est leur schéma mental et qu'on présume souvent que les autres vont agir comme nous. Il y a des personnes qui, instinctivement, ne t'inspireront pas confiance, mais tu n'auras pas d'autre choix que de les fréquenter. Dans ce cas, rends-toi la vie facile en profitant des moments simples avec elles, mais ne te livre pas trop et ne leur donne pas trop : ça ne serait pas réciproque, ce qui te décevrait.

En somme, garde toute ta bienveillance sans pour autant tout laisser passer. Évidemment, la première fois que quelque chose te fait tiquer, tu es en droit de demander des explications – parfois, il y en a – et si tu ne sens pas quelqu'un ou que ça se reproduit, prends acte. Tu n'as pas pour ultime mission de faire changer les gens : ça épuise, et la plupart du temps, ça ne fonctionne pas.

→ VOIR AUSSI : CONFIANCE, GENTILLESSE, HONNÊTETÉ ←

BONHEUR

Le bonheur, cette quête éternelle qui fait tant parler les philosophes… C'est un état mental d'apaisement et de satisfaction, mais aussi d'espoir. Joli programme, pas vrai ? En théorie, parce que le bonheur est l'exercice d'une vie entière, il se cultive. Mais encore faut-il apprendre à le reconnaître... Alors, qu'est-ce qu'on attend ?

UN SENTIMENT SANS MODE D'EMPLOI

Tu peux trouver ton bonheur dans l'intensité comme dans l'ataraxie (définie par les philosophes comme « la tranquillité de l'âme »). Certaines personnes aimeront la solitude quand, pour d'autres, ce sera les foules ; à certaines le *chill*, à d'autres le sport. En fait, il n'existe pas de modèle-type pour le bonheur.

Le bonheur, ce n'est pas une grille dont il faudrait cocher toutes les cases. Même riche, célèbre et en bonne santé, on peut être une personne malheureuse. Tu peux faire les études de tes rêves, mais vivre sans amour. Ou à l'inverse, rencontrer l'homme ou la femme de ta vie, mais ne pas briller comme tu l'aimerais dans ton sport préféré. Et si le bonheur, c'était oublier un peu les ombres au tableau et se laisser éclabousser par la joie de ce qu'on a déjà ?

TROUVE TA SOURCE DE BONHEUR !

Le but, c'est que tu sois heureuse ou heureux au quotidien, pas juste le week-end, pas juste pendant les vacances. Quand tu trouveras ce qui te remplit de bonheur, il ne faudra pas le lâcher, jamais, même si on te dit que ce n'est pas productif ou peu dans les codes : il y aura un moyen d'accorder la société à la vie dont tu rêves. On parle beaucoup des malheurs, comme s'il fallait les entretenir, or on peut s'épanouir même dans un monde qui s'écroule ! Il ne s'agit pas d'ignorer les drames et les injustices, mais de choisir de regarder le bon côté des choses.

Tout le monde n'a pas les mêmes objectifs, ni les mêmes envies, ni les mêmes façons de s'épanouir. Alors, ne juge pas les choix des autres. Leur bonheur t'échappe peut-être, mais l'essentiel, c'est qu'il soit présent. Trouve l'équivalent pour toi. On doit agir pour son propre bonheur : c'est une chose terrible, mais on ne peut pas rendre les gens heureux malgré eux – les consoler ou les égayer un peu, oui ; créer leur bonheur à leur place, voire contre leur gré, non.

LA JOLIE PLACE DE LA JOIE

Le bonheur n'est pas constant : il est plutôt constitué de plein d'instants de joie, de tranquillité, de confiance, d'excitation aussi. Le bonheur, c'est aller au lit avec le cœur déjà rempli de la joie du lendemain. Il ne faut d'ailleurs pas confondre la joie et le bonheur : des gens qui semblent éprouver souvent de la joie peuvent être malheureux, et vice-versa.

La joie est le bonheur du quotidien et est facile à cultiver. Tu peux dresser la liste des choses qui te procurent de la joie, pour toutes les connaître : il y en a sûrement bien plus que tu ne le penses ! Chaque jour, accorde-toi un de ces plaisirs, et accueille ce moment avec gratitude, c'est-à-dire en appréciant ce que tu as.

Quand on n'est pas bien, on a tendance à s'enfoncer dans sa tristesse en s'isolant, en s'énervant ou en pleurant. Pourquoi ne pas faire la même chose avec le bonheur ? Prendre le temps de savourer les sensations joyeuses, de se laisser remplir et déborder par elles – ne serait-ce pas ce qui donne tout son piquant à la vie ?

RAPPELLE-TOI LE BONHEUR, MÊME DANS LES MOMENTS DIFFICILES

Même dans les pires moments, on peut avoir quelque chose qui rayonne en nous et nous sauve. Ainsi, quand tu traverses des périodes difficiles (il y en a forcément dans une vie), raccroche-toi le plus fort possible à tout ce qui te fait du bien (une activité particulière ou une chanson, par exemple).

Quand on va très mal, il ne faut pas se laisser avoir par la croyance qu'on n'a jamais été heureuse ou heureux : c'est notre cerveau qui la fabrique. De toute manière, si on ne l'a jamais été, on peut le devenir, car la vie est ainsi. Et parfois, le bonheur disparaît pendant de longues périodes où on s'imagine qu'il ne reviendra pas. En réalité, il revient toujours, même quand ça paraît impossible. Il s'installe ou se réinstalle de la même façon que le malheur, petit à petit ou sans prévenir, à la faveur d'un gros changement.

Perdre quelque chose – une situation, un amour, une relation – qui procurait du bonheur est particulièrement douloureux (certaines personnes l'anticipent même : alors qu'elles sont très heureuses, elles se mettent à appréhender le moment où elles le seront moins et cela les mine). Dans ces périodes, la douleur est tellement vive qu'on a l'impression que toute possibilité de bonheur est perdue. C'est faux, bien sûr, et on s'en rend compte avec le temps. Tout cela te fera même des souvenirs – notre cerveau est tellement fort qu'on arrive parfois à repenser à certaines périodes sombres avec nostalgie.

PARTICIPE AU BONHEUR DES AUTRES !

Ne t'enferme pas dans la mauvaise humeur, parce qu'elle s'entretient toute seule… et est contagieuse ! D'ailleurs, ce n'est pas parce qu'on est malheureuse ou malheureux qu'on doit faire souffrir les autres. Quand on se sent triste, cela peut nous faire agir de façon désagréable, que ce soit par jalousie ou simplement parce qu'on n'arrive pas à faire autrement – même quand on essaie de nous aider. Ce n'est pas juste, et que les autres se sentent mal ne nous aide pas à aller mieux.

Au contraire, quand tu t'en sens la force, garde une certaine positivité avec ton entourage, en le soutenant, en essayant de passer de bons moments ou en ayant des paroles gentilles. Tu verras, le bonheur appelle le bonheur ! C'est pourquoi, quand tu ne te sens pas bien, ne fréquente pas à tout prix des gens qui sont dans le même état. Pense à toi et privilégie celles et ceux qui te font du bien !

Si je te dis d'essayer au maximum de participer au bonheur des autres, c'est parce que tu ne peux jamais savoir ce que ressent l'autre, même si sa vie te semble douce et heureuse comparée à la tienne, même si cette personne te semble accomplie. Avoir un but contribue au bonheur, mais l'atteindre ne procure pas toujours la joie escomptée : même quand nous passons des étapes, nous restons la même personne. Donc prends des nouvelles de tes proches et n'hésite pas à les questionner sur leur niveau réel de bonheur et sur ce qui pourrait l'améliorer. Tu verras, c'est un cercle vertueux dont tout le monde sort gagnant… y compris toi !

VOIR AUSSI : CRISE, DEUIL

CÉLÉBRITÉ

Est dite « célèbre » une personne qui bénéficie d'une attention publique, qui est connue par un large nombre – ce que beaucoup de gens recherchent, peut-être même toi !

NOTRE VISION DE LA CÉLÉBRITÉ A ÉVOLUÉ

Initialement, la célébrité était la conséquence d'accomplissements : on était une star parce qu'on était artiste, athlète, personne politique… J'ai l'impression d'être une turbo-boomeuse en écrivant ça, mais aujourd'hui, la célébrité est vue comme une fin en soi : pense aux stars de la téléréalité, aux influenceurs et aux influenceuses, à toutes ces personnes célèbres… pour leur célébrité. Ça peut te laisser croire que c'est une situation souhaitable, un idéal à atteindre. Il y a évidemment des avantages : la reconnaissance dans un domaine qui, bien souvent, nous passionne – et même dont on peut vivre –, ou l'accès à toutes sortes de personnes et de privilèges. Mais la réalité n'est pas toujours si simple.

LES PERSONNES CÉLÈBRES ONT LES MÊMES PROBLÈMES QUE TOI

Tu t'en doutes peut-être déjà, mais les stars sont normales. Comme la richesse (dont elles bénéficient, c'est vrai, pour beaucoup), la célébrité n'efface ni le malheur, ni la solitude, ni les épreuves de la vie. Maintenant, imagine vivre des problèmes courants (hors soucis financiers, là encore), comme des deuils, des ruptures ou d'autres sortes de chagrins, et devoir quand même assurer devant des foules pas toujours bienveillantes... Ça ne fait pas tellement envie, si ?

Par ailleurs, être célèbre éloigne forcément de la vie réelle, peut attirer des gens faux ou intéressés, pose des problèmes de sécurité, rend plus compliqué le fait d'avoir une vie privée et peut même couper une personne de ses proches. Autrement dit, une star sacrifie souvent un peu de sa liberté...

LA BIENVEILLANCE DOIT S'APPLIQUER À TOUT LE MONDE

Être célèbre, ce n'est pas être parfait : tout le monde a droit à l'erreur – un peu comme toi, dans ta vie privée. Même quelqu'un avec beaucoup de notoriété peut se retrouver à lire ce qui est écrit à son sujet (à juste titre ou non), sur Internet ou ailleurs. Comme pour tout être humain, certains propos peuvent alors être blessants. On s'habitue sans doute aux plateaux télé ou aux foules, moins à la méchanceté gratuite. Refuse donc de faire partie de la meute.

VOIR AUSSI : INFLUENCEURS ET INFLUENCEUSES, TÉLÉ-RÉALITÉ

CHAGRIN D'AMOUR

C'est une page que je préférerais ne pas écrire, mais tu risques d'y passer un jour ou l'autre – si tu n'es pas déjà en plein dedans. Ouvrons alors par une bonne nouvelle : c'est une certitude, on s'en remet.

TON CHAGRIN EST LÉGITIME

Tous les chagrins d'amour sont difficiles : que ce soit une rupture « violente » (trahison, dispute), « forcée » (déménagement), « à petit feu » (désamour qui s'installe) ou même une « fausse rupture » (dans le cas de relations amoureuses sans étiquette), ou encore un amour à sens unique.

Ton chagrin est légitime, même quand tu te sens bête d'être triste alors que, selon toi, l'autre personne n'en a sûrement rien à faire (en réalité, tu n'en sais rien, et peu importe). L'émotion est là de toute façon, alors tu dois l'accueillir en t'accordant douceur et patience.

PRENDS LE TEMPS D'ENCAISSER

Le monde a l'air de s'écrouler, et pourtant, tu dois bien le savoir, la vie reprend après ça – et on peut à nouveau aimer, même si ça prend du temps. Ne crois pas les légendes qui disent qu'on aime qu'une fois dans la vie. On a extrêmement mal mais, un jour, ça part.

La rupture peut provoquer en toi une remise en question difficile : quand on aime, notre validation en tant que personne passe souvent (même inconsciemment) par le regard du ou de la partenaire. Si l'on perd son amour, on a l'impression de ne plus rien valoir. Donc, en plus de la peine de la perte, il y a aussi la douleur de la dévalorisation. C'est normal de ressentir cela. Mais souviens-toi que tu étais une personne valable avant et pendant la relation amoureuse... Après, tu le restes.

ÉLOIGNE-TOI, AU MOINS LE TEMPS QU'IL FAUT

Tu dois faire ton deuil, et cela passe par s'éloigner, au moins momentanément (car toutes les situations sont différentes) de la personne. Des choses doivent donc impérativement être évitées, non seulement pour laisser l'autre tranquille, mais aussi pour ne pas te retrouver à supplier. Tu te trouverais dans une situation qui te diminuerait encore plus, à un moment où tu es déjà fragile.

Aussi, n'envoie pas de messages à l'autre chaque fois que tu y penses. Même si tu as l'impression de faire un effort surhumain pour te retenir, sache que plusieurs messages par semaine, c'est déjà trop, particulièrement si la personne ne te répond pas. Ne cherche pas non plus à la croiser par tous les moyens, ni dans les lieux qui lui sont familiers, ni grâce à vos potes en commun (*spoiler* : c'est TRÈS flagrant et ça ne fait aucun bien, à personne).

N'essaie pas non plus de reconquérir cette personne si c'est juste pour te prouver quelque chose : tu n'as pas besoin de retrouver son amour, ou de lui faire regretter la rupture, pour retrouver ton estime de toi. Tout le monde a déjà essayé de le faire et, clairement, ça ne marche pas.

Soit tu aimes encore la personne et tu te fais du mal à te mettre constamment en scène, que ce soit en ligne ou dans la vraie vie, soit tu ne l'aimes plus et c'est une perte de temps. Pire, tu prends le risque de te remettre dans une relation que tu ne souhaites pas vraiment.

ENTOURE-TOI DES GENS QUI T'AIMENT, MÊME SI TU PENSES QU'ILS NE COMPRENNENT PAS

Je sais exactement le vide qu'il y a en toi et les douleurs que tu crois que personne ne peut mesurer. Pourtant, partager avec tes proches, même si elles et ils n'ont jamais vécu une situation exactement identique, peut être précieux.

Aussi, ne t'empêche ni d'y penser (il faut accueillir l'émotion, comme tu peux le lire à plusieurs reprises dans ce livre), ni d'en parler : les gens comprendront, tout le monde est passé ou passera par là. De la même façon, tu as tout à fait le droit à un peu de solitude au début, afin de te retrouver pour prendre acte de ce que tu as vécu. Essaie néanmoins de ne pas t'enfermer trop longtemps : il faut parfois se forcer un peu pour revoir du monde et reprendre des activités normales, mais ça t'aidera énormément de te rendre compte que la vie continue, même sans l'autre.

REPRENDS CONFIANCE EN TOI ET TES FORCES (OUI, C'EST POSSIBLE) !

Oublier quelqu'un avec quelqu'un d'autre peut paraître tentant. Même s'il y a toujours des exceptions, ce n'est pas la meilleure des idées. Je te conseille vraiment d'éviter les relations pansement (reprojeter l'amour que tu avais pour la première personne sur une seconde, sélectionnée juste pour ça, ne t'aidera pas du tout à faire ton deuil, sans compter que ledit pansement, qui n'a rien demandé, en souffrira aussi), ou l'enchaînement compulsif de conquêtes sexuelles (qui ne combleront que superficiellement ta blessure). N'adopte pas ces comportements juste parce que tu crois qu'il est cool de se montrer insensible.

Il faut que tu te retrouves un peu, voilà, mais comment ? Mets des mots, déjà, sur ce que tu ressens : écris, que ce soit dans un journal ou dans des notes de téléphone. C'est très difficile de se lancer, mais ça permet, d'abord, de tout sortir progressivement, comme si tu te vidais, et ensuite, en te relisant, de te rendre compte que, même si la douleur est vive, tu progresses. En écrivant, tu pourras mesurer la vivacité de l'émotion, puis voir que, malgré l'obsession qui peut demeurer, l'état change. Tu peux aussi, évidemment, trouver refuge dans la musique, dans le sport, ou dans toute autre activité qui te fait du bien et qui te permettra d'extérioriser.

Si tu n'arrives pas à avancer, tu peux aussi éprouver le besoin de te faire aider par des psys. C'est tout à fait légitime. Les peines d'amour ont un véritable impact, tant et si bien que des scientifiques ont montré qu'elles pouvaient créer de vraies atteintes à un cœur en pleine santé. Tu n'es donc pas ridicule d'avoir mal, et des spécialistes en santé mentale pourront t'aider à passer au mieux ce cap difficile.

UN JOUR, TU CHÉRIRAS PEUT-ÊTRE CES SOUVENIRS

Un jour, tu verras, tu passeras à autre chose. Pour le faire parfaitement, d'ailleurs, tu peux mettre au clair tout ce que tu aimerais dire à la personne, pour ne rien garder pour toi. C'est pour toi que tu le fais, pas pour elle, aussi n'as-tu aucune obligation de lui envoyer ce que tu as rédigé.

Là, maintenant, c'est très dur. Toi, tu le sens et moi, je le sais. La première fois qu'on a la sensation d'avoir aimé, la rupture est particulièrement difficile. Si tu souffres autant, c'est certainement aussi parce que tu as vécu de très beaux moments avec cette personne, et une connexion qui t'a fait te sentir en vie. C'est précisément perdre tout ça qui nous brise. Pense bien que si ces moments de bonheur ont existé, ils pourront revenir un jour ; sous une autre forme, avec quelqu'un d'autre, mais il reviendront. Peut-être qu'à la lecture de ce texte, tu peines à y croire, mais je te promets que ça arrivera. Repenses-y dans six mois, dans un an. Peut-être qu'alors, tu auras assez avancé pour qu'apparaisse dans ton cœur le plaisir d'avoir vécu tous ces moments. Contrairement à l'amour, les beaux souvenirs, eux, durent toujours.

Une dernière chose : même si tu as enchaîné plusieurs chagrins d'amour, n'en fais pas une règle. Plus tu vas réfléchir sur toi, plus tu vas comprendre des choses, et plus tu vas te rapprocher de la relation saine et durable dont tu as envie. Parce que tu la mérites tellement.

FRIDA KAHLO, << MERECES UN AMOR >>

<< TU MÉRITES UN AMOUR >>

Mereces un amor que te escuche cuando cantas,
que te apoye en tus ridículos,
que respete que eres libre,
que te acompañe en tu vuelo,
que no le asuste caer.
Mereces un amor que se lleve las mentiras,
que te traiga la ilusión,
el café
y la poesía.

Tu mérites un amour qui t'écoute quand tu chantes,
qui te soutient quand tu es ridicule,
qui respecte ta liberté,
qui t'accompagne dans ton vol,
qui n'a pas peur de tomber.
Tu mérites un amour qui balaierait les mensonges,
qui t'apporterait le rêve,
le café
et la poésie.

VOIR AUSSI : AMOUR, DEUIL, SANTÉ MENTALE

CHILL

En anglais, le verbe *to chill* signifie « se détendre, décompresser », mais comme les Francophones aiment bien tout s'approprier, on a récupéré ce verbe… et on lui a ajouté la terminaison du premier groupe : *chiller*, donc. Parfois, à cause des cours, du travail, d'embrouilles ou de relations, et de la vie en général, on se sent un peu imploser. Faire du vide, sans aucune pression, est un excellent remède.

PRENDS LE TEMPS DE CHILLER *SANS CULPABILISER*

On vit dans une époque où il est très mal vu de faire quelque chose de non productif, qui ne semble pas nous apporter de compétences ou d'expérience. Pourtant, ton cerveau comme ton corps ont besoin de moments de repos et de veille, pour emmagasiner tout ce que tu apprends et fais dans le reste de ta vie. Dans ces moments-là, tu réfléchis sans y penser à tous les aspects de ton existence, ce qui te permet d'évacuer et de réduire ton stress.

Là où tu vois peut-être du temps perdu, il y a en fait un temps nécessaire pour être, finalement, plus efficace par ailleurs.

FAIS EXACTEMENT CE DONT TU AS ENVIE

C'est hyper cool de *chiller* avec tes potes, mais c'est aussi reposant de *chiller* en solo – pour faire ce que tu veux, dans l'ordre que tu veux. Se couper des réseaux sociaux est bon pour la santé mentale, mais si tu n'en as pas le temps ou que tes envies consistent à scroller sur ton téléphone, fais-le. Si tu es plus du genre à établir un programme de *chill* – c'est agréable à anticiper dans les périodes chargées –, c'est super aussi. Que ça passe par Netflix ou par de grandes balades solitaires avec de la musique, tant que ça te fait du bien et te permet de souffler, fais-le sans culpabiliser.

L'idée, c'est juste que tu passes en mode zéro obligation, parce que s'il y a bien un moment où tu peux éviter toutes les contraintes du quotidien, c'est là.

→ VOIR AUSSI : MUSIQUE, RÉSEAUX SOCIAUX, SOLITUDE ←

CIGARETTE

La cigarette est un poison qui se fume... mais qui peut sembler très stylé. On les trouve parfois glamours, ces stars de séries qui s'allument nonchalamment une cigarette, sûres d'elles, ou tirent frénétiquement dessus, les yeux perdus dans les étoiles, pour montrer à quel point leurs émotions sont intenses. Pas étonnant : on ne les voit pas tousser le matin, pas plus qu'on n'entend leur souffle court dans l'escalier. La vie n'est pas un film, et passées les cinq minutes où tu pourras la jouer mystère, tu risques de ne pas tant aimer les coulisses.

UNE FAUSSE AMIE QUI VA RYTHMER TA VIE

La cigarette est un produit qui entraîne une addiction du fait de la nicotine qu'il contient. Ainsi, même si tu ne te sens pas accro, c'est en réalité très rapidement difficile de se passer de la cigarette. Au-delà de l'addiction physique (qui peut même te réveiller la nuit), ton cerveau va l'associer à certains moments. Le café, la sortie des cours ou un coup de stress déclencheront alors l'automatisme de fumer.

Et c'est hors de prix ! Le prix des paquets a plus que doublé en dix ans – et c'est au fond une bonne nouvelle. Le but est précisément de dissuader de nouvelles personnes d'en consommer. Alors, franchement ? Trouve une habitude plus sympa, qui te donne une meilleure haleine et ne te coûte pas l'intégralité de ton argent de poche.

UN POISON VIOLENT

Concrètement, la cigarette présente de nombreux dangers et fumer ne t'apporte rien de bon : tes dents vont jaunir, ta peau et tes cheveux se ternir, tes rides apparaître plus vite et tu auras un moins bon souffle.

De plus, à cause de la trentaine de substances hautement toxiques que renferme la cigarette (dont du goudron et de l'arsenic, un poison violent), les personnes qui fument ont plus de risques de développer des cancers, notamment dans les poumons, la gorge ou la bouche.

Et il en va de même pour les maladies cardiovasculaires graves. D'ailleurs, si tu prends une pilule contraceptive, sache que certains types de pilule associés au tabac augmentent les risques d'AVC et de thromboses. C'est un point qu'il faut que tu abordes avec la ou le médecin qui te prescrit ta contraception - ne t'en fais pas, elle ou il est soumis au secret médical et n'en parlera pas à tes parents s'ils ne sont pas au courant que tu fumes.

Alors, quand tu considères tout ça, penses-tu que ça vaut vraiment le coup ?

ARRÊTE TANT QUE TU PEUX !

Fumer une fois n'est pas synonyme de fumer à vie, mais ce n'est pas anodin pour autant. Rapidement, la cigarette dérobée aux parents pour essayer entre potes à une soirée pourra être suivie par celles partagées devant le lycée pendant les pauses, puis par celles fumées en solitaire avant de dormir, en travaillant, ou même au réveil. Souvent, on commence pour le style, pour imiter les autres, montrer qu'on grandit ou s'intégrer dans un groupe, en croyant que l'engrenage ne pourra pas nous prendre.

Il y a 30 % de la population qui fume : tu n'es donc ni la première ni la dernière personne sur qui ce piège se referme. Toutefois, si tu te sens déjà accro à la cigarette et que tu veux t'en débarrasser, tu peux en parler à ta ou ton médecin, ou même à l'infirmier ou à l'infirmière scolaire, qui pourront t'orienter vers des aides adaptées. Il ou elle ont une obligation de confidentialité, alors ne t'inquiète pas. Et plus vite tu t'y mettras, plus vite cette mauvaise habitude sera derrière toi !

VOIR AUSSI : DROGUE, PEAU, PREMIÈRES FOIS

COLÈRE

Ici, j'adorerais pouvoir te dire de ne jamais t'énerver, mais, par souci d'honnêteté, il me faut donner des conseils réalisables. Je ne peux donc pas te dire de ne pas ressentir de colère, parce qu'elle est parfaitement naturelle. L'objectif est juste de ne pas la laisser nous porter trop préjudice.

ACCEPTE TA COLÈRE

On lui donne le mauvais rôle parmi les émotions, mais il est sain de l'exprimer. Garder en soi sa colère peut être quelque chose de profondément destructeur, dans la mesure où elle va te consumer et te faire du mal sans que tu ne puisses en tirer quoi que ce soit de bénéfique. Comme toutes les autres émotions qui te submergent, il vaut mieux l'embrasser que la refouler – sinon, pour sûr, elle ressortira au moment le moins approprié.

Il convient juste de t'assurer que ta colère est dirigée vers la bonne personne, ce qui n'est pas toujours le cas : quand on apprend ou que l'on vit quelque chose qui nous déplaît, on a besoin de trouver un ou une coupable, quelqu'un sur qui diriger cette colère. Cela s'abat malheureusement soit sur les personnes qui nous ont annoncé la mauvaise nouvelle, soit sur celles qui sont le plus proches de nous, parce que c'est toujours plus facile de s'en prendre aux gens qu'on sait conciliants à notre égard. Essaie de réfléchir le plus posément possible, malgré l'injustice que tu ressens, pour ne pas ajouter à ce que tu vis la certitude de faire du mal à ceux qui t'entourent et qui t'aiment.

Essaie au maximum de ne pas non plus diriger ta colère contre toi-même, en te punissant – je parle ici d'avoir des pensées noires en boucle, de te mutiler ou de te priver de nourriture. Si tu vois que tout cela va trop loin, parles-en et fais-toi aider. Tu n'as pas à avoir honte de ressentir des émotions, y compris de la colère, qui se mêle d'ailleurs souvent à la tristesse. Encore une fois, c'est une émotion normale. Analyses-en les raisons et décortique tes sentiments afin de comprendre ce que tu peux changer dans ton comportement ou dans ton environnement pour t'apaiser. C'est la seule façon de te sortir de cette situation.

APPRENDS À GÉRER LA COLÈRE DES AUTRES

Tu n'as pas à décider de la légitimité de la colère des autres, surtout si les motifs ne te concernent pas directement. Ne fais pas non plus de *tone policing* : tu n'as pas à juger de la façon dont l'autre exprime ou ressent sa colère face à une injustice, du ton qu'il ou elle utilise. Abstiens-toi de donner ton opinion si elle n'est pas sollicitée, surtout dans les premiers temps.

En revanche, si tu vois de façon sûre, objective et réfléchie, que cette colère se dirige contre toi de manière particulièrement injuste, tu as bien sûr le droit de la contester. Même s'il s'agit de gens que tu aimes et qui souffrent, tu n'as pas à être le défouloir de qui que ce soit. Recevoir une ou deux phrases rudes d'une personne sous le choc, c'est une chose, mais subir les foudres de quelqu'un qui fait de toi son souffre-douleur pour extérioriser la colère qui l'étrangle en est une autre.

Apprends à fixer tes limites, sans hésiter. Face à l'agressivité d'autrui – qui que ce soit – ou face à l'injustice, tu as le droit de poser ton cadre. Tu peux l'exprimer clairement et en discuter, si la personne en colère est en mesure de raisonner. En revanche, si tu penses qu'elle ne l'est pas, dis-lui de façon posée, claire et concise, comment tu vis la situation et pourquoi tu n'entends pas remplir le rôle dans lequel elle te place. Tu peux aussi prendre de la distance pour reparler de la situation plus tard. S'éloigner, parfois, ça aide.

VOIR AUSSI : CONFLIT, ÉMOTIONS, VIOLENCE

COLLÈGE

Le collège est la suite de l'école primaire… en plus grand, plus peuplé et plus agité. Quand on vient de quitter l'école, il y a de quoi avoir le vertige. D'une durée de quatre années, le collège est obligatoire – comme l'école primaire – et s'achève avec le passage du brevet, ton premier examen. Si tu n'es plus au collège, ce qui suit devrait te rappeler des souvenirs. Et certaines astuces que je te donne sont encore valables au lycée... Et même après !

LA COUR DES GRANDS

Depuis ton arrivée au collège, peut-être as-tu l'impression d'être un gamin ou une gamine qui cohabite avec des grands, surtout les troisièmes ! Eh bien dis-toi que la sensation sera tout aussi bizarre quand tu seras en troisième et que tu regarderas les sixièmes. L'adolescence est une période compliquée, où il peut y avoir des écarts considérables d'une année à l'autre – et même d'un mois à l'autre –, tant dans le développement physique que mental. Pourtant, ne t'inquiète pas : tous les regards ne sont pas rivés sur toi, et surtout, les doutes qui t'habitent sont sûrement partagés par les autres.

Les années du collège sont un moment où tu vas grandir et te métamorphoser sous bien des aspects ! Quand tu entres au collège, on attend davantage de toi : les profs, par exemple, sont plus exigeants, il faut se déplacer de salle en salle, et à chaque matière ses devoirs… quitte, parfois, à surcharger ton emploi du temps. Alors, bien sûr, tu vas ressentir de la pression, mais le collège, c'est aussi le temps des premiers pas vers l'indépendance, des rencontres, des petites sorties grâce à tes horaires qui changent, et aussi de nouvelles libertés, dans la mesure de ce que tes parents t'accorderont.

LES HABITUDES DE TRAVAIL DES GRANDS

Sans trop te fatiguer, tu peux prendre dès ton entrée en sixième de bonnes habitudes pour ne pas te mettre en difficulté :

• Relis chaque soir les cours que tu as eus dans la journée (c'est plus rapide que tu ne le penses, il faut juste s'y mettre !).

• Note avec exactitude tous les devoirs que donnent les profs à la fin des cours dans ton agenda (non, tu ne t'en souviendras pas aussi bien de tête, tôt ou tard, tu oublieras un truc).

• Vérifie que tu as bien ton matériel le soir (c'est moins stressant que dans la précipitation du matin) : fais ton sac avec tes cahiers ou classeurs et assure-toi que ta trousse est au complet.

• Ne bavarde pas en cours – tu as tout le temps pour le faire dehors et c'est vraiment le meilleur moyen pour que les profs te prennent en grippe.

• Planifie des créneaux précis pour faire tes devoirs et préparer tes contrôles (ce sera plus agréable que de les avoir sur la conscience à chaque moment de détente).

• Dors bien au moins huit heures par nuit : c'est capital pour ta mémoire et ton développement. Oui, ça te fait coucher tôt, mais dans l'idéal tu as besoin de dix heures de sommeil. Et n'oublie pas qu'on regrette souvent les conversations qu'on a eues trop tard dans la nuit et qu'on a bien meilleure mine quand on a dormi.

PRENDS TES MARQUES

Ce n'est plus comme à l'école primaire : en tant qu'élève au collège, on te considère responsable. Il y a des règles plus sévères à respecter sous peine de sanction : mot dans le carnet de correspondance, heure de retenue (ou de « colle »), voire exclusion. Un petit conseil alors : même si les profs (ou les autres personnes de l'équipe éducative) ne sont pas toujours agréables, et même si c'est cool de montrer aux autres qu'on est rebelle, ne leur réponds pas et ne les provoque pas. Ça va te porter préjudice plus qu'autre chose, et tu auras beau avoir de bonnes notes, ça te pénalisera. Les profs sont des êtres humains comme toi, avec leurs sentiments et sympathies (oui, même si c'est injuste, c'est naturel de préférer des élèves à d'autres, quoi qu'on en dise !), alors autant t'en faire apprécier : le temps sera moins long, et ton parcours scolaire, moins compliqué.

Tu vas devoir t'habituer à ce nouveau monde que tu découvres, dans lequel une dizaine de profs se partagent les matières et où ton travail sera évalué et entraînera une moyenne et des appréciations, les acquis devant être validés pour assurer ton passage l'année suivante. Dans ce nouveau système, il y a aussi des conseils de classe : très importants, ils ont pour objectif, à chaque trimestre, de discuter avec toutes les personnes concernées (profs, CPE, direction, représentants et représentantes des parents et des élèves) du cas de chaque élève pour le ou la faire progresser au mieux. Ne t'inquiète pas si tu ne te sens pas immédiatement à ton aise. C'est normal quand on découvre un tout nouvel univers, après des années dans le confort d'écoles plus petites où les enseignants et enseignantes étaient aux petits soins. C'est bizarre pour tout le monde, même si les autres ne le disent pas. Vous allez toutes et tous vous y faire !

PROFITES-EN POUR PASSER DU BON TEMPS

Le collège est obligatoire. Pour disposer du même socle de connaissances que les autres, tu dois y aller dans tous les cas, donc autant en faire une belle expérience, non ? C'est tout à fait normal de ne pas aimer certaines matières tant elles sont différentes les unes des autres (la bonne nouvelle, c'est que tu n'auras pas à les étudier ta vie entière !), tout comme c'est normal de ne pas aimer certains ou certaines élèves et profs. Il y a quand même des façons de rendre plus sympa toute cette période. Profites-en au maximum pour faire de nouvelles rencontres – même si, oui, au début, on se sent un peu timide. Participe à des clubs : chorale, athlétisme, lecture, foot... Tu as l'embarras du choix, et si ce qui te plaît n'est pas proposé, crée ton propre club !

Ne t'inquiète pas, tu vas te faire des potes, et même plus vite que tu ne le crois. C'est normal que cette question te perturbe. Bien sûr, au collège, il y a des clans et il y a des gens populaires à qui on veut ressembler, qu'on se l'avoue ou non. Parfois même, tu veux cacher tes différences, parce que ce serait dramatique qu'on voie que tu n'es pas tout à fait comme les autres. En réalité, sache que personne n'est « tout à fait comme les autres ». Quand on évolue dans un groupe social, comme c'est le cas au collège, on a envie de se conformer à certaines règles – que personne n'a vraiment choisies – parce qu'on a l'impression que c'est ainsi que les autres nous accepteront et nous aimeront. Pourtant, si tu connaissais la vraie nature des gens, tu te rendrais compte qu'ils partagent peut-être ces traits de caractère ou ces passions que tu n'oses pas assumer... Patience : pour la plupart d'entre vous, plus vous allez grandir et évoluer, plus les différences seront acceptées.

PETIT GUIDE PRATIQUE POUR COMPRENDRE ET LUTTER CONTRE LE HARCÈLEMENT SCOLAIRE

COMMENT LE DÉTECTER ?

- Une personne fait face aux comportements malveillants répétés d'une ou plusieurs autres.
- Les moqueries se dirigent toujours vers quelqu'un, sans que ça ait l'air de l'amuser : ce n'est pas pareil de rire *avec* quelqu'un et de rire *de* quelqu'un.
- Des surnoms blessants émergent ou des « blagues » deviennent récurrentes.
- La personne visée change d'attitude face aux auteurs et autrices desdites « blagues » et plus globalement, elle ne semble pas aller bien.
- Il y a des interactions physiques non consenties, qui peuvent aller de taquineries supposées à des actes violents, ou même à du harcèlement sexuel, c'est-à-dire des propos ou des comportements répétés à connotation sexuelle et/ou sexiste.
- La personne visée est comme pestiférée, isolée en permanence dans la cour, mais aussi lors des cours de sport et des travaux de groupes.
- Des rumeurs circulent qui « justifieraient » ledit harcèlement.

COMMENT SE DÉFENDRE SI ON SUBIT DU HARCÈLEMENT ?

- N'aie pas honte : tu n'y es pour rien, quelles que soient les raisons évoquées pour te harceler.
- Verbalise-le à tout prix auprès de personnes en qui tu as confiance, qui peuvent être des proches ou, si tu n'en as pas, des soignants ou soignantes (pense à l'infirmerie de l'école) ou des bénévoles d'associations disponibles par téléphone (Net-écoute au 3018, ligne gratuite), qui garantissent ton anonymat.
- Si tu en as la force, parle individuellement aux personnes qui assistent à ton harcèlement. Dans ce genre de cas, il y en a qui mènent la danse et d'autres qui suivent : c'est sur ces personnes-là que tu peux t'appuyer pour faire face en douceur à ce qui se passe.

COMMENT LE GÉRER EN TANT QUE TÉMOIN ?

- Soutiens publiquement la victime, sans te mettre en danger.
- Essaie de dialoguer avec les personnes qui harcèlent : ce ne sont pas forcément tes potes, mais peut-être avez-vous des connaissances en commun.
- Lance le sujet en classe sans avoir l'air de viser qui que ce soit.
- Préviens un ou une prof, ou n'importe quel adulte de l'établissement avec qui tu te sens en confiance si tu ne vois pas d'autre issue, particulièrement si des violences physiques surviennent ou que tu sens que la personne visée est en grande détresse psychologique. Le harcèlement peut avoir d'énormes conséquences allant jusqu'au suicide et il traumatise à coup sûr.

COMMENT S'ASSURER DE NE PAS Y PARTICIPER ?

- Ne ris pas.
- Ne colporte pas de ragots sur la personne, tu ne sais absolument rien de sa vie.
- N'oublie jamais qu'il n'y a pas plus grande honte que d'attaquer en meute : les personnes qui le font ne méritent que ton mépris, ne leur passe absolument rien.
- Ne fais pas de concessions quand on t'en parle : non ce n'est pas « mérité », même si on te fait croire que cette personne a fait quelque chose de « grave ».

LE BREVET, TON TOUT PREMIER EXAMEN

Pour la première fois, au-delà des évaluations que tu connais déjà bien, tu vas passer un examen national, qui est le même pour tout le monde. Les épreuves évaluent ta compréhension de ce que tu as appris au cours du collège et, si tout va bien, tu obtiendras ton tout premier diplôme, validant ces acquis. Tu pourras l'indiquer sur ton CV. Ce n'est pas rien et, même si tu n'entends pas continuer tes études, ce brevet pourra certifier les enseignements que tu as reçus.

Pour bien te préparer, essaie de travailler de façon régulière, comme tes profs vont te le répéter. Cela implique de relire tes cours et de les réviser souvent (pendant tes vacances, prends-toi une journée par matière, par exemple). Communique avec tes profs quand tu ne comprends pas quelque chose, et n'hésite pas à faire un planning commun avec des potes : que vous bossiez ensemble ou non, c'est toujours plus motivant.

Si tu n'as pas su t'organiser dans l'année, c'est dommage, mais c'est rattrapable. Pour beaucoup de gens, et pour plein de raisons qu'on n'anticipe parfois pas, c'est compliqué de travailler avec constance. Même s'il te reste beaucoup de connaissances à ingérer en peu de temps, tu peux t'en sortir avec de la motivation et surtout un planning très carré. N'abandonne pas. Tu es capable de bien plus que tu ne le crois : à toi de jouer !

→ VOIR AUSSI : DEVOIRS, ÉTUDES SUPÉRIEURES, LYCÉE, REDOUBLEMENT, VOIE PROFESSIONNELLE ←

COMPLEXE

Un complexe provoque un sentiment d'insécurité et est lié à des spécificités de notre physique ou de notre caractère. Tout le monde souffre de complexes, mais pour certaines personnes, ils peuvent devenir invalidants.

D'OÙ VIENNENT LES COMPLEXES ?

Les complexes sont largement influencés par l'environnement dans lequel nous vivons : la société et les standards qu'elle nous impose, des traumatismes, ou bien une pression (familiale ou non). En résumé, c'est une peur d'être « trop ceci » ou « pas assez cela », qui peut s'avérer pesante. Au fur et à mesure que tu y penses, cela peut même t'obséder jusqu'à créer un vrai complexe d'infériorité et te faire perdre confiance en toi.

ON NE VOIT PAS QUE ÇA !

Garde toujours en tête qu'il est plus facile de se concentrer sur ce qu'on n'a pas que sur ce que l'on a. C'est naturel et humain, et ça ne fait pas de toi une personne négative. Et sache que non, les gens autour de toi ne voient pas que ça. En réalité, l'important est de réussir à changer le regard que tu portes sur toi. Tu peux, par exemple, faire la liste de tout ce que tu aimes chez toi.

Et si tu souhaites te faire aider pour travailler sur ton complexe – qu'il relève de ton physique ou de ton caractère – et t'en libérer, alors tu peux contacter des pros (j'insiste sur ce point) de la santé mentale. Il existe des accompagnements gratuits ou payants, selon tes moyens. Renseigne-toi auprès de l'infirmier ou de l'infirmière de ton établissement.

ARRÊTE DE TE COMPARER !

Il est aussi important que tu ne te compares qu'à des gens comparables : tu ne peux pas rêver de la silhouette de ta copine qui mesure 1,55 m et 40 kg si tu mesures toi-même 1,80 m. Vous n'êtes tout simplement pas les mêmes, et peut-être qu'elle-même envie ton charisme ou ton allure.

Te comparer crée un sentiment d'infériorité dont tu peux clairement te passer. Alors détourne le regard des autres, réfléchis à tes propres qualités, et coupe aussi ces réseaux sociaux sur lesquels, progressivement, tu ne vois plus que ce qui te complexe (ce n'est pas seulement dans ta tête, ce sont les algorithmes !). Apprends à ne pas subir Instagram – c'est malsain.

NE STRESSE PAS SUR CE QUE TU NE MAÎTRISES PAS !

Je le dis ailleurs dans ce livre, tu ne dois pas complexer sur tout ce qui touche à ton corps : tu ne l'as pas choisi et tu ne peux pas t'en vouloir ou avoir de gêne à l'égard de choses que tu ne maîtrises pas. En plus, on a tendance à croire qu'il n'y a que nous qui avons tel ou tel attribut ou défaut, alors qu'il est sûrement très répandu. C'est juste que, puisqu'on se voit 24 h/24 et 7 j/7, on se regarde de très près et intimement, ce qu'on ne peut pas faire avec les autres.

LES BAGUES : UN CALCUL À LONG TERME

Le but d'un appareil dentaire est de corriger ta denture pour qu'elle soit le plus esthétique ET fonctionnel possible. Le port de ces bagues peut sembler long, mais dis-toi qu'elles te donneront de jolies dents pour la vie. Socialement, même s'il ne faut absolument pas juger au physique, ça pourra être difficile, mais tu ne le regretteras pas. Au-delà de ça, il est important d'avoir une bonne occlusion (c'est l'alignement de tes mâchoires), ne serait-ce que pour bien mastiquer et digérer.

Tu te dis sûrement que tu ne plairas à personne avec cet engin qui barre ton sourire. Rassure-toi : autour de toi, vous êtes ou serez beaucoup à porter un appareil et à avoir cette tête pendant un temps. Si vraiment ça te dérange, entraîne-toi devant la glace à faire de beaux sourires sans montrer les dents. C'est normal de complexer, mais aie conscience que les autres ne voient pas que ça ! Surtout, n'oublie pas : comme les boutons, c'est le lot de beaucoup d'ados. Les bagues sont tellement répandues que ce n'est pas ce que les gens retiennent de ton visage : ce sont plutôt tes yeux ou tes cheveux. Pas d'inquiétude ! Bientôt, tout cela ne sera qu'un souvenir et tu taperas tes plus beaux selfies toutes dents dehors.

TU LES AIMERAS, TES DIFFÉRENCES

Je ne suis pas en train de te dire que ce sera demain ou que ce sera facile, mais crois-moi : tu es dans une période particulière où on change énormément et où on se découvre. C'est normal de ne pas s'aimer à 100 % (y a-t-il des gens pour qui c'est le cas ?), et même d'angoisser à propos de certaines parties de nous-mêmes. Ce sur quoi je peux d'ores et déjà te rassurer, pour l'avoir vécu à un point que tu ne soupçonnes sûrement pas, c'est que, par chance, dans l'immense majorité des cas, ça passe. Peut-être qu'un jour, tu t'attacheras à ce qui, aujourd'hui, te donne des complexes et que tu te mettras à aimer, par exemple, ton nez, ta naïveté, ton ventre, ta façon bizarre de communiquer, ta mâchoire, tes seins, ton incapacité à danser, tes poils ou ta sensibilité qui te pèse (oui, ce sont quelques-uns des complexes qui m'entravaient jusqu'à il n'y a pas si longtemps). Nos propres goûts évoluent et on se rend compte tôt ou tard de la personne merveilleuse qu'on est. On avance bien mieux le jour où tous nos complexes sont dépassés. Ça va t'arriver !

NON, TU N'ES PAS NAZE

Au-delà des complexes liés au physique, il existe des complexes sociaux, liés à la façon dont on évolue en société. C'est le lot de TOUT LE MONDE. Ça n'est pas réservé qu'à toi ou aux gens de ton âge : à tout moment de notre vie, nous pouvons complexer si nous nous comparons à des personnes qui semblent tellement plus à l'aise que nous en société, tellement cool, avec toujours le bon mot, le bon look, et l'énergie dont on rêve. *Spoiler* : même ces personnes peuvent aussi douter et se trouver nulles par moment – c'est juste qu'on apprend plus ou moins vite à le cacher. Ce que tu dis n'est pas ridicule ! Si les gens restent avec toi, c'est qu'ils t'aiment bien, et si tu fais partie des personnes qui, après coup, jugent nul ou honteux tout ce qu'elles ont pu dire, sache bien une chose : chaque individu est le centre de son propre monde. Les autres ne sont pas constamment focus sur toi quand vous êtes ensemble. Alors, aussi incroyable que ça puisse te sembler… ce qui te paraît avoir été une montagne et t'a fait perdre tes moyens est sûrement passé inaperçu pour tout le monde autour.

→ VOIR AUSSI : ANATOMIE, BEAUTÉ, FLUIDES, NORMALITÉ ←

CONFIANCE

La confiance, c'est l'espoir solide que du bon peut arriver de quelque chose ou quelqu'un. Elle prend plusieurs formes, avec un processus toujours similaire : ainsi, on peut avoir confiance en soi, dans ses choix, dans ses succès, confiance dans les autres, leur bonté, leur loyauté, et confiance dans la vie.

AIE CONFIANCE EN TOI : C'EST UNE ALLIANCE QUI DURERA

Tu peux avoir confiance en toi en réaffirmant tes qualités et en t'en persuadant. De temps à autre, prends un moment juste pour toi et liste tes forces et ce que tu apprécies chez toi. Tu te rendras ainsi compte de ce dont tu es capable, de ce que tu as su accomplir ou surmonter, de ce que les autres, enfin, te trouvent, même si ta perception de toi-même est très éloignée de la leur. Avant d'avoir essayé, tu ne peux pas te figurer comme c'est efficace.

N'hésite pas à en parler à tes proches, je suis sûre que ta famille ou tes potes t'expliqueront avec plaisir pourquoi elles et ils t'aiment tant – et à force, tu vas aussi réussir à le discerner. Si tu en as la possibilité, tu peux aussi solliciter des spécialistes, qui te donneront les clés pour te sentir bien.

Passe aussi du temps avec toi-même pour mieux t'apprécier – ça semble très difficile, dit comme ça, mais tu y prendras goût. Il n'y a pas de petits accomplissements : fais des activités qui te valorisent et te font te sentir bien. Même si elles ne sont pas communes, si toi, tu y crois et y prends plaisir, *go for it* !

AIE CONFIANCE DANS LES AUTRES : IL Y A DES GENS BIEN PARTOUT

C'est un conseil qui te semble peut-être dangereux dans un monde où on te dit souvent qu'il ne faut compter que sur soi-même. Il est pourtant doux de pouvoir se délester de ses secrets, ou d'avancer à plusieurs. Il y a des gens bienveillants : pour t'en convaincre, dis-toi que les autres sont comme toi. Tout le monde fait comme il peut, mais peu de gens trouvent de réels intérêts à nuire aux autres.

Bien sûr, les trahisons existent : quand on s'y confronte, il vaut mieux faire preuve d'empathie pour tenter de comprendre le comportement de la personne. Cette suggestion, je ne te la fais pas pour excuser les gens qui trahissent, mais plutôt pour toi, pour que tu gardes de la douceur dans ton cœur, sans traumatisme : les mensonges et la fourberie existent, mais ce n'est pas parce qu'une personne y cède que ce sera le cas de tout le monde, et ce serait dommage de te priver de l'appui des autres. Bien sûr, laisse-toi d'abord le temps d'encaisser et souviens-toi bien que tu ne dois le pardon à personne. Simplement, autorise-toi à croire à nouveau que les gens autour de toi peuvent être animés de bonnes intentions.

Pour cicatriser quand tu as donné ta confiance et qu'on l'a brisée, rappelle-toi que les gens ont parfois des raisons d'agir qui nous dépassent, et que cela dépend moins de nous que de la personne. Avec le temps, tu apprendras aussi à distribuer plus justement ta confiance.

AIE CONFIANCE DANS LA VIE : ELLE CONSOLE PARFOIS ET SURPREND TOUJOURS

As-tu déjà noté que, même après les pires épreuves, on retrouve parfois l'apaisement ? Pour l'instant, tu as survécu à tout. Pense à toutes les choses terribles que tu as traversées (peut-être même que tu t'es dit que tu ne t'en remettrais jamais ?), et au fait que tu es là malgré tout. S'il peut arriver de grands chocs, il peut aussi arriver de grandes et belles surprises. Même si tu n'as pas eu de chance, il y a déjà eu du positif dans ta vie, et tu ne t'y attendais pas à chaque fois. Pourtant, c'est arrivé.

Quand on est triste, nos pensées nous ramènent souvent à une vision fausse de notre existence, selon laquelle on aurait toujours souffert. C'est difficile, dans ces moments-là, de garder les idées claires, mais tu peux lister (oui, je n'en démords pas) les petites joies qu'apporte la vie. Force-toi à y penser. Tu es quelqu'un de bien, de valable, et de belles choses t'arriveront encore.

Sans parler de karma, sans introduire la moindre dimension religieuse, je dirais aussi que, même si la malchance existe, bien se conduire appelle généralement de bonnes choses... Tu tentes ?

→ VOIR AUSSI : COMPLEXE, HONNÊTETÉ, TIMIDITÉ ←

CONFLIT

C'est le moment où survient un désaccord dont la gestion crée des tensions. Dans tous les domaines de ta vie, des conflits surviendront, c'est normal et parfois salvateur. L'essentiel est de savoir les gérer correctement, c'est-à-dire sans t'épuiser, et dans la mesure du possible avec bienveillance.

RESTE À TA PLACE

Un conseil pour commencer : par principe, attends toujours d'avoir analysé la situation avant de te mêler d'un conflit impliquant une ou (surtout !) plusieurs personnes. Évite particulièrement de t'incruster là-dedans quand le désaccord porte sur des choses peu importantes (comme, heureusement, la majorité des conflits). Tu n'as pas le temps d'être sur tous les fronts – ce qui ne t'empêche pas d'observer les personnes concernées et d'en tirer les conclusions qui te sembleront bonnes, notamment sur comment agir avec elles à l'avenir. Souvent, les disputes finissent par se résoudre. Sinon, après coup, tu seras cette personne qui a pris parti contre tel ou telle… ce qui te mettra juste dans des problèmes que tu peux éviter.

En revanche, si effectivement il y a une injustice, un manque de respect ou un danger, bien sûr, affirme haut et fort ce que tu penses : c'est un soutien rare et toujours précieux. Veille néanmoins à ne pas te positionner en tant qu'arbitre de tous les conflits. De la même façon, aussi injuste que ça puisse paraître, ne force pas ton entourage à prendre position pour toi.

Ne te sers pas des conflits pour te mettre en avant ! Beaucoup trop de gens le font. Si une dispute a pour seul objectif de montrer que tu as du caractère, c'est avec toi seulement que tu es en conflit. À qui as-tu besoin de prouver que tu es une grande gueule prête à rugir ? Et, toujours pour éviter d'user tes nerfs et ceux de ton entourage, apprends à ne rien régler à chaud : on se dévoile trop sur le coup de la colère et tu risques d'avoir des remords, notamment si tu laisses les mots dépasser tes pensées et que tu blesses les autres.

SOIS JUSTE, MÊME DANS LES CONFLITS

Quand tu fais des reproches, assure-toi de ne pas attaquer la personne mais plutôt ce qui t'a posé problème dans son comportement : c'est plus objectif, et cela permet de créer une certaine empathie. Par exemple : « Ton comportement m'a fait me sentir mal » plutôt que « Tu es une mauvaise personne ». C'est ce qu'on appelle la « communication non violente ».

De façon générale, interdis-toi de déverser tes émotions sur les autres. Par exemple, tu peux être triste ou en colère à cause d'une situation, mais avant de réagir, tu peux prendre le temps de te demander si le fait de te disputer avec la personne concernée fera avancer la situation. Si dire les choses et poser ses limites est absolument capital, se défouler sur les autres est juste destructeur, pour toi comme pour ton entourage.

Comme je te le dis ailleurs dans ce livre, demande-toi toujours si tu t'en prends à la bonne personne. On a souvent tendance à s'attaquer à nos proches quand on est en colère. Il y a également un risque de s'énerver sur les personnes qui annoncent les mauvaises nouvelles, plutôt que sur celles qui ont mal agi.

Ne parle pas dans le dos de l'autre quand tu es en plein conflit. D'une part, tu saliras moins ton image en choisissant de ne pas commenter ; d'autre part, ça te donnera de la hauteur par rapport aux événements.

ÉVITE-TOI DE LONGS CONFLITS INUTILES

Crois-moi, j'ai mis longtemps à m'en rendre compte : des tonnes de conflits qui m'ont semblé centraux à un moment donné de ma vie – quitte à m'empêcher de penser à autre chose – sont désormais de lointains souvenirs (« Ah, je me suis fâchée avec cette personne ? »). Avec les années, les gens avec qui on a eu un conflit sortent tout simplement de notre vie.

En réalité, on ne peut pas aimer tout le monde. C'est un fait. La mauvaise nouvelle supplémentaire, c'est qu'on ne peut absolument rien faire pour s'assurer que tout le monde nous aime – même en essayant de toutes ses forces. Mais voilà, on n'a aucune obligation non plus à s'imposer la présence de personnes qui nous détestent, même si on ressent souvent l'envie viscérale d'aller se frotter à ceux et celles qui nous énervent.

Sans qu'on sache trop pourquoi, parfois, on veut se jeter dans l'arène. Mais réfléchis bien aux raisons qui te poussent à le faire et, si ça ne t'apporte rien de positif, ne rentre pas dans un conflit. Chaque mouvement que tu feras énervera l'autre davantage et vice-versa : ça n'aura aucune utilité, tu gâcheras ton énergie et, très franchement, ça ne te fera pas du tout honneur. Ce que les gens retiendront essentiellement, c'est que deux personnes s'embrouillent continuellement et que c'est pénible. Alors, même si tu es dans ton bon droit, ne relance pas sans cesse la dispute et éloigne-toi le plus possible de cette personne. Tu as besoin de tes forces pour tant d'autres choses !

PRÉSERVE-TOI EN TEMPS DE GUERRE !

Parfois, les conflits durent longtemps et sont compliqués. Ils provoquent des émotions fortes, avec souvent un très gros sentiment d'injustice qui serre le cœur et fait enrager le cerveau. N'hésite pas à couper court à la discussion et à dire à la personne avec qui tu te disputes : « Non, aujourd'hui, je n'ai pas le temps, pas l'énergie. » Tu peux alors quitter la pièce et/ou la mettre en sourdine sur les réseaux sociaux. Si tu ne peux pas l'éviter, concentre-toi très fort sur le moment où tu vas le pouvoir et décompresse le plus possible quand c'est bon : tu as le droit de crier, de pleurer, et même de dormir – car oui, tout cela est extrêmement fatigant.

Il faut toutefois essayer de désamorcer le conflit au plus vite, surtout quand on tient beaucoup à la personne ou qu'on lui connaît un fort pouvoir de nuisance. Souvent, c'est très énervant : on se sent dans son bon droit et on n'a pas du tout envie de faire un pas vers l'autre. Mais demande-toi si, à moyen terme, ça te plairait que cette situation dure et prends sur toi. Vous en rirez peut-être dans quelque temps.

Et pour cela, donne-toi toujours un délai de réaction. Regarde comment, ne serait-ce que le lendemain d'une forte émotion, on pense déjà différemment. Quand tu te sens dans une colère noire et que l'envie te prend d'envoyer un message assassin ou de hurler sur quelqu'un, attends vingt-quatre heures. C'est toujours moins urgent qu'on ne le pense et, crois-moi, ce conseil sauve bien des situations.

Enfin, si tu sens qu'un conflit est stérile, c'est-à-dire qu'il ne mènera à rien de constructif, que tu ne tiens pas énormément à la personne et que tu as la chance de pouvoir l'éviter à l'avenir, alors mets fin à tout ça. Évite-toi des discussions inutiles avec des gens que tu ne changeras pas. La toxicité, on la fuit !

ON NE PEUT PAS GAGNER À TOUS LES COUPS

Parfois, un conflit plus ou moins sérieux éclatera avec des personnes avec qui tu ne pourras *a priori* pas avoir gain de cause : les adultes.

Si c'est avec des profs, tu as quelques solutions : en parler avec d'autres profs avec qui tu t'entends particulièrement bien pour obtenir une médiation, ou même avec tes parents pour qu'ils essaient de leur parler d'adulte à adulte.

Ça peut être plus compliqué, en revanche, si les tensions sont avec tes parents, parce qu'elles peuvent être profondes et affecter ton quotidien. Si, par chance, tu as de la famille proche de toi avec qui tu t'entends bien, tu as bien sûr la possibilité de passer par elle. Quoi qu'il en soit, essaie de parler à tes parents avec maturité, en disant les choses exactement comme tu les ressens. Rappelle-toi aussi que, même si tu sais avec certitude que tu as raison, ils auront toujours le dernier mot. Tu dois l'accepter, et cela aura au moins le mérite de te faire expérimenter l'injustice (oui, c'est vraiment dur et on préférerait clairement s'en passer, alors autant en faire quelque chose de constructif). Tu peux garder en tête les éléments de ce conflit pour plus tard : vous pourrez en reparler un jour, de façon apaisée.

Et pour information, oui, une famille parfaitement fonctionnelle sait régler les problèmes, mais tu sais quoi ? Au fond, peu de familles sont parfaitement fonctionnelles.

→ VOIR AUSSI : BIENVEILLANCE, COLÈRE, CRITIQUE, HONNÊTETÉ ←

CONTRACEPTION

La contraception désigne l'ensemble des méthodes ayant pour fonction d'éviter une grossesse. Chacune présente ses avantages et ses inconvénients, aussi faut-il y réfléchir avec soin. Et attention à ne pas confondre contraception et protection contre les infections sexuellement transmissibles (IST) !

LES DIFFÉRENTS MOYENS DE CONTRACEPTION

La pilule est un comprimé que l'on ingère quotidiennement. Elle modifie les hormones naturellement présentes dans le corps pour empêcher l'ovulation. Aucun moyen de tomber enceinte ! À une seule condition : ne pas l'oublier – au-delà de douze heures de retard, la protection n'est plus assurée. La pilule présente toutes sortes d'avantages : au-delà de la contraception, elle peut permettre, selon celle choisie, de réduire les boutons ou encore les douleurs de règles – puisque les menstruations qu'elle provoque sont fausses. Comme toutes les méthodes de contraception, c'est également un produit qui bouleverse le système en profondeur, en apportant une telle dose d'hormones qu'il peut modifier les humeurs, l'appétit et la morphologie. Prudence donc ! Si tu décides de prendre une pilule, discutes-en de manière détaillée avec ta ou ton médecin ou avec ta ou ton gynéco.

Le dispositif intra-utérin (DIU), ou stérilet, est un petit objet placé par un ou une gynéco, médecin traitant ou sage-femme tout au fond de l'utérus. Il a pour objectif d'empêcher la fécondation en détruisant tout spermatozoïde qui s'approcherait de l'ovule. L'avantage, c'est qu'une fois installé, il se conserve plusieurs années et qu'on n'a pas à y penser quotidiennement. Le DIU a longtemps souffert de préjugés tels qu'on n'en posait pas aux personnes qui n'avaient pas encore eu d'enfant. Ce temps est révolu et tout le monde peut désormais demander à s'en faire poser un. Il peut néanmoins être déconseillé aux personnes qui ont des règles abondantes et/ou très douloureuses. Parles-en avec ta ou ton médecin.

Le préservatif, enfin, est une sorte d'enveloppe qui se déroule sur le pénis ou, plus rarement, dans le vagin, et qui empêche le sperme de se répandre à l'intérieur de ce dernier. C'est la seule méthode de contraception qui protège aussi des IST. Si toi et la personne avec qui tu couches n'avez pas fait de test récemment, et même si vous vous faites entièrement confiance, peu importe s'il y a une autre contraception : le port du préservatif est absolument nécessaire, quelles que soient les excuses que tu peux entendre parfois de la bouche de certains partenaires.

Si jamais le préservatif venait à craquer (ce qui n'arrive normalement pas s'il est bien enfilé), il est indispensable de se faire dépister dans les six semaines qui suivent, pour s'assurer de ne pas avoir contracté d'IST et, en l'absence d'autre contraception, de prendre ce que l'on appelle la « pilule du lendemain ». Disponible dans toutes les pharmacies (gratuitement et anonymement pour les personnes mineures), au planning familial – il y en a en principe dans toutes les villes – ou à l'infirmerie scolaire, elle est efficace jusqu'à 72 heures après le rapport sexuel non protégé et permet de réduire le risque de grossesse.

NE JOUE PAS AVEC LE FEU

Certaines méthodes de contraception sont intéressantes sur le papier, car supposément plus naturelles et plus respectueuses du corps humain. Mais, en pratique, les risques de grossesse demeurent trop importants. Donc, même si on te vante les mérites du retrait (celui du pénis avant éjaculation) ou de l'observation du cycle menstruel (différentes méthodes visant à noter scrupuleusement les variations, voire les sécrétions) : PRUDENCE, d'autant plus avec l'irrégularité des premiers cycles menstruels et la grande fertilité propre à ton âge au cours du cycle. Ne prends pas de risque inutile !

Bien qu'être à l'écoute de son corps et lui permettre de se réguler sans produit chimique ou corps étranger puisse paraître tentant, il faut de l'expérience et beaucoup d'attention pour rendre efficaces ces pratiques – et, malgré tout, tu finiras tôt ou tard par voir leurs limites.

RENDEZ-VOUS CHEZ LE OU LA GYNÉCO !

Le ou la gynécologue est un ou une médecin spécialisée dans tout ce qui touche à l'anatomie génitale et à la sexualité des femmes. Il est recommandé d'aller consulter en cas de problème (comme une IST ou un dérèglement hormonal), ou tout simplement pour se faire prescrire une méthode contraceptive (pilule), se la faire poser (DIU), contrôler une grossesse, ou vérifier régulièrement si tout va bien (notamment au moyen d'un examen que l'on appelle le « frottis »). En soi, tu peux t'y rendre dès le début de ta puberté !

C'est le moyen le plus simple d'obtenir une contraception adaptée, mais il n'est pas toujours aisé d'avoir accès à des médecins. Si tu n'as pas d'argent, ni envie d'en parler à tes parents, tu peux te rendre au planning familial le plus proche, où un personnel soignant à l'écoute t'accompagnera de façon gratuite et anonyme. Le suivi gynécologique peut également être assuré par ta ou ton médecin ou par un ou une sage-femme, souvent plus disponible que les gynécologues.

Si tu ne te sens pas bien avec la personne qui te suit, changes-en. Il faut que tu sois parfaitement à l'aise avec elle, afin de pouvoir tout lui dire ou montrer – n'hésite pas d'ailleurs, à demander la raison de chaque acte si cela te met plus à l'aise. Certains gestes comme certaines paroles ne sont pas acceptables : si quelque chose te gêne, parles-en autour de toi.

Pour s'occuper des pénis, les équivalents des gynécologues s'appellent des andrologues. Pour la moindre question, tu peux aussi choisir d'en consulter un. Mieux vaut y aller « pour rien » que de s'en passer et de rester avec des questions plein la tête, ou pire, de laisser des problèmes s'installer.

GROSSESSE

La grossesse désigne l'état d'une personne qui porte un bébé. Cela dure neuf mois en principe, mais peut être plus court. Après la fécondation, c'est-à-dire la rencontre entre un spermatozoïde et un ovule, un nouvel être humain se développe dans l'utérus. Si la grossesse se poursuit, la personne enceinte doit suivre certains principes pour sa santé et celle de l'enfant à naître, comme ne pas boire d'alcool, ne pas fumer, ni manger certains aliments. Car tout ce qui entre dans son organisme est automatiquement distribué au bébé par le biais du cordon ombilical (tu en as conservé une cicatrice : ton nombril).

On apprend généralement une grossesse en surveillant le cycle des règles – qui cessent pendant cette période, puisqu'il n'y a plus de production d'ovules – puis en effectuant un test qu'on se procure en pharmacie ainsi que des examens médicaux.

Certaines grossesses sont arrêtées par ce que l'on appelle une « fausse couche » (l'embryon s'évacue alors par voie basse, c'est-à-dire par le vagin), ou bien par une interruption médicale de grossesse (IMG), en cas de grave problème de santé.

Une personne enceinte est très suivie pendant toute sa grossesse : grâce à des examens réguliers, elle peut s'assurer de sa santé et de celle de son bébé, mais aussi connaître rapidement le sexe de l'enfant à venir et savoir si la grossesse est multiple (comme quand il y a des jumeaux, des triplés, voire plus encore).

→ VOIR AUSSI : IST, IVG, PUBERTÉ, RÈGLES, SEXE ←

COUPLE

« Ils vécurent heureux et eurent beaucoup d'enfants. » Le couple est-il l'aboutissement de toute une vie, comme on veut souvent nous le faire croire ? Au risque de briser tes rêves (mais je sais que tu es là pour lire la vérité), le couple n'est pas le seul moyen d'être une personne complète. Mais si ça peut te rassurer, bien géré, il peut quand même être très joli.

L'AMOUR FACE À L'ENTOURAGE

Ne lâche pas tes potes, ta famille et tout ce qui compose ton entourage pour ton couple. C'est parfois difficile au début, quand on est pris dans son histoire d'amour, et c'est surtout très fréquent, mais je t'assure qu'en te retournant, tu auras des regrets, alors fais preuve de vigilance à ce sujet.

Cela étant dit, si ton entourage rejette ton couple pour des raisons racistes, LGBTQIA+phobes, ou liées à la classe sociale – tout cela arrive malheureusement beaucoup plus souvent qu'on ne le croit –, rappelle-toi qu'en ce qui concerne tes choix sentimentaux, tu ne dois rien à personne. Si l'amour est là, malgré les difficultés, il tiendra.

En revanche, si tes proches s'inquiètent pour toi en évoquant des raisons légitimes concernant ton couple, écoute-les. On confond parfois amour et passion, amour et dépendance, amour et douleur. C'est horrible de se détacher de quelqu'un qu'on aime – même quand cette personne nous fait profondément souffrir – parce qu'on croit que cette souffrance est inséparable de l'amour, qui nous semble vital, et qu'on pense que celui-ci doit être inconditionnel. Si des personnes de ton entourage que tu sais saines te mettent en garde à propos de ton couple, essaie de ne pas tout rejeter en bloc. Même si tu penses qu'elles ne peuvent pas vous comprendre, prends le temps d'y réfléchir. Et si tu te retrouves dans le rôle de la personne qui conseille et alerte, ne t'arrête pas au premier refus d'écouter tes paroles. Reste auprès de la personne le plus longtemps possible. La pire chose serait de la laisser s'isoler dans la toxicité de son couple.

METS-TOI EN COUPLE POUR TOI ET TOI SEULEMENT

On ne se met pas en couple pour se compléter soi : tu es déjà une personne à part entière. Le couple est un plus, contrairement à ce que beaucoup de gens pensent, et ne doit pas être un modèle imposé, ou pire, un moyen de se convaincre ou de convaincre les autres que l'on vaut quelque chose.

Que l'on soit bien d'accord : l'amour est formidable, mais on ne peut pas le forcer. Le couple doit donc apporter quelque chose à notre vie, non pas être une contrainte dans laquelle on s'enlise. Aussi, pas de pression ! Quoi que te disent la société, ta famille ou tes potes, il n'y a pas d'âge auquel ce serait nécessaire, ou à l'inverse déplacé, de former un couple. Ce n'est jamais ni trop tôt ni trop tard, chacun et chacune va à son rythme.

En fait, le couple ne doit être lié à aucune obligation, et surtout, ce n'est pas une fin en soi. Je le répéterai autant qu'il le faudra : ne sois pas de ceux et celles qui sont en couple juste parce que ce serait socialement mieux. Fais ce qui te rend heureux ou heureuse. Par exemple, ne te mets pas avec une personne qui ne t'intéresse pas ou qui ne te traite pas bien. Ne te conforme pas non plus aux désirs de quelqu'un : on ne peut pas changer entièrement pour l'autre, sinon il ou elle est en couple avec une fiction, et la relation ne comportera ni sincérité ni bonheur.

Aie confiance, ne dissimule pas de choses importantes, mais préserve ton jardin secret, qui est nécessaire à tout être humain abouti. C'est une mauvaise idée, par exemple, d'échanger vos mots de passe, ou pire encore, de fouiller dans les téléphones : c'est le meilleur moyen pour se faire des films et beaucoup de mal.

N'oublie pas quelque chose d'important (qu'on met souvent des années et bien des relations à comprendre pleinement) : même des personnes bonnes peuvent s'avérer toxiques au contact l'une de l'autre. L'affection qu'elles éprouvent l'une pour l'autre peut faire croire que l'histoire fonctionnera envers et contre tout, mais voilà : l'amour ne suffit pas toujours et certaines personnes sont vraiment, fondamentalement, incompatibles.

Oh, et arrête de croire aux *couple goals* d'Instagram. Comme un peu tout ce qui se passe sur les réseaux sociaux, on ne te présente qu'une mise en scène, habilement sélectionnée parmi une multitude de moments d'une vie entière et retouchée. Tu n'es pas dans la vie des gens, et même les plus sexy et les plus riches ont des problèmes. Alors, nul besoin de les envier. C'est naturel de jalouser, ça n'a rien de monstrueux, mais prends garde à l'excès ! De la même façon, ce n'est pas la peine de te surexposer : objectivement, plus tu montreras ta vie de couple, plus tu attireras des commérages et des critiques. Et puis, disons-le, les grandes démonstrations, surtout baveuses, sont source de malaise pour tout le monde.

ACCEPTE QUAND VIENT LA FIN

Quand on sent que notre amour et notre couple s'essoufflent, il faut tâcher de bien faire les choses. Ne laisse pas la situation s'enliser, ou pire, ne deviens pas soudain distant ou distante, voire infidèle. Le minimum que tu doives à l'autre, c'est de l'honnêteté – même si c'est difficile de faire de la peine aux personnes que l'on apprécie, c'est la façon la plus juste d'agir. Assure-toi seulement de prendre la bonne décision, parce qu'il serait dommage de la regretter. Il est injuste de faire des allers-retours vers une personne qui nous aime, alors pèse bien les choses avant d'agir – même si je ne doute pas qu'en pareille situation, ton cerveau bouillonne déjà. C'est dur de rompre, mais rappelle-toi bien que toutes tes expériences amoureuses affinent tes désirs et tes critères, et que chacune représente une étape te rapprochant de ce que tu veux vraiment.

Si ce n'est pas toi qui as pris la décision, tu es en droit de demander des explications, qui sont nécessaires pour que tu puisses correctement encaisser la rupture. Comprends déjà, avant tout, que ce n'est pas toi en tant que personne qui n'est pas validée : ce sont le couple et vos attentes respectives. La nouvelle est forcément très dure à vivre, mais promis, on se relève, même quand tout s'est écroulé et qu'on croit avoir perdu tous nos rêves. Pense à tout ce que tu as vécu de beau, qui ne te sera jamais enlevé, et à comme la vie peut être douce quand elle nous accorde de si harmonieuses rencontres : tout cela a eu lieu et arrivera à nouveau, même si tu n'y crois pas pour le moment (on vit toujours ces épisodes de manière très intense).

D'ailleurs, la fin d'un couple ne veut pas dire la fin d'une relation ! Si l'une des personnes souffre particulièrement ou que le choc est brutal, ça peut être bien de prendre des distances le temps d'encaisser. Mais pour la suite, aucune règle ne régit les rapports avec les ex. Il n'est gravé nulle part dans le marbre qu'il faut se séparer définitivement des personnes auxquelles on tient parce qu'un lien est mort. Autant le réinventer ! Cela peut donner lieu à de très belles amitiés, dès lors qu'on lève toute ambiguïté.

TU ES EN COUPLE, VRAIMENT ?

Je ne te dis pas de t'emballer à la seconde où tu rencontres quelqu'un, en t'imaginant déjà la bague au doigt (genre, n'annonce pas que tu es en couple avec quelqu'un à son insu !). Pour autant, ne reste pas dans une situation ambiguë trop longtemps. Parfois, on se retrouve à accepter des configurations qui ne nous conviennent pas juste pour être « cool », et ça finit par faire souffrir l'une ou l'autre personne, voire les deux. Le dialogue, comme dans toute situation, est absolument capital.

Cela semble parfois impossible, même avec toute l'assurance du monde. Pourtant, c'est vraiment important de parler – et si tu as peur des réponses, ce n'est jamais bon signe. Il faut vraiment de la clarté, car les quasi-relations font trop de mal. Bien sûr, il n'y a pas de modèle prédéfini à suivre : le couple monogame exclusif est certes courant, mais ce n'est qu'une forme de relation amoureuse parmi d'autres. Il existe aussi le polyamour, par exemple, qui implique par définition plus de deux personnes. Tout est une question de dialogue et de consentement ! Il n'y a pas besoin d'étiquette ou de normes si tout est clair et entendu, mais il est nécessaire de refuser les situations où l'incertitude fait souffrir. N'accepte pas des choses dont tu sais d'avance qu'elles te briseront le cœur.

De la même façon que tu mérites respect et honnêteté, n'impose pas à l'autre la configuration de votre relation – sauf si quelque chose te blesse profondément, évidemment. Un amour vrai et sain implique qu'on veuille le meilleur pour la personne, même si on ne voit pas toujours les choses de la même façon. On ne possède pas les autres, pas plus qu'on ne peut leur imposer nos points de vue ! Si vos deux visions ne sont absolument pas conciliables, alors autant mettre fin à la relation, afin d'éviter toutes les souffrances qu'elle pourrait entraîner.

Lorsque la jalousie de l'une ou des deux personnes fait de la relation un chemin de croix, ne vous forcez pas à être ensemble coûte que coûte dans quelque chose de douloureux. De la même façon, un couple où les personnes ne se respectent pas, se parlent mal, se rabaissent… n'est pas fonctionnel, peu importent les sentiments qui les unissent – cette relation générera à coup sûr souffrances et difficultés. C'est un enseignement difficile, mais je te donne là un code triche très utile : parfois, l'amour ne suffit pas pour qu'une relation fonctionne.

N'ÉCOUTE PAS LES ESPRITS CHAGRINS

On dit souvent que les membres d'un couple ne peuvent pas rester amoureux toute une vie : c'est faux. Les gens qui disent cela croient que l'amour équivaut à la passion. Cette idée nous est beaucoup transmise par la société et l'art, qui représente l'amour comme un état affectif intense qui crée du manque, de la peur, voire de la souffrance. Évidemment, si ce n'était que ça, aucune relation ne pourrait tenir durablement, et les histoires seraient en plus extrêmement handicapantes pour le reste de la vie. Est-ce bien sain d'imaginer une vie de famille conçue autour d'une passion qui consume ?

La passion n'est pas la seule façon d'aimer qui existe. Si une relation dévore absolument toute ton énergie et ton temps, alors peut-être faut-il la remettre en question. Car il existe un amour simple, équilibré, qui est moins représenté mais tellement plus important : celui qui, bien loin des montagnes russes constantes, apaise et permet de s'épanouir, sans prendre toute la place dans l'existence, mais au contraire, pour l'embellir tout entière.

→ VOIR AUSSI : AMOUR, CHAGRIN D'AMOUR, RÉSEAUX SOCIAUX, TOXICITÉ ←

CRISE

La crise, le gros mot du siècle que tu entends si souvent – et pour un peu tout. Crise économique, crise sanitaire, crise sociale : on en parle beaucoup, entre potes, en famille ou aux infos, pour désigner une situation critique qui échappe au contrôle et crée de nouveaux problèmes, qui semblent parfois très difficiles à résoudre.

LES CRISES SONT POLITIQUES

Les crises entraînent souvent des débats acharnés, dont tu ne comprends peut-être pas tout. Tout le monde donne son avis, et il est difficile de se repérer quand on n'a pas toutes les clés. Cela fait d'ailleurs partie du jeu politique et, comme tu t'en es peut-être déjà rendu compte, les personnes qui décident pour nous utilisent souvent ces difficultés à des fins personnelles : on dit alors qu'elles les « instrumentalisent ». Au moment des élections, particulièrement, les personnalités politiques mettent en avant certains problèmes (parfois réels) à leur propre manière, pour montrer qu'elles sont les meilleures pour les régler. C'est souvent comme ça que se créent les fameuses polémiques dans les médias, et que sont répétés en boucle les mêmes mots, comme « crise » donc, sans que plus personne n'y comprenne rien.

RENSEIGNE-TOI POUR BIEN TE FAIRE TON AVIS

On n'est jamais trop jeune ou bête pour comprendre les choses ; c'est même souvent plus facile que ça en a l'air. Pour vraiment savoir ce qui se passe, je te conseille tout simplement de t'informer sur Internet ou dans les journaux ; n'hésite pas à multiplier les sources pour avoir plusieurs points de vue. Les crises, quelles qu'elles soient, sont d'ailleurs à replacer dans un contexte historique : pour une crise politique, par exemple, aie la curiosité de regarder ce qui s'est passé avant – et ailleurs. En plus de mieux comprendre la situation, ça te permettra de te rappeler que des crises, il y en a eu d'autres, et qu'on les surmonte.

ON PEUT CONNAÎTRE LE BONHEUR DANS UN MONDE QUI S'ÉCROULE

Même dans les pires crises qu'a traversées l'humanité, comme les grandes guerres, il y a toujours eu un après. Toute crise a une fin, y compris dans la vie personnelle (car oui, ça existe aussi). Dans les moments les plus sombres, on peut trouver un peu de bonheur, et on apprend aussi : repense par exemple au Covid. La majorité d'entre nous étions chez nous sans pouvoir sortir, la situation était stressante, et pourtant, tu as peut-être découvert de nouvelles passions, de nouvelles personnes ou des choses sur toi que tu ignorais.

On ne peut souvent rien maîtriser, alors souviens-toi que, malheureusement, quand on ne peut rien pour une situation dont on n'est pas responsable, il faut juste attendre… que ça passe. Ça ne durera pas et, un jour, tout ira mieux.

→ VOIR AUSSI : AVENIR, ÉCOLOGIE, PANDÉMIE ←

CRITIQUE

Une critique, techniquement, c'est le fait d'émettre un avis, positif ou négatif, sur quelque chose ou quelqu'un. On l'utilise plus fréquemment dans un sens négatif.

REGARDE TOUJOURS BIEN D'OÙ VIENT LA CRITIQUE

Si une critique te blesse, pose-toi cette question : vient-elle de quelqu'un dont l'avis compte réellement pour toi ? Quand les critiques proviennent de personnes pour qui on n'éprouve ni admiration ni affection, et dont les vies ne sont pas impactées par les comportements critiqués, alors peut-être n'est-il pas si important de les prendre en compte. Malheureusement, parfois, les critiques sont juste faites pour blesser, et parlent bien plus de la personne qui les émet que de celle qui les reçoit.

De temps en temps, on sait que la personne qui formule la critique n'est absolument pas légitime, et pourtant, on n'a pas d'autre choix que de l'écouter (ce peut être le cas de profs, des parents, ou au travail). Il y a des gens malsains, qui ont parfois l'ascendant sur nous, mais ça ne dure pas toute une vie. Dans ces cas-là, il faut juste laisser passer cette discussion pénible en souriant, en faisant semblant d'écouter les conseils : il n'y a jamais aucune obligation à les suivre, surtout si la personne ne peut pas le vérifier.

APPRENDS À RECEVOIR LES CRITIQUES

Si on te critique, même si les propos ont l'air de te viser dans ton entièreté, rappelle-toi qu'on parle de ton comportement seulement. À moins que la personne te connaisse à 100 %, elle n'attaque pas qui tu es, seulement ce que tu fais.

Après une critique, n'agis pas immédiatement. Comme pour tout dans la vie, mieux vaut laisser décanter. Sinon, tu risques de te rebiffer d'une façon que tu regretteras, ou bien de suivre directement ce qu'on t'a dit comme si le dernier son de cloche était forcément le plus juste. Tous les conseils ne sont pas bons à prendre. Attends deux ou trois jours, pour que tes pensées puissent s'organiser, et pour décider comment agir vraiment.

Pour t'assurer d'avoir bien compris la critique, n'hésite pas, d'ailleurs, à demander des détails : réinterpréter après coup fait plus de mal. Cette démarche peut aussi montrer que tu écoutes et donc aider à désamorcer un conflit. Logiquement, les personnes qui te font une critique veulent que la situation – ou même toi personnellement – s'améliore, donc n'aie aucune crainte.

TU VEUX CRITIQUER ? FAIS-LE BIEN !

Quand tu as quelque chose à dire à quelqu'un, ne va surtout pas le faire par-derrière, en passant par d'autres personnes qui vous connaissent ! C'est lâche, incorrect, et ça donne une mauvaise impression de toi. Ensuite, ces personnes risquent de se mêler de l'histoire qui, en plus, pourra être déformée. Enfin, ce n'est pas une bonne entrée en matière pour une avancée saine – c'est plutôt la meilleure façon d'aboutir à des disputes, à vrai dire.

Face à la personne, donc, mets les formes en faisant preuve d'empathie et de diplomatie : le but n'est pas de se fâcher. Même si tu as l'impression de dire quelque chose de tout à fait légitime et de basique, même si tu sais que tu as raison d'émettre une critique, même si tu la formules avec beaucoup de clarté et d'honnêteté, rappelle-toi que l'autre n'a pas la même sensibilité ni le même point de vue sur la situation. Tu as envie d'exprimer ce que tu penses, mets toutes les chances de ton côté pour que ce soit correctement reçu – et donc, que ta prise de parole ait vraiment un impact !

Si tu ne parviens pas à t'expliquer de vive voix, parce que tu es timide ou que tu fais face à une personne qui t'impressionne pour une raison ou une autre, n'hésite pas à passer par l'écrit. Je te déconseille d'utiliser les messageries instantanées de façon générale, parce que les captures d'écran de ces conversations restent rarement privées, et que l'instantané peut casser les bases d'une discussion saine. Cela dit, tu peux tout de même choisir de faire passer un long message par ce biais, en t'assurant qu'il sera correctement lu, sans réaction vive (quitte à poser un peu ton téléphone après l'avoir écrit).

La chose essentielle à retenir, c'est que l'on doit critiquer les actes et les comportements, et non pas les personnes. Pour ce faire, on décrit ce que les gens ont fait, pas ce qu'on pense qu'ils sont.

TOUTES LES CRITIQUES NE SONT PAS BONNES À RÉPÉTER !

Tu n'as aucune obligation à rapporter à quelqu'un les critiques que tu peux entendre à son sujet. À part si c'est quelque chose de légitime (qui peut lui permettre de réellement changer de comportement) ou de très grave (auquel cas il faut faire attention, car les propos peuvent être diffamatoires), cela ne vaut peut-être pas le coup de dire quoi que ce soit.

Tu sais, souvent, à travers les critiques, les gens attaquent une personne plus pour ce qu'elle représente que pour ce qu'elle est vraiment : ils oublient donc que leurs propos peuvent vraiment faire du mal – alors que, pour la personne visée, c'est difficile de faire la part des choses ! Fais preuve de discernement et de bienveillance dans ce que tu rapportes en te demandant toujours si c'est utile.

→ VOIR AUSSI : BIENVEILLANCE, COLÈRE, CONFLIT, HATERS ←

CULTURE

C'est un très joli mot dont les différents sens s'entremêlent. La culture est la somme des éléments matériels et intellectuels qui caractérisent une population donnée, mais aussi l'ensemble des connaissances dont on dispose pour appréhender le monde. En somme, la culture est à la fois tout ce que tu es en tant que personne appartenant à un groupe social et tout ce que tu sais en tant qu'individu qui expérimente et apprend.

LE MANQUE DE CULTURE, VRAIMENT ?

La culture, c'est l'intégralité des arts qui forment notre patrimoine : littérature, poésie, peinture, sculpture, architecture, photographie, gastronomie, etc. Mais c'est aussi l'histoire, la philosophie, les religions, les fêtes, les sports, le folklore… Et cet ensemble nous définit et détermine plus ou moins nos vies. La culture est trop souvent considérée comme un marqueur social, parce qu'elle refléterait la position sociale d'une personne. Pourtant, elle ne doit pas être une source de complexes : on peut toujours en acquérir, quel que soit le domaine, et même dans des zones géographiques où cela semble moins possible (notamment grâce à Internet). Il existe énormément de manières (jamais bêtes) de s'enrichir : pense à un champ que l'on cultive. Ça vient avec le temps et la patience, jusqu'à donner de belles récoltes.

On peut avoir beaucoup de culture dans un domaine et absolument aucune dans un autre, et c'est parfaitement OK. Ce n'est pas parce que tu n'es pas une pointure en politique, en histoire ou en art contemporain (les domaines considérés comme de la culture « légitime ») que tu es quelqu'un de bête ou de peu intéressant. La culture n'est pas la même chose que l'intelligence. Évite le piège, et surtout, n'essaie pas de t'inventer des expertises sur des choses que tu ne maîtrises pas : tu vas te griller et avoir l'air bien stupide. Tu apprendras davantage en écoutant des personnes passionnées, et je suis certaine que ce que tu as à partager sur tes centres d'intérêt captivera les autres.

LE LIEN DES COMMUNAUTÉS

La culture est également ce qui définit un groupe social. Il n'y en a pas une qui vaille mieux qu'une autre. Tu ne pourras jamais comprendre une culture totalement différente de la tienne si tu ne t'en tiens qu'à tes propres codes et références, qu'il faut savoir mettre à distance sans procéder à des comparaisons vaines. La meilleure façon d'appréhender une autre culture, c'est encore de voyager autant que possible, de se renseigner et/ou de fréquenter des personnes issues de cette culture, toujours dans le respect des différences.

Toutes les cultures résultent d'une évolution très longue des mœurs et des pratiques : elles correspondent aux sociétés qui les ont construites. Attention, ça ne veut pas dire que tous les systèmes politiques ou sociétaux sont parfaits, surtout en matière de droits humains (et là, nous devons aussi garder un certain esprit critique sur notre propre culture). Mais il faut replacer dans leur contexte les comportements que l'on observe, et surtout rester curieux. C'est la seule façon juste de faire les choses.

C'est bien d'éprouver de la fierté pour sa culture et elle ne doit jamais être une honte. En même temps, il est capital de te rendre compte qu'on n'est jamais unique au monde, et que c'est le brassage qui est intéressant – et ô combien enrichissant, comme tu peux le constater en observant, par exemple, le paysage culinaire : les mélanges y sont doux, non ?

UNE ÉVOLUTION CONSTANTE

La culture bouge et se remodèle constamment : la France ne vivait pas, il y a quelques décennies, avec les mêmes références qu'aujourd'hui, car tout évolue et est sujet à des influences, notamment grâce au brassage des populations !

Une personne peut d'ailleurs avoir plusieurs cultures. La double ou la triple culture est souvent une richesse ; on peut se construire en prenant ce que l'on aime dans chaque culture et cela fait de nous un individu unique, fruit de l'addition de plusieurs façons de concevoir le monde. Si tu as l'impression que cela suscite chez toi des problèmes d'identité qui te pèsent, avec le sentiment constant d'être trop ceci au milieu du cela ou trop cela au milieu du ceci, essaie de te rapprocher de personnes qui vivent les mêmes réalités ou qui sont originaires des mêmes cultures. De façon générale, si tu viens d'une culture dite « minoritaire », pour ton bien-être, il peut être bon de t'entourer de gens dans lesquels tu te reconnais culturellement. Ce seront les plus à même de comprendre avec exactitude ce que tu vis.

L'APPROPRIATION CULTURELLE, QU'EST-CE QUE C'EST ?

C'est l'appropriation et l'oppression des membres d'une culture dite « dominée » par des membres d'une culture dite « dominante » (parce que c'est elle qui détient et impose les codes de la société à un endroit donné).

Par exemple, quand des stylistes de mode utilisent des tissus traditionnels africains seulement parce que c'est très tendance, ça peut être considéré comme insultant pour toutes les personnes à qui on a répété que porter ces tissus, qui font partie de leur culture, signifiait qu'elles refusaient de s'intégrer.

→ VOIR AUSSI : MUSIQUE, SÉRIES, VOYAGE ←

CYBERHARCÈLEMENT

Comme tout harcèlement, le harcèlement en ligne – ou cyberharcèlement – est caractérisé par la répétition. Même si on a l'impression que ce que l'on dit n'est pas gravissime, notre commentaire vient s'ajouter à la masse des autres, et ce cumul peut faire beaucoup de mal à la personne visée.

UNE VIOLENCE PLUS RÉELLE QUE VIRTUELLE

Ne participe jamais au cyberharcèlement de quelqu'un, quelles que soient tes raisons. Tu as l'impression que ce n'est qu'une petite phrase que tu lances, comme ça, à travers un écran, mais l'addition des interventions publiques blessantes peut devenir vraiment oppressante pour la personne visée, même si ça ne dure que quelques jours : c'est quelque chose qui poursuit jusqu'au fond de la poche, jusqu'au creux de la main. C'est constamment présent, et il ne suffit pas d'éteindre son téléphone ou de supprimer les applications pour que tout cela s'arrête, d'autant que couper son téléphone peut encore plus isoler, par exemple, de potentielles marques de soutien.

Le cyberharcèlement place la victime dans un état dit d'« hypervigilance », qui génère un stress permanent pouvant provoquer des insomnies ou d'autres troubles psychosomatiques. Rappelle-toi bien que ce n'est pas parce que ça a lieu en ligne que ce n'est pas réel. Le cyberharcèlement est un vrai harcèlement, avec de vraies conséquences, pouvant aller jusqu'au suicide.

CE QUE DIT LA LOI

- **Injure ou diffamation en ligne : 12 000 euros d'amende.**
- **Détournement du droit à l'image : peine d'un an de prison + 45 000 euros d'amende.**
- **Usurpation d'identité : un an d'emprisonnement + 15 000 euros d'amende.**
- **Diffusion de photos ou de vidéos sexuellement explicites d'un mineur : cinq ans d'emprisonnement + 75 000 euros d'amende.**

RÉPONDS AU CYBERHARCÈLEMENT

Si tu subis du cyberharcèlement et/ou que tu reçois des menaces, parles-en. Tu peux porter plainte, même si celles-ci ont été émises depuis un compte anonyme. Et même si ça n'aboutit pas à la condamnation du ou de la coupable, au moins son comportement aura été pris en compte.

Si le cyberharcèlement provient de gens de ton école, tu peux en parler à des profs : même si ça ne t'arrive pas directement au collège ou au lycée, tu connais tes harceleurs ou harceleuses dans ce cadre-là.

Demande à un ou une proche de sauvegarder tous les contenus malveillants que tu reçois, mais ne te force pas à t'y exposer. Tiens-toi à distance de tes écrans en demandant qu'on ne te transmette que les messages de soutien et les bonnes nouvelles. Comme souvent dans la méchanceté, ce sont d'eux-mêmes plus que de toi dont les gens parlent quand ils écrivent des horreurs.

Il existe des ressources pour t'aider à faire face. Tu peux recourir aux associations Net-Écoute (en appelant le 3018, appel anonyme et gratuit) et Stop Fisha (via les réseaux sociaux), ou encore à l'application Bodyguard qui, grâce à des mots-clés définis, consigne pour toi tous les commentaires délictueux, tout en te préservant de leur lecture.

→ VOIR AUSSI : HATERS, RÉSEAUX SOCIAUX, TÉLÉPHONE ←

DÉMÉNAGEMENT

Déménager, c'est changer de domicile, mais aussi de vie. En somme, c'est troquer son logement pour un autre, ailleurs, plus ou moins loin. Un vrai bouleversement !

UNE NOUVELLE QUI CHANGE TOUT

Il y a plein de raisons de déménager : mutation professionnelle d'un parent, changement dans ta situation familiale (un divorce, par exemple) ou bien dans ta vie scolaire. C'est un vrai chamboulement et c'est normal d'être triste, surtout quand on se sent très en lien avec une maison, un quartier ou une ville où on a tout plein de souvenirs.

Tu as aussi le droit d'être en colère. Comme pour tout moment douloureux dans une vie, tu as le droit d'exprimer tes émotions, quelles qu'elles soient, et de dire ce que tu as sur le cœur, mais aussi d'aller voir un ou une psy pour t'accompagner, si tu sens que tout ça est trop difficile à gérer pour toi.

Un tel changement est toujours délicat, mais aussi excitant. À toi une nouvelle vie, avec en perspective plein de rencontres et de choses à explorer ! Et n'oublie pas que si tu quittes un endroit que tu aimais beaucoup, tu pourras toujours y revenir tôt ou tard.

FAIS TON DEUIL EN PRÉPARANT TA NOUVELLE VIE

Une première bonne nouvelle : ce grand changement, c'est l'occasion de se débarrasser des vieilles habitudes qui ne te plaisent plus, et peut-être de gens pénibles que tu en avais assez de croiser !

Pour accepter cette nouvelle situation, il est important que tu y aies des repères. Donc prends des photos de ton lieu de vie actuel pour en garder des souvenirs, et demande à tes parents si tu pourras y revenir, par exemple en passant un week-end ou des vacances chez des copains ou copines. D'ailleurs, n'hésite pas à communiquer via les réseaux sociaux avec les gens que tu quittes : les amis qu'on se fait jeune, on peut les garder pour la vie. Et, pour marquer ton départ, tu peux même demander à tes parents d'organiser quelque chose avec tes potes pour partir la tête emplie de beaux souvenirs !

Afin de préparer ta nouvelle vie, essaie de visiter les lieux en avance et renseigne-toi sur Internet. Pour t'intégrer après l'installation, tu peux, en plus de l'école, t'inscrire à des activités pour rencontrer de nouvelles personnes qui partagent tes passions ! Invite chez toi les potes que tu te fais si tes parents sont d'accord, ou allez découvrir ensemble des endroits sympas. Ainsi, vous pourrez nouer plus rapidement des liens d'amitié et tu te familiariseras avec ton nouvel univers. Si tu n'arrives pas à rencontrer des gens rapidement, c'est OK aussi ! Parfois, cela peut prendre du temps, parce qu'il est des endroits où les nouveaux arrivants sont regardés avec méfiance. Ne t'inquiète pas : comme je ne cesse de te le répéter, tout s'arrange, toujours. Il te faudra peut-être quelques semaines ou mois pour te sentir chez toi, mais ça viendra.

Que tu ailles à l'étranger, que tu changes de ville ou bien de région, un déménagement est une merveilleuse occasion de découvrir de nouvelles choses et de t'enrichir, tout en ayant, j'espère, la possibilité de retourner sur les lieux de ton ancienne existence. Avoir plusieurs vies, c'est formidable !

VOIR AUSSI : AMITIÉ, DEUIL, FAMILLE, VOYAGE

DÉSIR

On ressent du désir pour les choses que l'on veut vraiment fort. Cette sensation peut être fugace ou tenace, mais est souvent aiguë. D'ailleurs, la passion qui est représentée dans de très nombreuses œuvres littéraires et chansons, et qui est si aisément confondue avec l'amour, est une expression de ce désir intense.

UNE SENSATION SOUDAINE ET PARFOIS OBSÉDANTE

Bien que le désir ne se résume pas à cela, il peut être sexuel et on ne peut pas toujours se l'expliquer. Il arrive qu'on ait une attirance irrésistible pour quelqu'un qui ne nous plaît pas forcément physiquement, mais qui, tout à coup, électrise tout notre corps et mobilise tout notre esprit : il nous *faut* cette personne. Le désir sexuel, d'ailleurs, a des manifestations physiques qui peuvent être assez impressionnantes quand on les découvre : le vagin se met à sécréter de la cyprine (la substance en charge de la lubrification), le pénis entre en érection, et les tétons aussi. De façon bien plus visible, le rouge peut te monter aux joues… jusqu'aux oreilles ! Quand quelqu'un nous plaît, tout est bouleversé.

NE CONFONDS PAS TOUT !

Il est très important que tu arrives à différencier la sensation de désir du sentiment amoureux, par exemple. Soudain et violent, il peut être tellement pressant qu'on a l'impression que ce qui l'a suscité est forcément bon pour nous, alors que le désir ne relève ni d'une réelle volonté ni de l'amour. Il s'agit souvent d'une envie subite qui concerne avant tout notre ego : on désire d'autant plus les personnes (ou les choses) qu'elles sont difficiles à obtenir, et si on y parvient, cela nourrit notre amour-propre. Car le cerveau humain est ainsi fait qu'il a tendance à se convaincre qu'il lui faut absolument toute chose qui lui est inaccessible… Mais quand on l'obtient, on s'en lasse souvent aussitôt, quelle qu'ait été l'intensité du désir. Tu te rendras vite compte des distinctions, ne t'en fais pas. Essaie chaque fois d'en tirer des leçons !

→ VOIR AUSSI : AMOUR, ORIENTATION SEXUELLE, SEXE ←

DEUIL

Le deuil désigne non seulement la souffrance qu'on ressent lorsqu'on perd quelqu'un (ou, par extension, quelque chose), mais aussi le processus d'apaisement et d'acceptation qui suit la perte – on parle alors de « faire son deuil ».

LE DEUIL MET FACE À UNE SITUATION NOUVELLE ET DIFFICILE

Qu'elle soit brutale, accidentelle ou attendue, la nouvelle de la fin de quelque chose d'important dans ta vie est toujours compliquée à vivre. Ça peut être évidemment la mort de quelqu'un (c'est le cas auquel on pense en premier lorsqu'on évoque le deuil), ou bien tout simplement la fin d'une situation : il faut aussi faire son deuil quand un rêve nous échappe, ou quand une relation se termine.

C'est un grand choc, de ceux qui peuvent soudainement faire basculer l'existence vers un chaos d'incompréhension. Notre cerveau entre dans un état de panique en comprenant que quelque chose a changé, et ce pour toujours. Un mécanisme s'enclenche alors et il a besoin d'y repenser de façon obsessionnelle, tout en se heurtant chaque fois à la nouvelle réalité. On aimerait se débarrasser rapidement de la douleur, mais nous ne sommes pas des machines, et il faut du temps pour que tout notre être puisse appréhender cette nouveauté. Ce n'est pas possible autrement.

UN CHEMIN QUI TE FAIT ACCEPTER LES CHOSES TELLES QU'ELLES SONT DÉSORMAIS

Face à cette perte définitive à laquelle on aimerait ne pas se confronter, notre cerveau, notre cœur et notre corps tout entiers se mettent en action pour nous permettre de faire face, puis d'accepter. Il y a un chemin classique en plusieurs phases, dont la durée varie selon les personnes et l'intensité de la sensation de perte.

1. CHOC

Certaines personnes sont très calmes après de terribles nouvelles, car elles peuvent être sidérées, sonnées par ce qu'elles viennent d'apprendre. Elles peuvent aussi être dans le déni, c'est-à-dire que leur cerveau n'arrive pas à croire à la nouvelle ou qu'il est dans un état de dissociation, comme si la situation n'était pas réelle.

2. COLÈRE

Puis vient la colère, causée par la tristesse, l'injustice, ou la soudaine solitude. Elle peut s'exercer sur à peu près n'importe quoi tant qu'elle permet d'occuper l'esprit, pendant que l'inconscient s'active pour encaisser la nouvelle. Tu peux être en colère contre toi-même, de n'avoir « rien fait » (alors que tu ne pouvais rien faire de toute façon). Tu peux aussi être en colère contre la personne qui est partie. Tu ne dois pas t'en vouloir, ce mécanisme a vocation à donner du sens à ce qui n'en a pas, parce que c'est trop dur, sinon, d'accepter la situation.

3. MARCHANDAGE

Ensuite, c'est le marchandage : on se demande ce qu'on aurait pu faire, ou ce qu'on peut encore faire, pour changer la situation. On cherche une explication ou une issue. C'est une phase compliquée qui a pour vocation de faire accepter au cerveau ce qui se passe, une dernière étape tortueuse avant de se rendre pleinement compte de la situation.

4. DÉPRESSION

À cela suit une phase de grande tristesse, pendant laquelle on prend réellement conscience des choses, ce qui, évidemment, selon ce à quoi l'on dit adieu, peut être très douloureux. Cette phase est déclenchée par la prise en compte du caractère définitif de la perte, ce qui provoque un fort sentiment d'impuissance, couplé à une souffrance telle qu'on pense qu'elle durera pour toujours.

5. ACCEPTATION

Vient enfin la phase de l'acceptation : après avoir pris le temps de bien digérer la nouvelle et tout ce qu'elle implique, on s'autorise à avancer, même si cela implique de vivre autrement. Cette phase est la dernière du processus décrit ci-dessus, qui ne se fait pas toujours de manière linéaire et/ou complète. Les parcours de deuil sont tous différents et il est normal que le tien prenne plus ou moins de temps.

QUAND TU DOIS FAIRE FACE AU DEUIL DES AUTRES

La douleur a ceci de frappant qu'elle est universelle, mais aussi très personnelle : même quand on l'a déjà expérimenté, il reste très difficile de trouver les mots justes face au deuil de quelqu'un d'autre. En réalité, la souffrance est telle que rien ne peut l'apaiser, puisque rien ne ramènera la personne ou la situation qu'on vient de perdre. Ce que tu peux faire, en revanche, par amitié, c'est être là quand la personne a besoin d'une présence, même en silence, l'écouter exactement quand elle semble le demander, et parler d'autre chose (transforme-toi en petit clown !) quand elle a besoin de s'aérer l'esprit. Aie de la patience et de la compréhension, tu n'es ni dans la tête ni dans la vie de l'autre : ne juge donc aucune de ses réactions. Assure juste ta présence, sans rien demander en retour.

LA VIE REPREND TOUJOURS SES DROITS

Ce propos est impossible à accepter dans les premiers temps du choc, et pourtant, un jour, ça va mieux. On se réveille et on parvient à vivre et à penser à autre chose – malgré la douleur, malgré l'absence et malgré ce qui a changé, parce que les miracles n'existent pas.

Alors, on ne vit pas comme si rien ne s'était passé, et certaines dates anniversaire, souvenirs ou évocations peuvent rouvrir une plaie dans notre cœur. On peut aussi se sentir bizarre ou nostalgique mais, ça y est, on s'y fait : on a accepté, même si on pensait ne jamais y arriver. À ce moment-là, le deuil est fait, ce qui ne signifie à aucun moment qu'on a oublié ou qu'on néglige la chose, la situation ou la personne disparue : simplement, on s'autorise à ce qu'il y ait une existence après ça, aussi longtemps que la vie sera possible, et sans que cela ne signifie aucune trahison.

→ VOIR AUSSI : ÉMOTIONS, MORT, SANTÉ MENTALE ←

DEVOIRS

Ici, tu as sûrement lu « corvée ». Et s'il est vrai qu'il s'agit de tâches à effectuer après une journée de cours et que tu les envisages certainement comme une entrave à tes loisirs, les devoirs ne sont toutefois pas une punition ! Pour te motiver à les faire, il est essentiel que tu comprennes réellement à quoi ils servent : vérifier que tu as bien compris tout ce que tu as vu en cours et t'aider à mémoriser des connaissances et à intégrer des compétences par la pratique.

FACILITE-TOI LA VIE

Fais tes devoirs en temps réel : c'est-à-dire, si tu le peux, commence à t'y pencher dès que tu les reçois. Je te promets que c'est le meilleur conseil que tu puisses suivre. Dès que tu as suffisamment de motivation, profites-en pour t'avancer au maximum, pour compenser les fois où tu auras moins d'énergie ou une baisse de moral.

Trouve un endroit qui te convient et que tu rattaches aux devoirs : quand tu t'y poses, tu sais que c'est pour travailler. Par exemple, ne fais pas tes devoirs sur ton lit, au risque de mélanger les différents moments de ta vie et de nuire aussi bien à ta concentration qu'à ton sommeil. Ton rythme t'appartient aussi, même si, en principe, l'organisation optimale est de faire une pause détente en rentrant de l'école (45 minutes, par exemple), puis de t'y mettre efficacement : la flemme traîtresse n'aura alors pas eu le temps de s'installer. Si tu repousses tes devoirs toute la soirée, tu n'en profiteras pas vraiment, puisque la charge mentale liée à tes devoirs (c'est-à-dire le fait de savoir que tu devras t'y mettre à un moment ou un autre) te parasitera.

TRAVAILLE (PRESQUE) AVEC PLAISIR

Tous les cerveaux sont différents, et chacun et chacune a sa propre méthode de travail. Si tu aimes faire tes devoirs en musique, fais donc ainsi. Ça aide certaines personnes à se concentrer en les isolant de l'extérieur (en revanche, évite les chansons que tu ne connais pas encore – ce n'est pas le moment d'écouter pour la première fois le nouvel album de Damso).

Tu peux aussi travailler entre potes, si et seulement si tu arrives à te concentrer. Ça peut être extrêmement motivant : on progresse ensemble et les pauses sont carrément plus agréables. Aller travailler dans un lieu public (bibliothèque, café…) peut aussi être intéressant parce que cela te coupe des distractions que tu peux avoir chez toi et la présence des autres peut aussi t'aider à tenir le cap. Tu n'as pas trop envie que les gens derrière voient que tu zones sur YouTube, si ?

Comme tu le vois, il n'y a pas de recette unique, alors trouve la façon de faire qui te convient le mieux en prenant le temps d'expérimenter et, tu verras, le rituel des devoirs sera bien moins pénible qu'il n'y paraît.

VOIR AUSSI : COLLÈGE, LYCÉE

DIVORCE

Le divorce, c'est la décision de deux personnes mariées de mettre fin à leur mariage, en rompant le contrat qui le crée, avec toutes les conséquences que cela implique. En se séparant, il faut soudain décider de ce qu'il advient de tout ce qui a été construit à deux.

LA FIN D'UNE VIE, LE DÉBUT D'UNE AUTRE

L'amour vient, et parfois l'amour s'en va. L'amour peut être merveilleux... puis s'arrêter un beau jour, sans que personne ne sache très bien pourquoi. Être en couple n'empêche pas toujours non plus de rencontrer quelqu'un d'autre et de vouloir construire une relation avec cette personne. Parfois, aussi, au fil des années, l'une ou l'autre des moitiés du couple évolue et change, jusqu'à ne plus tout à fait être la même. D'autres duos se forment sans vraiment être amoureux, pour plein de raisons qui, un jour, ne suffisent plus pour rester ensemble. Ce qui se passe dans un couple est difficile à décrypter mais, même si la séparation peut affecter d'autres personnes, celles-ci n'en sont pas responsables. Ce n'est pas ta faute si tes parents divorcent ! Tu subis une rupture que tu n'as pas choisie. Ta vie va changer, et tu as le droit d'avoir de la peine et de trouver tout cela bien étrange. Parles-en avec tes parents, le reste de ta famille, tes potes qui ont pu vivre la même chose, ou encore avec des psys si tu en as envie !

COMMENT ÇA SE PASSE ?

Pour rendre officielle la séparation, le ou la juge va trancher sur la répartition des biens du couple, que ce soit leur logement ou leurs meubles. Dans la majorité des cas, d'ailleurs, un divorce équivaut à une séparation physique : si le couple habitait ensemble, l'un ou les deux déménageront. C'est aussi la justice qui va décider de ce que l'on appelle « la garde des enfants. »

On parle ici du divorce, mais cela fonctionne de la même manière si les parents qui se séparent n'étaient pas mariés. Des décisions, concernant les enfants notamment, doivent être actées juridiquement.

Selon l'Insee (insee.fr), dans 11 % des cas, une garde partagée est mise en place : l'enfant va vivre chez les deux parents alternativement, généralement une semaine sur deux. Notre société reste assez traditionnelle et attachée au modèle de la mère nourricière : quand le divorce sépare un papa et une maman, l'enfant sera confié dans 75 % des cas à la mère.

Tu dois cependant savoir que l'enfant a le droit d'exprimer sa préférence concernant le parent avec qui il ou elle veut vivre – une assistance juridique est même possible pour t'aider à faire valoir ce droit.

TA FAMILLE N'EST PAS PIRE QU'UNE AUTRE

Si tes parents ont divorcé, alors peut-être regardes-tu la famille de ton meilleur copain ou de ta voisine avec envie. Et pourtant, sans que tu ne le saches – parce qu'on ne sait jamais tout sur les familles des autres –, il est possible que ça ne se passe pas bien entre les parents et que les potes que tu jalouses un petit peu aimeraient aussi être à ta place. Certes, tes parents sont séparés, mais c'est mieux que des parents malheureux qui restent ensemble et se fâchent tous les jours, devant les enfants ou en secret.

Si tes parents se disputent encore malgré la séparation, ou bien critiquent l'autre devant toi, tu peux leur dire en des termes très simples que cette situation te fait souffrir. Et n'oublie pas, ta famille ne s'arrête pas à tes parents : peut-être peux-tu parler de ta peine à tes grands-parents, si tu en es proche, ou à d'autres personnes – pense aux gens de ton école, par exemple. Même quand la solitude pèse, un jour tout change. C'est promis.

LA NOUVEAUTÉ, ON S'Y FAIT !

Il est possible que tu aies désormais un beau-père ou une belle-mère, c'est-à-dire qu'un de tes parents ait refait sa vie avec quelqu'un d'autre. Ça peut être compliqué pour toi, surtout si le divorce a été difficile (et c'est tout à fait normal, ce n'est pas une question de courage), ou bien si cette nouvelle personne arrive dans ta vie avec des bagages… comme d'autres enfants, ou en voulant t'imposer son autorité. Quoi qu'il en soit, dis-toi que cette situation bizarre est plus fréquente que tu ne le crois, et que, même si cette personne ne remplace pas tes vrais parents, tu vas devoir vivre avec, car c'est la décision de ton père ou de ta mère, qui l'aime et lui fait confiance. Tu as le droit de mettre du temps à créer des liens avec lui ou elle, tu as le droit de poser des questions, tu as le droit de ne pas en être proche, mais je t'invite à t'exprimer à ce sujet. Tes parents comprendront toujours, et s'ils n'y arrivent pas, tu as des droits, dont celui d'en parler de façon confidentielle à d'autres adultes, à l'école par exemple, pour faire avancer les choses.

VOIR AUSSI : CONFLIT, DÉMÉNAGEMENT, FAMILLE

DRAGUE

Ce que l'on appelle assez vulgairement « draguer » (verbe qui signifie d'abord ratisser le fond de l'eau pour pêcher ou ramasser ce qui y traîne...), c'est le fait d'essayer de séduire une personne afin de lui plaire et d'initier une relation amoureuse et/ou sexuelle avec elle.

LA DRAGUE, C'EST TERRIFIANT ?

Oui, draguer peut être terrifiant ! Même avec toute la force du monde, le seul fait d'être face à des yeux qui te chamboulent – sans que tu saches précisément bien pourquoi, d'ailleurs – est parfois désarmant. Alors, en effet, entamer un échange peut te sembler mission impossible. Car finalement, dans les jeux de séduction, beaucoup de choses personnelles se mêlent. Déjà, au-delà des aspects physiques, une personne va te plaire pour un ensemble de raisons : parfois elle te rappelle des souvenirs, parfois ce sont ses traits qui t'intriguent ou qui correspondent à ceux que tu aimerais toi-même avoir… Et le risque que cette attirance ne soit pas réciproque existe. Vertigineux, non ?

En vérité, même si c'est beau de rêver en gardant tout ça pour soi, se lancer, c'est bien aussi – et ça évite de tomber de très haut quand le cerveau et le cœur se sont emballés trop longtemps. Au pire, tu apprendras que tu ne plais pas à cette personne ou qu'elle n'est pas disponible d'une façon ou d'une autre, car les timings sont déterminants dans nos vies sentimentales. Ça arrive à tout le monde et ça ne dit rien sur toi. Tu n'es pas moins valable parce que cette personne-là a décidé qu'il n'y avait pas de relation possible entre vous. Ce n'est jamais agréable, mais l'ego se restaure bien vite (et tu auras au moins la fierté d'avoir eu le courage d'essayer !). Enfin, soyons honnêtes : tu t'en rendras compte au fil des expériences, mais la majorité de nos *crushs*, même obsédants, relèvent bien plus souvent du caprice et de la preuve que l'on veut se donner à soi-même de notre pouvoir de séduction, que du vrai grand amour.

JETTE-TOI À L'EAU

Oui, mais alors, comment faire pour se lancer ? Instinctivement, on sent souvent si on plaît à la personne, par des regards, des mots, des attitudes, un feeling. Mais voilà, le cerveau aime bien éteindre le radar du cœur, parfois pour se protéger à cause de souffrances passées, ou au contraire pour tenter de réaliser ses rêves coûte que coûte. Alors, le plus simple, c'est la clarté. On loupe trop de belles histoires par peur d'essayer.

Pas besoin d'aller voir la personne pour lui dire de but en blanc qu'elle te plaît ! Trouve une occasion de lui parler et observe si elle te regarde vraiment, si elle relance la conversation et te retourne tes questions, si elle cherche à prolonger le moment. Si tout se passe bien, propose-lui, à la fin de l'interaction, de vous croiser une autre fois – peu importe la raison : café, ciné pour voir ce film dont vous avez parlé, ou même révisions ! Sa réaction t'en dira long. Si tu te sens mieux sur les réseaux, tu peux lancer la discussion en réagissant à une *story* par exemple. Quelqu'un d'intéressé par toi te répondra – sans que la conversation ait l'air forcée et que tu sois la seule personne à t'investir –, c'est aussi simple que ça. Attention au virtuel et à ne pas surinterpréter, tout de même : non, une personne n'est pas raide dingue de toi au seul prétexte qu'elle regarde tes *stories* ou parce qu'elle a liké une fois une photo de façon automatique au milieu de dix autres.

Une fois que le dialogue est plus soutenu, tu vas vite voir si les choses fonctionnent spontanément entre vous. Les regards ne trompent jamais et on finit par sentir si tout roule. Si c'est le cas, multiplie petites attentions et marques d'affection pour voir si la personne y répond. Si c'est le cas un beau jour, fais le grand plongeon ! Prends une grande inspiration et ne te laisse pas le choix : dis-lui simplement qu'elle te plaît, puis attends de voir sa réaction.

NE FORCE PAS

N'insiste pas : on ne peut pas forcer l'attirance de quelqu'un. Bien sûr, le charme peut finir par opérer, mais une personne qui n'est absolument pas intéressée ne va pas miraculeusement se trouver follement attirée. D'ailleurs, si tu es la personne draguée et pas intéressée, sois claire, nette et précise sur ce point, sans jamais chercher à humilier : croise les bras quand l'autre te parle (c'est un élément de communication non verbale assez parlant) ou ne réponds que par monosyllabes. Si la situation l'exige, dis à la personne que tu ne partages pas ses intérêts – au moins, le doute et la gêne seront dissipés.

Non seulement la séduction ne peut pas se passer du consentement (qui n'est pas respecté si on ressent l'obligation de répondre à des sollicitations par politesse), mais en plus, c'est une posture dans laquelle la personne qui force se manque de respect à elle-même aussi et qui, à terme, sera mauvaise pour son estime personnelle. Alors oui, si tu es dans cette position, pour ton bien-être comme pour la personne que tu désires, ne force pas. Et si c'est difficile pour toi au début, fais appel à ta patience.

Et sache qu'on peut être la personne la plus séduisante et brillante du monde, n'empêche qu'il est impossible de plaire à absolument tout le monde – et c'est peut-être mieux comme ça, finalement, non ?

→ VOIR AUSSI : AMOUR, CHAGRIN D'AMOUR, DÉSIR ←

DROGUE

Les drogues sont des substances qui, en perturbant les transmissions dans le cerveau, modifient la perception de soi et de l'environnement. C'est un moyen pour certaines personnes de s'amuser, ou de s'évader d'une réalité qui leur pèse trop. Dans tous les cas, un tel besoin de vivre dans un état alternatif est à interroger.

LES RISQUES D'ADDICTION

Les drogues s'assortissent toujours d'un risque d'addiction, plus ou moins fort selon les substances. Certaines, comme l'héroïne ou le crack, sont particulièrement dangereuses et rendent accro dès la première prise, faisant ainsi basculer la vie des personnes consommatrices. D'autres, comme la cocaïne, engendrent une dépendance psychique forte. Cette drogue (qui détruit entièrement les narines et le palais) est un stimulant qui procure une sensation de confiance en soi et de bonheur. Lorsqu'une personne en prend, son cerveau opère des connexions qui lui donneront toujours envie de revenir vers la substance, d'autant plus si celle-ci semble très accessible, répandue et cool (*spoiler alert* : ce n'est pas cool d'être accro !).

LES DROGUES DOUCES N'EXISTENT PAS

Certaines drogues ont longtemps été qualifiées de « douces », c'est le cas du cannabis, par exemple. Pourtant, même s'il y en a partout autour de toi et que tu as l'impression que ça te rend cool et te détend, sache bien que c'est un faux ami. Ton corps est en pleine croissance et ce type de consommation peut notamment ralentir le développement de ton cerveau (qui dure jusqu'à tes 25 ans environ) et nuire gravement à ta mémoire, qu'elle soit immédiate (« Où est-ce que j'ai posé ce truc ? ») ou à long terme. Ça peut également provoquer ce que l'on appelle des « crises blanches », qui te feront momentanément perdre connaissance, la vue ou l'usage de la parole. Au mieux, tu te retrouveras peut-être à raconter des choses que tu ne voulais absolument pas révéler. Super, n'est-ce pas ? Imagine ce genre de réaction incontrôlée dans une foule, dans les transports ou à l'école... Et enfin, en cas de prédisposition, le cannabis – toujours pas si cool – peut déclencher des troubles mentaux, tels que la schizophrénie ou la bipolarité : c'est ce que l'on appelle la « décompensation ». Drogue douce, vraiment ?

DÉFINITION

Une **CRISE BLANCHE** correspond à une intoxication aiguë au cannabis. Elle peut survenir dès le début de la « montée » – lorsque les effets de la drogue commencent à se manifester – ou plusieurs heures après en avoir consommé : cela donne l'impression d'être dans un nuage, loin de la réalité, et ça peut être très impressionnant, menant jusqu'à une perte momentanée de vue ou de connaissance.

Pour ce qui est des drogues comme la MDMA ou l'ecstasy qu'on nous vend comme super fun, supposées te remplir d'amour et de joie, elles te mettront aussi mal le lendemain que tu as été bien la veille. C'est un phénomène bien connu que l'on appelle la « descente », due au fait que ces drogues ont le mauvais goût de vider entièrement tes réserves de dopamine et de sérotonine, les hormones responsables du bonheur. Un peu dommage, pas vrai ? Chez certaines personnes, les descentes sont tellement intenses qu'elles peuvent mener au suicide. Enfin, il existe toujours le risque, certes faible, que le cerveau, trop stimulé, décroche et ne revienne jamais à la normale. Alors, penses-y bien. Il y a tellement d'autres façons d'avoir le sourire aux lèvres quand on est avec les siens !

Petit rappel enfin concernant deux substances, non seulement banalisées, mais aussi rendues glamours par chez nous : la cigarette et l'alcool sont également des drogues, dont le seul avantage est d'être légales – ce qui ne les rend pas moins dangereuses.

Même si tu peux avoir l'impression que « tout le monde prend des drogues », garde bien en tête que la majorité sont illégales et peuvent mener à des sanctions judiciaires, non seulement, évidemment, pour les personnes qui en vendent, mais aussi pour celles qui en consomment. Les lois en ce sens sont censées protéger la santé de la population.

LE PIÈGE DE LA DÉPENDANCE

Fais attention : très rares sont les personnes plus fortes que le mécanisme naturel de l'addiction. Quand bien même les premières prises seraient faites à des occasions exceptionnelles, au fur et à mesure une accoutumance se développe. L'accoutumance est la résistance aux effets de la substance : plus on consomme, moins on y est sensible et plus on veut en consommer pour retrouver les sensations des premières prises. Les occasions d'en prendre deviennent alors de plus en plus nombreuses et banales.

Pour bien te rendre compte de ta consommation, n'hésite pas à noter dans un calendrier toutes tes prises. Il y a toujours des raisons qui font qu'on tombe dans une addiction ou une autre ; aussi, n'aie pas honte si cela t'arrive. Plutôt que de te murer dans le silence, parles-en avant qu'il ne soit trop tard ! Il existe des spécialistes qui pourront te sortir de cette mauvaise passe, avant que tu n'abîmes durablement ton corps… ou ton cerveau.

Si tu as des proches qui consomment des drogues, questionne-les sur leurs pratiques et sur leurs ressentis, et invite-les à consulter. D'ailleurs, s'ils ou elles sont particulièrement jeunes et ont des habitudes qui t'inquiètent vraiment (notamment des prises fortes et/ou en solitaire), tu peux également en parler toi-même à un adulte de confiance. Il y a un réel danger, alors, même si cela te met dans une situation délicate, agis !

FAIS ATTENTION À TOI !

Si malgré toutes ces mises en garde, tu décides de tester une drogue, fais-le dans un cadre parfaitement sécurisé. Entoure-toi de personnes que tu connais et en qui tu as confiance, c'est-à-dire devant qui tu n'as pas à craindre d'être vulnérable, dans un endroit rassurant (pas une grosse soirée, un festival ou un quelconque événement public), avec de l'eau, mais aussi du réseau téléphonique. Teste en petite quantité, une moitié ou le quart d'une dose, par exemple. Bien sûr, n'essaie que des choses dont tu connais la provenance et refuse catégoriquement le matériel (pailles, seringues) déjà utilisé.

Comme je l'ai déjà dit, il existe un risque que le cerveau ne se remette pas de cette consommation et reste « perché » : les drogues – notamment les acides – l'intoxiquent complètement, et il arrive qu'il n'y ait pas de retour en arrière possible. Aussi, ne consomme pas de produit stupéfiant si tu n'as pas totalement envie et confiance, et surtout si tu ne te sens pas dans ton assiette à la base – car l'effet ne sera que décuplé. Ne le fais pas juste pour avoir l'air cool devant les potes. Pose-toi les bonnes questions et reste *safe* !

→ VOIR AUSSI : ALCOOL, CIGARETTE, SANTÉ MENTALE ←

ÉCHEC

Un échec, c'est le fait de ne pas réussir quelque chose à un moment donné. C'est tout. Ce n'est la fin de rien et, même si la déception est normale, ça peut même être le début d'autre chose. Alors, haut les cœurs ! La vie va toujours de l'avant.

LES CONSÉQUENCES DIRECTES DE L'ÉCHEC

Tu redoubles. Ton copain ou ta copine te quitte. Tu as perdu à un championnat qui te tenait à cœur. On peut essuyer des échecs dans tous les domaines, mais ce n'est pas une raison pour en avoir peur. Ce n'est jamais agréable et il faut prendre le temps d'encaisser, et surtout de savoir distinguer la déception de ne pas avoir réussi ou d'avoir perdu quelque chose de la douleur de l'ego – c'est souvent ça qui fait ruminer et qui peut empêcher d'avancer. Prends le temps de réfléchir à tes émotions. Tu peux te sentir très mal, mais il est essentiel que tu comprennes que ce qui s'est produit ne résume pas ta personne. Pour autant, le découragement est entièrement normal ! Parles-en avec quelqu'un de confiance, qui a peut-être déjà vécu la même chose que toi.

L'ÉCHEC COMME SOURCE D'ENSEIGNEMENT

Tu l'auras peut-être déjà entendu, mais on apprend de ses échecs. Quand on en a vécu plusieurs, on sait mieux les appréhender, parce qu'on connaît nos réactions à leur égard : on sait repérer les signaux, comment s'en remettre et combien de temps cela prendra. L'échec reste désagréable, bien sûr, mais il semble de moins en moins dur de rebondir, parce qu'on sait qu'on a déjà réussi à le faire.

Vivre une déception est en outre une bonne occasion d'opérer certains changements. Profites-en, par exemple, pour identifier les comportements qui ont participé à cet échec. Tu comprendras peut-être que ce qui s'est passé est totalement indépendant de toi et de tes actions, ce qui peut simplifier l'acceptation. Tu peux aussi en profiter pour mettre à distance les gens qui te tirent vers le bas ou qui ne te mettent pas pleinement à l'aise ni de bonne humeur. On le sent intuitivement, particulièrement dans les moments difficiles : certaines personnes ne font qu'empirer les choses et on éprouve un besoin pressant de s'en débarrasser.

QUELQU'UN AUTOUR DE TOI VIT UN ÉCHEC : QUE FAIRE ET NE PAS FAIRE ?

• Ne lui dis pas « C'est pas grave » : pour la personne, ça l'est.

• N'en profite pas pour lui raconter une expérience personnelle, particulièrement si l'issue en a été heureuse : il ne s'agit pas de toi, chaque chose en son temps.

• Ne lui dis pas « Je te l'avais bien dit » : suivant le contexte, cela peut venir plus tard dans la conversation, mais c'est culpabilisant et ce n'est pas la priorité ; il ne s'agit toujours pas de toi, ni de tes talents de visionnaire.

• Aide-la à relativiser en lui montrant tous les bons côtés de sa vie.

• Rappelle-lui qu'on s'en remet et que d'ici quelques jours, ça ira mieux.

• Prends de ses nouvelles, tous les jours. On se sent très mal quand on échoue et c'est vraiment réconfortant de savoir qu'on a des appuis solides sur lesquels se reposer.

• Fais sortir la personne et fais-lui écouter des playlists qui mettent du baume au cœur.

• Rappelle-lui que tu es là, que tu ne juges pas, qu'elle n'est pas pathétique et qu'elle peut tout te dire.

• Dis-lui que, parfois, les échecs arrivent à répétition et que l'essentiel, une fois la stupeur passée, sera de réfléchir aux raisons de cette répétition. Ajoute que tu seras là pour l'aider dans sa réflexion.

• Rappelle-lui qu'il n'y a pas que la réussite et la productivité dans la vie et que nous ne sommes pas des machines. La réussite est relative et éphémère : à chacun et à chacune ses critères pour la définir.

L'ÉCHEC NE TE DÉFINIT PAS

Tu as eu une mauvaise note ? Tu n'avais peut-être pas assez travaillé, ou tu n'avais pas bien compris l'exercice. Ça ne veut à aucun moment dire que tu ne seras jamais capable de réussir. Imagine une sportive que tu admires s'essayer à la peinture. Peut-être qu'elle n'y excellera pas. Ça ne veut pas dire pour autant qu'elle n'est pas talentueuse. Elle l'est juste dans autre chose. Prends ton pote qui fait de la guitare comme un dieu. Il n'est pas champion de course à pied, non seulement parce qu'il n'a pas essayé, mais aussi parce qu'on ne peut pas être doué partout. De la même façon, tu peux t'engager dans des voies qui, finalement, ne t'iront pas, tout simplement parce qu'elles ne sont pas pour toi. Cela ne te condamne toutefois pas à la médiocrité. Il te faut juste prendre le temps de comprendre ce qui bloque ou essayer autre chose. La vie est longue et redoubler une année ou changer de domaine, ce n'est pas perdre son temps ou son énergie, mais tester ses limites et ce qui nous plaît ou non. Tu peux facilement t'en convaincre en allant, par exemple, lire les biographies des gens que tu admires et qui t'inspirent : tu verras qu'ils ou elles n'ont souvent pas eu un parcours linéaire.

ON REBONDIT !

C'est tout à fait normal, quand on échoue, de se dire qu'on n'y arrivera jamais. Pourtant, pour une raison que j'ignore, c'est souvent au fond du trou qu'on rebondit. Il faut se le rappeler très très fort, surtout quand on a l'impression que le monde s'écroule tout autour de nous à cause d'une ou plusieurs mauvaises nouvelles. Il n'y a malheureusement aucun remède contre les jours sombres : il faut prendre le temps d'encaisser pour que, progressivement, notre énergie revienne. La bonne nouvelle, c'est que ça arrive toujours. Dès que ça va un peu mieux, réfléchis à d'autres projets ou à d'autres aspects de ta vie à améliorer.

Souviens-toi aussi de ne pas trop écouter ton cerveau quand il a envie de revoir toute ta vie sous l'angle de cet échec. Ce n'est pas réel. Tu as réussi plein de choses et tu continueras. D'ailleurs, pourquoi ne pas te concentrer sur ce qui va bien ? On peut, par exemple, avoir échoué à un moment dans notre vie scolaire ou professionnelle, mais se réjouir d'avoir un super entourage amical parce qu'on est une personne en or. Ou encore, on peut subir un échec sentimental, mais s'épanouir dans l'apprentissage d'une matière à l'école. Alors non, on ne rate pas tout, loin de là. Il faut juste accepter que, dans cette immense loterie qu'est la vie, on ne peut pas toujours tout avoir en même temps. Repense aux choses déjà ratées, puis réussies par la suite ou qui ont mené à un changement de cap : de belles surprises que tu n'aurais jamais imaginées ! Le bonheur revient toujours et la confiance aussi.

LANCE-TOI

Quand on s'apprête à se lancer dans un projet qui nous tient à cœur, que ce soit dans le domaine scolaire, artistique, ou autre, on a parfois des blocages qu'on ne sait pas trop expliquer. Ça peut se manifester de différentes façons, mais souvent, on repousse, on procrastine. C'est parce que tu sais qu'au moment où tu vas enfin t'y mettre, tu vas te confronter à toi-même et à tes espoirs – au risque de vivre une déception. Première chose donc : évite de trop t'avancer et de trop parler quand tu espères quelque chose. Les déceptions sont d'autant plus grandes et les échecs d'autant plus durs à supporter dans ces cas-là. Ensuite, je sais que c'est plus simple de repousser : on n'a jamais envie de se frotter aux limites de nos possibilités. Pourtant, à l'instant formidable où, comme on sauterait d'un plongeoir, on se jette enfin dans ce qui nous fait envie, on se découvre plein de nouvelles forces. Et même si le résultat n'est pas à la hauteur de ce qu'on espérait, nos forces nous permettent de réessayer jusqu'à ce que ce soit bon. Et puis un jour, les pièces du puzzle finissent par s'assembler – et c'est un sentiment indescriptible. Ne t'en prive jamais par crainte anticipée d'un échec.

→ VOIR AUSSI : AVENIR, COLLÈGE, LYCÉE, REDOUBLEMENT, RÊVES ←

ÉCOLOGIE

L'écologie consiste à comprendre que l'être humain s'inscrit dans un environnement – notre planète, avec sa faune et sa flore qui y vivent au même titre que nous – qu'il convient à tout prix de protéger… parce qu'il en va tout bonnement de notre survie.

ATTENTION, URGENCE !

Parce que l'industrie croit toujours avoir besoin de se développer, et tout simplement par confort, nous n'avons pas fait attention. Résultat ? L'environnement est en grand danger. Les scientifiques lancent l'alerte depuis des décennies, mais voilà, les enjeux économiques demeurent plus forts que tout. Réchauffement climatique, disparition d'espèces animales, océans complètement pollués, destruction de forêts, pandémies : les conséquences de notre comportement en tant qu'espèce sur l'ensemble de la biodiversité sont catastrophiques et nous en payons déjà le prix.

L'ENGAGEMENT ÉCOLOGIQUE

Pour cette raison, de nombreuses personnes s'engagent pour la préservation de l'environnement : certaines au moyen d'actions radicales, d'autres en changeant leurs habitudes de consommation. Le but des personnes militantes est simple : que les classes politiques et les grandes entreprises, qui sont les plus à même de mener ce changement, s'engagent réellement pour sauver la planète. Pourquoi s'engager ? Parce que ce qui détruit la planète est révoltant et profondément inégal. Par exemple, pendant que des industries gaspillent l'eau comme si c'était une ressource inépuisable, 11 % des êtres humains n'y ont pas accès – soit plus de 800 millions de personnes. Tous les jours, des populations entières sont menacées par les catastrophes entraînées par le réchauffement climatique et la montée des eaux, qui mettent en péril leurs habitations et leurs ressources élémentaires.

AGIR AU QUOTIDIEN

Tu peux d'ores et déjà te rendre à des marches pour le climat ou organiser de petites actions dans ton collège ou lycée. Et si tu ne peux pas t'investir dans des mobilisations concrètes pour l'écologie, tu peux participer à ton échelle, avec des gestes simples, ou rappeler à ton entourage l'importance de ces questionnements..

LES GESTES SIMPLES POUR L'ÉCOLOGIE

• Prends les transports en commun, un vélo ou bien marche si tu peux. Si tu pars en voyage et que tu as le choix, préfère le train à l'avion ou à la voiture.

• Évite les bains, prends des douches et n'en profite pas pour rester quinze minutes sous le jet. Techniquement, une douche efficace ne doit pas te prendre plus de quatre minutes, soit la durée d'une de tes musiques préférées !

• Trie tes déchets, et si tu peux évite-les. Préfère les grands emballages aux petits et n'achète pas de trucs bêtes comme des fruits emballés dans du plastique – oui, ça existe. Ne jette pas la nourriture ou des affaires en bon état, c'est du gaspillage.

• Éteins les lumières ! On n'est pas à Versailles, t'as capté ? Ni sous les *sunlights* des tropiques, d'ailleurs, alors tu peux enfiler un pull et baisser le chauffage quand tu pars pour la journée.

• Ne jette rien au sol (c'est en plus un geste élémentaire de respect pour les personnes qui nettoient l'espace public) et n'hésite pas à ramasser les déchets que tu vois, notamment dans la nature !

• Dans la mesure de tes moyens, essaie de réduire la quantité de viande et de poisson dans ton alimentation, et plus généralement ta consommation de produits issus des animaux.

VOIR AUSSI : AVENIR, CRISE, VÉGANISME

ÉMOTIONS

Ce mot, tu en as peut-être une vision négative. On t'a peut-être expliqué que les émotions, c'était un peu un truc de faible qu'il était préférable de cacher. Quel dommage ! Car en réalité, le terme émotion vient d'un mot latin qui veut dire « déplacer », et effectivement, les émotions sont ce qui nous pousse à faire des choses et à avancer. Qu'on parle de tristesse, de colère, de joie, de dégoût ou même de peur, ce sont précisément ces émotions qui nous rassemblent, nous les êtres humains !

N'AIE PAS PEUR DE RESSENTIR DES ÉMOTIONS

Avoir peur, ce n'est pas être une victime. Être triste, ce n'est pas être faible. Être en colère, ce n'est pas être hystérique. Avoir honte, ce n'est pas en faire trop. Aimer, c'est parfaitement humain. Tu as le droit de ressentir des émotions.

S'il est important de ne pas se laisser emprisonner par ses émotions, il ne s'agit pas non plus de les refouler, sinon elles risquent de resurgir à n'importe quel moment. Quand tu ressens quelque chose de fort, quelle qu'en soit la raison et même si tu te sens un peu ridicule ou pas légitime, tu dois prendre le temps d'encaisser. Tu es triste ? Écoute-toi. Nous ne sommes pas des robots. Si tu cours partout pour éviter ta tristesse à tout prix, elle ne partira pas. Tu auras l'impression de l'avoir endormie, mais elle resurgira à un moment où elle aurait clairement dû rester enfouie. Et elle te marquera plus profondément que si tu l'avais directement acceptée.

AFFRONTE CE QUI TE TRAVERSE

Comment affronte-t-on réellement ses émotions ? En ne cherchant pas à les esquiver, même si tu as l'impression de ne pas avoir une seconde à toi, et même si ça peut être franchement tentant. Prends le temps d'identifier ton émotion et de te dire : « Là, je suis en colère », « Là, je vis une déception », « Là, je suis triste ». Même si tu as l'impression que c'est absurde, mettre des mots sur tes émotions est un premier pas vers leur acceptation par ton cerveau – et par ton corps, évidemment, parce que ces deux-là sont intimement liés. Tu peux aussi te livrer à des proches : pas forcément à la terre entière, mais au moins à une ou deux personnes de confiance, à qui tu sais que tu peux absolument tout dire. N'hésite pas non plus à te parler à toi-même à voix haute (quand personne ne voit, sinon c'est gênant), en t'appelant par ton prénom et en te disant : « Bon, tu ressens quoi, là ? », « Pourquoi ? », « Est-ce que c'est ta faute ? », « Est-ce que tu peux y changer quelque chose ? », « Qu'est-ce que tu ressentais par rapport à ça il y a un an ? », « Est-ce que tu penses que, dans un an, tu ressentiras encore ça ? », « De quoi aurais-tu envie exactement, là, tout de suite ? ». Tu verras, ça marche à merveille !

SOIS COOL AVEC TOI-MÊME

Les émotions négatives sont légitimes et tu as le droit de les ressentir. D'ailleurs, personne n'y échappe, pas même les gens particulièrement forts, expérimentés ou qui voudraient faire croire qu'ils gèrent. L'idée, ce n'est pas de faire semblant de ne pas avoir mal. Tu duperas peut-être quelques personnes autour de toi, tu te sentiras faussement plus digne quelques heures, et après ? Rien ne sert d'ignorer ces signaux qui te font savoir qu'il faut agir. Le meilleur conseil est donc bien de ne pas faire front contre tes émotions, mais au contraire d'être à leur écoute et de les accepeter, pour mieux les dépasser.

L'important est que tu veilles à avoir la même bienveillance envers toi et tes émotions que celle que tu aurais envers une personne qui t'est chère. Oh, et ne sous-estime pas non plus le pouvoir de l'autocâlinage : n'hésite pas à te faire plein de câlins très, très fort. Personne ne te voit, c'est promis !

ACCEPTE TES ÉMOTIONS

Ce n'est pas toujours facile. Dans un premier temps, ça consiste souvent à se laisser terrasser par l'émotion, le temps que le cerveau accepte la situation ou la nouvelle, et que le corps se calme. Mais c'est essentiel parce que ça permet de prendre le temps et d'éviter les réactions impulsives que, sinon, on regrette très rapidement. Cet état d'attente est un processus souvent douloureux, de plusieurs heures, jours ou mois. Ensuite, il s'agit de tout faire pour dépasser les premières sensations et d'avancer vers là où on n'avait pas forcément envie d'aller. Dans le cas de la colère, le temps d'attente te permettra de te calmer enfin, puis tu pourras prendre des décisions et mettre en place des actions raisonnables. Pour la tristesse, l'attente sera l'occasion de l'évacuer au maximum, jusqu'à ce que l'envie d'avancer revienne enfin. Pour la peur, l'attente te permettra d'imaginer tous les scénarios redoutés, pour comprendre progressivement qu'ils ne peuvent pas tous se produire et que tu peux, sans crainte, te lancer.

PRENDS AUSSI LE TEMPS DE SAVOURER LES ÉMOTIONS POSITIVES !

Les réactions associées aux émotions négatives peuvent être très impressionnantes : on crie, on pleure, parfois même on s'épuise, on vomit, voire on s'évanouit. En revanche, on minimise souvent la puissance des émotions positives. Heureusement, il arrive néanmoins qu'on frémisse de joie. Dans notre société, extérioriser sa joie de manière trop visible peut paraître bizarre, à part lors de fêtes ou d'événements particuliers. Pourtant, quand tu ressens de grandes ou même de petites joies, prends aussi le temps de les fixer dans ta mémoire pour bien mesurer tout ce qui t'arrive et en garder pour plus tard : écoute de la musique qui a du sens dans à ces moments précieux, écris ou crée de quelque façon que ce soit. Ce serait dommage de mieux te rappeler des grands chagrins que des vrais bonheurs. Et ça permet aussi de se souvenir de chacune des sensations et donc de savoir comment les recréer plus tard.

LES HAUTS ET LES BAS COMME MOUVEMENT NATUREL DE LA VIE

Il faut aussi relativiser. On ne peut pas tout le temps être au top de notre joie. Je te parle en connaissance de cause, j'ai longtemps essayé. Or, tout le monde souffre ou se sent faible un jour ou l'autre, même les personnes qui ont beaucoup de chance dans la vie. Ce qui est merveilleux, c'est que, comme tu l'as sûrement déjà expérimenté, après avoir lutté avec ses émotions, ses sentiments, sa vie et soi-même, arrivent souvent des moments où on se sent soudainement beaucoup plus heureux. C'est ça, le secret : la vie a un côté un peu cyclique, entre hauts et bas, et c'est la règle – que beaucoup ont essayé de changer, sans succès. La bonne nouvelle, c'est que ce que l'on vit de négatif, parfois intensément, nous permet de vivre encore plus intensément le positif. Et ce n'est pas parce que tu ressens une émotion difficile qu'elle va te bloquer éternellement. Un jour de fatigue, par exemple, tu vois tout en noir. Et le lendemain, la sensation est dissipée, sans que tu comprennes exactement le processus. On ne maîtrise pas tout, c'est juste comme ça que ça fonctionne. À un moment donné (promis, ça vient avec le temps), tu accueilleras même mieux les émotions négatives parce qu'elles te feront sentir en vie. Tout le monde souffre, est en colère ou a peur. Heureusement, ce n'est pas constant.

TU VAS APPRENDRE À TE CONNAÎTRE

Parce qu'elles vivent des choses très difficiles, et parfois depuis longtemps, ou au contraire parce qu'elles n'ont pas ressenti beaucoup d'émotions négatives jusqu'à présent, ou tout simplement parce qu'elles sont constituées ainsi, certaines personnes ressentent toutes les émotions avec plus d'intensité : on appelle ça l'« hypersensibilité ». On ne le choisit pas. Ça peut sembler compliqué à gérer, comme tout ce qui sort un peu de la norme, mais en réalité, c'est juste une autre façon de ressentir les émotions.

D'ailleurs, éprouver de vives émotions n'est absolument pas une raison valable pour mal se conduire avec les autres. Mais, rassure-toi, avec l'expérience, tout deviendra de plus en plus facile à gérer. Un enfant qui fait tomber sa glace pour la première fois pleure toutes les larmes de son corps. À la dixième fois, il est déçu, mais ça passe. On s'habitue à tout. L'équilibre entre accepter tes émotions, voire les verbaliser, et les faire subir aux autres te semblera plus facile à trouver en avançant dans la vie. Ne t'inquiète pas, apprendre à se connaître est un chemin passionnant.

→ VOIR AUSSI : BIENVEILLANCE, COLÈRE, CONFLIT ←

ÉTUDES SUPÉRIEURES

Ces années d'enseignement viennent après le bac et visent à te former à ton métier futur. L'université permet d'obtenir différents diplômes dans des disciplines variées : la licence valide trois ans d'études, le master, cinq ans, et le doctorat, huit ans, voire davantage, si on poursuit une spécialisation en médecine, par exemple. Le brevet de technicien supérieur (BTS) est en général dispensé dans un lycée. Il dure deux ans et est ponctué de stages. Quant aux écoles, elles proposent des parcours de durées variables selon le domaine et on en intègre certaines en passant des concours, auxquels on se prépare dans des classes préparatoires, aussi appelées « prépas ».

ON NE PERD PAS D'ANNÉES

Pour déterminer ton domaine d'études, tu as l'embarras du choix, dans la limite de ce que permet ton dossier scolaire. Choisis ce qui te plaît, mais aussi ce qui peut te mener à quelque chose qui te correspond : avant de prendre une décision, mets en regard les moyens dont tu disposes, ton désir de faire des études plus ou moins longues et tes envies ou ton besoin d'indépendance. Tu comptes d'ores et déjà te lancer dans la vie professionnelle ? Tu auras le temps, plus tard, de revenir sur les bancs de l'école.

Si tu redoubles ou si tu te réorientes, perdre une année peut être embêtant, notamment financièrement. Mais ce n'est rien à l'échelle d'une vie. S'il s'avère que tes études ne te plaisent pas, sache que ce n'est pas une fatalité. Déjà, tu as le droit de prendre le temps d'essayer, et parfois, il faut serrer les dents quelques mois avant de se sentir à l'aise. Pour autant, si c'est un véritable calvaire, ne te force pas. Rien ne mérite de détruire ta santé mentale ou physique.

C'est parfois étonnant de se rendre compte à quel point tous les chemins mènent à Rome. N'hésite pas à demander à d'autres personnes le parcours qu'elles ont effectué avant d'exercer leur métier. Tu verras que, pour travailler dans certains domaines, les études et les chemins peuvent être très divers et tortueux ! On s'égare, puis on se retrouve.

UNE NOUVELLE VIE

Souvent, commencer des études supérieures implique de déménager. Changer de ville, ce n'est pas totalement changer de vie : on peut garder ses amitiés… tout en en créant d'autres. Alors, certes, l'endroit où tu te retrouves compte, mais les études sont un moment particulier où il est très facile de socialiser et de se créer de larges cercles sociaux avec lesquels on va vivre de belles années.

Pour te familiariser avec cette nouvelle vie, fais-toi conseiller, visite les lieux et, si tu le peux, rencontre des étudiants et étudiantes via des groupes communautaires. Tu ne seras sûrement pas la seule personne à te sentir perdue en ces temps de changement !

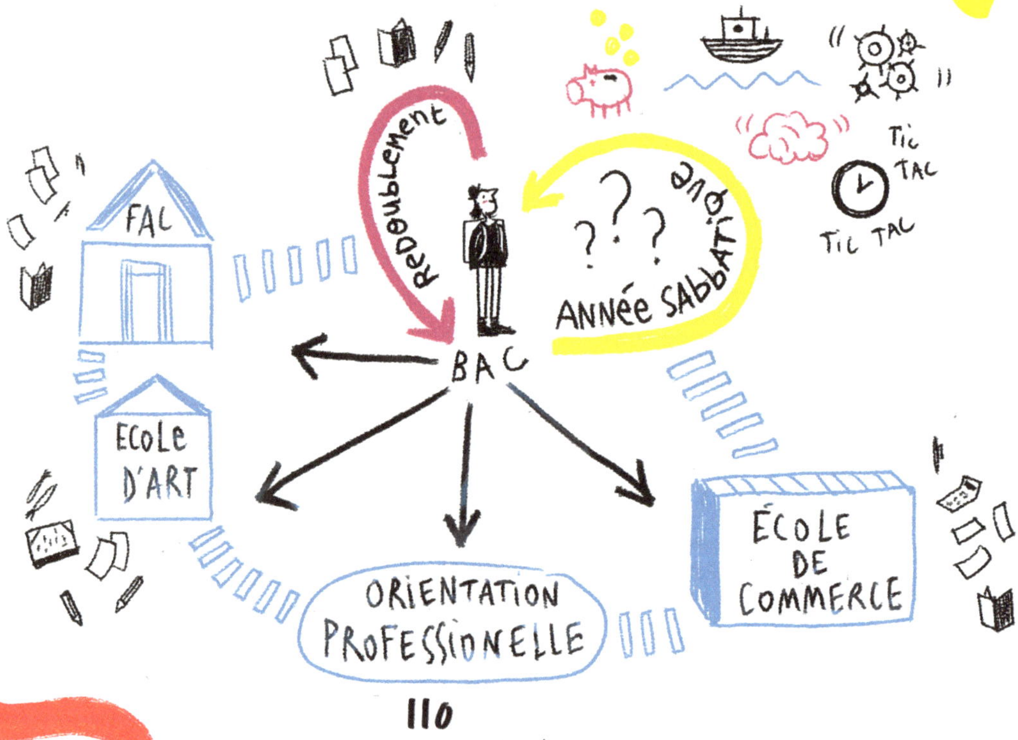

LA RÉALITÉ DES ÉTUDES

Sors-toi de la tête les clichés de gros campus des films américains : ça ressemble autant à la réalité que ton lycée s'approchait de ceux des séries Netflix. Pose plutôt des questions aux personnes de ton entourage qui sortent tout juste de leurs études, ce sont les plus à même de te parler avec fiabilité d'une expérience toute récente. Garde tout de même en tête que tous les parcours d'études sont différents, en fonction des structures où on étudie et des personnes elles-mêmes. Ton parcours à toi sera nécessairement singulier.

Pour casser un autre stéréotype, non, ce ne seront pas nécessairement les plus belles années de la vie : bien loin des fêtes permanentes, beaucoup d'étudiants et d'étudiantes doivent travailler à côté des cours ou passer leur temps à potasser en bibliothèque. Si ta famille, comme dans la majorité des cas, ne peut pas assumer le coût de ton loyer et de ta vie quotidienne, tu peux demander des bourses ou trouver un job étudiant. Ce ne sont pas toujours les plus valorisants, mais au moins, tu pourras avoir un peu d'autonomie et commencer à étoffer ton CV. Pense aussi aux emplois saisonniers l'été : tu peux travailler pendant plusieurs mois dans des cadres relativement agréables, avec parfois un logement gratuit.

PROFITE DE L'EXPÉRIENCE

Tu n'as pas à adhérer à tout ce qui se fait dans ta promotion ou dans tes nouveaux cercles sociaux ! Même au nom de la fête, certains comportements restent inacceptables et tu n'as aucune obligation à t'y prêter pour t'intégrer. Il n'y a rien de mauvais à découvrir les folles fêtes étudiantes, mais nul besoin de faire des choses qui ne te correspondent pas sous prétexte d'entrer dans un moule qui ne te convient pas.

Les années d'études sont, pour une question d'âge aussi, des années hors du temps où l'on sort des cadres connus (famille, amis, etc.), on expérimente, on découvre et on apprend à se connaître. C'est l'occasion de te révéler dans un environnement différent du lycée et/ou de la famille et d'être toi-même face à un plus grand nombre de gens aux profils différents.

Si tu le peux, en plus de ton cursus, inscris-toi à des activités proposées par ton université. Nombre d'entre elles offrent la possibilité de prendre des cours de langue, par exemple, qui sont souvent animés par des étudiants et étudiantes dont c'est la langue native. C'est un excellent moyen de découvrir de nouvelles cultures avec des personnes qui les connaissent bien !

→ VOIR AUSSI : AVENIR, DÉMÉNAGEMENT, LYCÉE, VOIE PROFESSIONNELLE ←

FAMILLE

La famille, c'est un ensemble de personnes unies par un lien de descendance ou d'ascendance. On grandit dans les valeurs, traditions et modes de vie qu'elle a choisis. Elle est donc déterminante dans notre vie. On y apprend beaucoup de ce qu'un être humain doit savoir : parler, marcher, mais aussi aimer et vivre avec les autres. Ce n'est pas toujours facile, surtout quand on a l'impression de ne pas se comprendre ! La bonne nouvelle, c'est qu'il n'y a pas de modèle de famille parfaite.

IL N'Y A PAS UNE FAMILLE, IL Y A DES FAMILLES

Parfois, il n'y a qu'un seul parent, parce que l'autre est absent ou, malheureusement, décédé. Parfois, ce sont deux papas ou deux mamans. Parfois, les parents divorcent, ou ils n'ont même jamais été ensemble. Dans ce cas, on a parfois non seulement nos parents, mais aussi nos beaux-parents. Alors, la petite famille avec un papa, une maman, un fils et une fille existe certes encore, mais elle est loin d'être la seule. Fais le compte autour de toi. C'est plutôt rassurant qu'il existe plein d'environnements où grandir, pas vrai ?

Il y a bien sûr ce que l'on appelle la « famille nucléaire », c'est-à-dire les parents et leurs enfants, mais la famille désigne en réalité tous les gens avec qui tu as des liens de sang ou d'adoption : elle rassemble ainsi tes parents, tes frères et sœurs, tes grands-parents, tes oncles et tantes, et même ces cousins et cousines que tu ne vois pas très souvent ! Là encore, il y a plein de modèles, mais c'est amusant de constater que, dans cette tribu que tu ne vois peut-être que pour les fêtes ou quelques rares vacances, tout le monde est très différent ! Surtout dans le cas d'une famille nombreuse, certaines de ces personnes te sont proches, d'autres moins. C'est entièrement normal. S'il faut être sympa avec tous et toutes, tu n'as pas à être intime ou à raconter ta vie à absolument chaque membre de ta famille.

LA FAMILLE PARFAITE N'EXISTE PAS !

Tu auras toujours l'impression qu'ailleurs, c'est plus simple. Ça peut être relativement vrai, mais n'oublie jamais que tu vois ta famille de l'intérieur, et celles des autres de l'extérieur – et que rien ne bat les familles quand il s'agit de faire comme si tout allait bien.

En allant chez des potes le week-end ou pendant les vacances, quand tout est un peu plus léger, ou chez celle ou celui chez qui tu vas tellement que tu y es un peu comme chez toi, mais seulement avec des bons côtés, tu te dis parfois que c'est vraiment mieux chez les autres. Plus sympa, plus doux, plus marrant, plus cool. C'est peut-être vrai, mais il y a aussi de grandes chances que ce soit une fausse impression : tu y vas à des moments agréables, pendant lesquels l'ambiance est détendue (peut-être même en raison de ta présence), que tu compares aux soirs d'école et aux matins de départ au travail, chez toi, quand tout le monde est très stressé… et pas toujours sympa, de bonne humeur et content de se voir.

Il y a aussi ces copains et copines qui racontent toujours les trucs incroyables qu'ils ou elles ont faits la semaine dernière en famille, leurs super grandes vacances, photos des parents et frères et sœurs tout sourire à l'appui. Là non plus, tu n'arriveras pas à t'empêcher de te dire que les autres ont bien de la chance. Surtout ceux et celles à qui les parents offrent toujours la dernière paire de *sneakers* à la mode, ou qui ont le droit de sortir ou d'organiser des super soirées !

En réalité, ça fonctionne un peu comme avec les réseaux sociaux. Tout le monde voit sa propre vie quotidienne avec ses moments d'ennui, de tristesse, de colère, de déception, mais n'accède qu'au *best of* de la vie des autres. La vérité, c'est qu'il n'existe aucune famille parfaite. Dans certaines, ça crie fort et souvent, dans d'autres on ne se dit rien et ce silence est pesant. Parfois, on est tellement les uns sur les autres que c'en est étouffant ; d'autres fois, on est si distants qu'on y ressent beaucoup de solitude. Certaines familles ont beaucoup d'argent et font bien comprendre aux enfants qu'une vie sans ne vaut pas la peine d'être vécue ; d'autres en ont peu, ce qui restreint les loisirs et les nouvelles acquisitions. Tout est possible, et je n'ai jamais rencontré personne qui n'ait pas quelque chose à reprocher à la sienne. Plus on creuse, plus on se rend compte que, parfois, même dans cette famille si différente de la nôtre et dont la vie semble si parfaite, rien ne va non plus.

RIEN NE T'OBLIGE À ÊTRE PROCHE DE TA FAMILLE

Tu n'as aucune obligation ni à aimer ta famille ni à être en lien avec elle. La société met une pression énorme à ce sujet : on devrait porter à sa famille un amour inconditionnel. Tant et si bien qu'une personne qui décide de couper les ponts est souvent vue comme un monstre, parce que nos traditions devraient nous lier à vie à notre famille, quoi qu'il s'y passe. Ce n'est pas le cas. Ailleurs dans ce livre, je te conseille de te protéger des personnes toxiques. Sache que cela vaut aussi pour celles avec qui tu partages du sang et des souvenirs. Tu ne dois rien à des gens qui te font du mal. Le chantage émotionnel est encore plus fort quand il provient de la famille, mais tu ne dois pas te l'imposer pour autant.

Certaines familles n'acceptent pas l'identité ou les choix de leurs enfants. On prétend que l'amour familial est assez fort pour tout endurer. Pourtant, très souvent, des personnes sont rejetées par leurs proches pour ce qu'elles sont. Si tu dois composer avec une famille toxique, sache déjà que tu as beaucoup de force d'avoir tout traversé jusque-là. Ensuite, c'est très long, je sais, mais un jour, tu pourras partir.

C'est extrêmement douloureux de sentir de l'incompréhension ou du rejet de la part de sa propre famille et très compliqué de la quitter. On parle beaucoup des liens du sang, mais il existe aussi des liens amicaux assez forts pour compenser, et même remplacer, des familles défaillantes. Sache que tu trouveras toujours d'autres personnes prêtes à te comprendre et à t'aimer. Et ces personnes pourront, avec le temps, former une famille que tu auras choisie.

PROFITE DE CEUX ET CELLES QUE TU AIMES

Tu le sais déjà si tu as eu le malheur de perdre des gens de ta famille, mais la vie va plus vite que tu ne le crois. Aussi, profite des moments précieux que tu passes avec tes proches, notamment avec les personnes plus âgées. Avec la jeunesse, dans le tourbillon de tout ce qu'on a la chance de découvrir, on a tendance à oublier que tout ne dure pas éternellement – que ceux et celles qu'on aime vieillissent et ne pourront plus, un jour, partager autant de choses avec nous. Alors, sois à 100 % avec tes proches quand tu es en leur présence : c'est-à-dire plus qu'en coup de vent ou les trois quarts du temps sur ton téléphone. Sois-y vraiment, de sorte que ce moment soit vraiment un temps de qualité. Les personnes âgées ont tellement de choses à raconter ! Toutes les générations croient qu'elles ont tout inventé, et pourtant, il existe des choses que tout le monde vit tôt ou tard. C'est ce qui fait notre humanité et qui nous unit au-delà des âges.

Un jour, ces instants seront des souvenirs, et tu y penseras avec nostalgie. Alors profites-en tant qu'il est temps !

REPAS DE FAMILLE : ASTUCES POUR ÉVITER LA CRISE DE NERFS

• Évite de lancer une discussion dont tu sais qu'elle finira nécessairement mal.

• Dis calmement mais fermement que tu ne veux pas parler de tel ou tel sujet.

• N'hésite pas à relever les blagues en prétendant innocemment ne pas les avoir comprises.

• Soutiens les personnes de la tablée et fais-toi aider en les sollicitant, même discrètement, d'un regard ou d'un « Qu'en penses-tu ? ».

• Choisis bien ta place à table – si tu n'as pas envie de discussions compliquées, mets-toi à côté des plus jeunes, au moins tu auras la paix !

• Rappelle-toi que c'est OK de partir, tu n'as aucune obligation de tout supporter. Les liens du sang, que tu entretiens avec ta famille, ne te définissent pas et ne t'obligent à rien.

VOIR AUSSI : AMITIÉ, CONFLIT, DIVORCE, JALOUSIE, TOXICITÉ

FATIGUE

La fatigue est tout simplement un état d'affaiblissement. On peut ressentir ce manque d'énergie sur le plan physique ou psychologique, et parfois les deux sont liés.

UN ÉTAT LOURD DE CONSÉQUENCES

Les différents impacts de la fatigue sur ta vie sont les suivants (et la liste est loin d'être exhaustive) : manque de détermination, baisse de moral et des capacités mentales, et/ou même des blessures. Essaie de t'imposer le moins de choses possible dans les périodes de grande fatigue, l'essentiel est de te concentrer sur tes priorités et de récupérer.

Par ailleurs, la vigilance s'impose, car la fatigue crée très vite un cercle vicieux : ses effets fatiguent encore plus. Aie de l'indulgence envers toi-même : ce n'est pas la peine de comparer ton état à celui de personnes dont tu estimes que la vie serait bien plus fatigante. Tu as le droit de ne pas être au top. Si ton corps t'envoie ces signaux, c'est qu'il a ses raisons, alors ne les ignore pas !

DORS !

La fatigue résulte d'efforts importants, mais peut aussi provenir du manque de sommeil ou de certains états mentaux (stress, par exemple lors d'examens, angoisse, dépression) qui puisent énormément d'énergie, ou bien de mauvaises habitudes de vie, liées par exemple à l'alimentation, à l'alcool, ou à de gros chocs psychologiques, que ce soient des déceptions, des deuils ou des traumatismes. Pour y remédier, essaie d'avoir une vie saine. Les nuits blanches, c'est parfois sympa pour les souvenirs, mais ton corps les retient plus que tu ne le crois. Si tu as des insomnies à répétition, prends-les au sérieux et n'hésite pas à demander conseil à ta ou ton médecin.

BIEN DORMIR

Ton corps a besoin de neuf à dix heures de sommeil par nuit pour être reposé : c'est énorme ! Alors, bien dormir est une priorité.

- **Essaie d'avoir des horaires précis de sommeil tout au long de la semaine et rattrape tout ce que tu peux le week-end.**
- **Évite de trop manger avant d'aller au lit.**
- **Évite les produits excitants comme le café, les sodas et les jus de fruits après 17 heures.**
- **Pose tes écrans au moins une heure avant de dormir. Les lumières et l'agitation des interactions sociales peuvent retarder ton sommeil.**
- **Ne fais pas autre chose que te reposer dans ton lit (par exemple, n'y fais pas tes devoirs).**
- **Fais du sport : même si cela te semble compliqué de t'y mettre dans les périodes de grande tension, ça régule le sommeil. Veille toutefois à ne pas en faire trop tard, pour ne pas réveiller ton corps.**

LA FATIGUE N'EST PAS DE LA FAIBLESSE

Ne remets pas en question la fatigue des autres : tu ne sais jamais ce qu'ils et elles traversent et, tout comme tu préfères parfois garder des choses pour toi, tu ne peux pas forcer quelqu'un à te livrer les raisons de son épuisement. De la même façon, ne te juge pas faible si tu as moins d'énergie que les autres. Avant d'envier ce pote à qui cinq heures de sommeil par nuit vont à ravir et qui ne faiblit jamais, rappelle-toi que vous n'avez pas la même vie et que vous n'êtes pas les mêmes personnes. Certaines personnes sont plus énergiques le matin, d'autres le soir : c'est une question de métabolisme.

LA CARTE BONUS SIESTE

À part en vacances, quand le temps semble s'étirer indéfiniment, méfie-toi de la sieste, qui peut complètement te casser en cours de journée au lieu de te reposer. En période normale, donc, si tu sens un coup de barre arriver, isole-toi pour dormir une demi-heure au maximum. Cette durée te permettra d'éviter de tomber dans un sommeil profond, dont il est plus compliqué de sortir. C'est pour ça que tu n'auras peut-être pas la sensation d'avoir dormi, mais ne t'inquiète pas, cela t'apportera le repos nécessaire pour le reste de la journée. Surtout, ne dors pas dans ton lit, cela brouillerait tes repères vis-à-vis du sommeil. Si tu as fait une nuit blanche et que tu en as le temps, autorise-toi à dormir une heure trente, soit un cycle de sommeil complet. Dans ce cas, attention : assure-toi de disposer d'un bon quart d'heure supplémentaire pour émerger avant de retourner à tes activités !

VOIR AUSSI : CHILL, SANTÉ MENTALE, SANTÉ PHYSIQUE

FÉMINISME

Encore un domaine où je te conseille vraiment de ne pas écouter les idées reçues. Le féminisme, c'est tout simplement l'idée selon laquelle il faut une égalité réelle entre hommes et femmes, aussi bien dans les droits… que dans les faits. Est donc féministe toute personne qui trouve cette égalité normale et prend position pour, activement ou non. Nul besoin de militer (c'est-à-dire de faire des actions concrètes), même si, évidemment, c'est bien de s'engager contre les injustices. Tu l'as compris, le féminisme, c'est juste le contraire du sexisme. Et être contre le sexisme, tout comme s'opposer au racisme ou à l'homophobie, c'est bien normal.

DES PRISES DE CONSCIENCE QUI SECOUENT

Le jour où tu te découvres pleinement féministe est très bizarre, parce que tu réalises d'un coup beaucoup de choses : les violences que tu as pu subir et que tu n'avais pas forcément analysées comme telles, les comportements sexistes du quotidien, aberrants mais répandus, ou bien l'impact qu'ils ont sur les relations amoureuses. Ce n'est ni facile ni agréable de se confronter à la réalité ! Cela explique (avec beaucoup de raisons purement politiques) pourquoi certaines personnes sont aussi réfractaires au féminisme – notamment des femmes, pour qui envisager leur présent ou revoir leur passé avec ces nouvelles lunettes serait trop douloureux.

Si tu es un garçon et que tu découvres ce que vivent les filles et les femmes, tu peux d'abord être incrédule, car ce ne sont pas des réalités que tu expérimentes et qu'elles sont choquantes. Tu peux également te rendre compte que tu t'es mal comporté, toi aussi. Mais sache que c'est assez facile, après cette prise de conscience, d'être un bon allié : éduque-toi sur le féminisme, relève les paroles problématiques de tes potes ou de ta famille (on écoute davantage les gens qui ne subissent pas l'oppression, car on les considère comme « moins sensibles »), soutiens tes potes victimes d'agressions et condamne les agresseurs.

UNE TRIBU DE SŒURS

Du militantisme féministe découlent plein de trucs super chouettes. Au cours de manifestations, d'actions, ou même de mouvements en ligne où tout le monde vibre de concert, on découvre le bonheur de faire partie d'un ensemble qui change concrètement les vies. Militer, c'est chanter à l'unisson des paroles libératrices, partager des histoires difficiles et sentir qu'on ne sera plus jamais seules, être soutenues inconditionnellement et encouragées dans tous nos projets, être fortes face à ceux et celles qui, tous les jours, aimeraient nous voir courber le dos et baisser les yeux. Un jour, on pénètre ce monde et, soudain, tout a un goût de « plus jamais ». La fièvre de la lutte s'empare de nous, dans le bonheur de se sentir enfin reconnues et comprises, et d'exister à travers une sororité qui jamais ne nous lâchera et qui nous rend fortes.

INTERSECTIONNALITÉ, *UN GRAND MOT POUR UNE RÉALITÉ SIMPLE*

Dans une famille choisie, on ne doit laisser personne sur le côté : le féminisme doit inclure toutes les femmes et panser des blessures multiples. Pour beaucoup, au fait d'être une femme dans une société sexiste s'ajoute le fait d'être une femme noire, maghrébine ou asiatique dans une société raciste, d'être une personne transgenre dans une société transphobe, homosexuelle dans une société homophobe, ou encore grosse, neuroatypique, ou handicapée dans une société grossophobe et validiste. Alors, sans jamais se désunir, il convient de vraiment prendre conscience de ses propres privilèges et d'apporter son soutien, dès lors qu'on le peut, à celles qui souffrent d'oppressions supplémentaires.

QUE SIGNIFIE TON PRIVILÈGE ?

C'est très simple : personne ne dit que tu ne souffres pas, ou que tu n'as jamais rien vécu. Il s'agit juste de reconnaître qu'à égale situation, ce sera plus compliqué pour des gens qui souffrent d'oppressions supplémentaires. Par exemple, si tu es une fille blanche hétéro qui vient d'un milieu dit « modeste » avec des parents divorcés et que tu as des difficultés à l'école, il n'est pas question de prétendre que tu n'as aucun problème. Mais ta copine noire ou lesbienne qui a exactement le même schéma familial et les mêmes difficultés scolaires affrontera en plus des problèmes liés au racisme ou à l'homophobie. Libre à toi de l'aider à ton échelle, par exemple en la défendant quand vos « potes » font des « blagues » douteuses ou quand un ou une prof a des propos déplacés. Quand quelqu'un élève la voix pour nous, même sans pouvoir vraiment changer les choses, ça apporte au moins du réconfort.

MERCI, LES FÉMINISTES !

Se dire antiféministe reste un vrai non-sens. Pour une femme notamment, renier cet héritage signifie renoncer à d'innombrables droits, arrachés au terme de luttes acharnées.

On doit énormément aux mouvements féministes passés : par exemple, rien qu'en France, le droit de voter, de prendre une contraception ou d'avorter, d'étudier et de travailler sans demander l'accord de son mari, de ne pas être violée (oui, avant, on appelait ça un « attentat à la pudeur », et c'était bien plus dur de porter plainte, même si, comme tu le sais, tout n'est pas gagné aujourd'hui), d'avoir des biens en son nom propre, et même de porter un pantalon... depuis 2013 !

Tu peux aller vérifier, ça a l'air absurde, mais dans la loi, c'est bien depuis 2013. C'est étonnant, mais pas tant que ça, quand on voit comme il est compliqué encore aujourd'hui pour les femmes de décider comment s'habiller dans l'espace public, qu'elles veuillent se couvrir ou se découvrir. Il n'y aura jamais assez de féminisme tant que les femmes ne seront pas totalement libres – il ne faut rien lâcher, jamais.

PETITE HISTOIRE DU MOT FÉMINISME

Le terme *féminisme* serait dû à Charles Fourier, un philosophe acquis à la cause, qui qualifia ainsi les ébauches du mouvement politique dès 1830. L'écrivain Alexandre Dumas fils reprit le mot quarante ans plus tard, pour décrier les féministes qu'il estimait trop « masculines ». Ce faisant, il a contribué à populariser le terme, qu'une écrivaine française, Hubertine Auclert, s'est réapproprié en 1882 en l'utilisant pour la première fois dans sa définition actuelle : une lutte pour les droits des femmes.

LE SEXISME PARTOUT ET TOUT LE TEMPS

Comme dans une famille où la femme aurait uniquement le droit de faire la cuisine, de s'occuper des enfants et de se taire, on parle de société sexiste quand tout est conçu pour mettre les femmes à un rang inférieur. Elles ne jouissent pas des mêmes droits que les hommes, leur porter atteinte n'est pas puni par la loi et elles n'ont quasiment aucun choix quant à la façon de mener leur existence. Si tu crois que ça ne nous concerne pas, je te recommande de regarder en arrière. Pas besoin d'aller à l'étranger quand, il y a à peine plus de cinquante ans seulement en France, les femmes ne pouvaient ni avorter ni avoir un compte en banque.

DÉFINITION

Le **SEXISME**, c'est le fait bien répandu d'opérer une distinction et une hiérarchie entre les hommes, d'un côté, et les femmes et personnes perçues comme telles, de l'autre. Un ensemble de comportements, de paroles, de règles même, va placer les femmes dans une situation inférieure, celle d'êtres humains secondaires. Comme on ne manque jamais d'imagination, surtout en matière de bêtise, le sexisme se manifeste de plein de façons. La bonne nouvelle, c'est qu'il se combat, et efficacement.

LE SEXISME ORDINAIRE

Il faut comprendre que, souvent, le sexisme ne s'affiche pas en belles grandes lettres capitales comme le panneau Hollywood. Au quotidien, le sexisme dit « ordinaire » est quelque chose de bien plus vicieux. En voici quelques exemples, malheureusement encore trop courants.

• Les blagues sexistes : elles ne sont pas drôles, mettent mal à l'aise, et il y est souvent question du physique d'une femme.

• Les réflexions sur la moralité supposée d'une femme ou sa « réputation » (*slutshaming*).

• Le paternalisme, la condescendance : par exemple, lorsqu'un patron surnomme son employée « ma belle », ou quand un homme s'adresse à une femme comme si elle ne comprenait rien à rien.

• Les *boy's clubs* : ces petits cercles non officiels dans les entreprises et les lieux de pouvoir en général, voire dans les écoles, dont les femmes sont naturellement exclues non pas en raison de compétences ou d'affinités qui feraient défaut, mais de leur seule identité de femmes.

• L'occupation de l'espace : au-delà du harcèlement de rue, les regards qui font que les femmes s'y sentent mal à l'aise, ou encore les grands terrains de foot « réservés aux garçons » dans les cours de récré.

• En politique : les polémiques sur les tenues ou le physique des femmes politiques, ou le fait qu'on les appelle souvent par leurs prénoms et pas par leurs noms complets.

• Dans le langage : les noms de métiers sont peu féminisés, à part ceux relatifs au soin (infirmière, sage-femme) ou aux tâches ménagères (femme de ménage). Certains refusent ainsi de parler d'avocate pour une femme, par exemple, ou de sénatrice, d'écrivaine, d'autrice…

ON SE LÈVE ET ON SE BAT

En famille, au travail, entre potes, dans la rue, à l'école, en soirée : tout le monde peut agir contre le sexisme – c'est l'idée même du féminisme. J'irai même jusqu'à dire que n'importe quel être humain décent ne peut pas laisser passer des injustices quand elles lui explosent au visage, même quand elles ne le concernent pas. Curieusement, mais c'est une constante, on nous écoute bien plus lorsqu'on proteste contre des choses qu'on ne vit pas directement, car on serait alors plus neutre. Il est donc très efficace, si tu es un garçon, de relever une attitude sexiste. Évidemment, il faut aussi se défendre entre femmes : cela nous donne une force inestimable.

LES BONNES RÉACTIONS

• Ta pote se fait *slutshamer* à l'école : rappelle calmement aux garçons que plus ils blâmeront la vie sexuelle des filles, moins la leur aura de chances d'exister, et aux filles qu'elles ont droit, elles aussi, d'être libres, et n'ont pas à être jalouses.

• Ton pote fait des blagues sexistes à l'apéro : demande-lui d'expliquer très clairement ce qu'il sous-entend, avant de lui montrer pourquoi c'est au mieux très ringard, au pire complètement con. Si tu es un garçon, bonne nouvelle, tu as encore plus de chances de le convaincre.

• Tes sœurs et cousines se font toujours couper la parole à table : fais tous les efforts pour les regarder, elles, quand tu parles, afin de les remettre au centre de la discussion, et donne-leur la parole en finissant tes phrases par des questions qui leur sont directement adressées.

DÉFINITION

Le ***SLUTSHAMING*** est un ensemble de comportements visant à culpabiliser, humilier et exclure toute femme considérée comme une « salope » (*slut* en anglais). En gros, c'est un moyen de pression vieux comme le monde pour s'assurer que les filles se tiennent à carreau, avec toujours l'idée que la sexualité est dégradante pour une femme, et que plus elle a de partenaires, plus sa valeur baisse. Oui, c'est bien la honte de penser comme ça.

• Un inconnu touche les fesses d'une amie dans la rue : sache que les peines encourues pour une agression sexuelle sont importantes (cinq ans de prison et 75 000 € d'amende). Crie-les-lui au visage – si tu te sens en confiance ! Ça calme.

• Ton pote raconte n'importe quoi en classe sur les femmes battues ou violées : en privé, dis-lui très clairement que, statistiquement, il vient forcément de dire ces bêtises devant des personnes concernées au moins indirectement. Explique-lui que ça peut être très blessant : c'est comme si on parlait de ses traumatismes à lui devant tout le monde pour les remettre en cause.

• Ton prof fait une réflexion sexiste en classe : comme celles-ci sont rarement exprimées franchement, je te conseille de jouer à fond la carte de la naïveté en lui demandant d'expliciter son propos. On se sent souvent con quand on doit passer plusieurs minutes à expliquer ses propres bêtises. Marrant quand les rôles s'inversent un peu !

LES DOUBLES STANDARDS, TOUJOURS

On donne aux hommes hétérosexuels le droit d'avoir une sexualité aussi libre qu'ils le veulent et des partenaires multiples, contrairement aux femmes qui, elles, sont supposées être chastes (un mot d'un autre siècle pour dire, en gros, « qui ne cède pas à la tentation »). Tu as sûrement vu, compris, ou même expérimenté ce grand écart entre ce qu'on dit « honteux » ou « anormal » chez une femme, et ce qu'on accepte – voire qu'on trouve cool – venant d'un homme. À égal comportement, c'est simple : un garçon va être un beau gosse, un gros tombeur qu'on n'arrête pas, là où une fille sera une salope sans valeur.

LAISSE LES FILLES TRANQUILLES !

Les mecs adorent se servir de cette situation inégalitaire pour faire une jolie réputation à leur ex, ou même à cette fille qui ne veut pas d'eux. Si tu as déjà agi ainsi ou as été tenté de le faire, sache que c'est un comportement minable, qui non seulement peut faire beaucoup de mal à la concernée, mais réduit en plus tes chances d'avoir toi-même des relations sexuelles.

De façon plus surprenante, les filles ont parfois aussi recours à cette triste méthode entre elles. Combien en voit-on qui, pour en descendre une autre, ou par rivalité (qu'on s'impose trop souvent !), vont baver sur le passé sexuel réel ou inventé de la fille qu'elles jalousent, comme si c'était là l'argument ultime pour la décrédibiliser. *Girls*, ne vous mettez jamais en compétition pour qui que ce soit, et surtout pas comme ça ! Chaque fois qu'une femme accepte de jouer ce jeu-là, elle renforce les pressions sexistes qui pèsent sur elle aussi.

LES MOTS NE SONT PAS DES DÉTAILS

En plus d'être la façon la plus stupide et méchante de nuire à quelqu'un, le *slutshaming* participe de ce que l'on appelle la « culture du viol ». Tu sais, ce truc bien sale selon lequel toute femme qui est agressée ou violée l'avait « bien cherché ». Pire, cela peut entraîner des violences sexuelles à l'encontre de filles « connues pour aimer ça ».

Le *slutshaming* empêche aussi de vivre normalement sa sexualité, ou encore de discuter librement de sexe quand on est une femme, parce qu'il devient impensable de montrer qu'on aime ça. Que ce sera simple quand tout le monde sera logé à la même enseigne !

→ VOIR AUSSI : BACKLASH, IVG,
RACISME, VIOL ←

FLUIDES

DEF

Les fluides, ce sont l'ensemble des choses qui coulent – en l'occurrence, dans et de ton corps. Dégueu ? Mais surtout naturel. Et il vaut mieux t'y faire : ton corps en regorge, et c'est même plutôt pratique.

PAS DE PANIQUE, C'EST LA NATURE

Ces fluides, ou sécrétions, sont nombreux : morve, sperme, cyprine, sang, transpiration, cérumen, salive, urine, vomi, pertes, règles, larmes, et même le lait maternel. Certains te dégoûtent peut-être à fond, pourtant ils sont non seulement naturels, mais surtout capitaux : par exemple, les pertes, qui font des traces blanches dans les culottes, sont nécessaires au nettoyage du vagin. Elles sont même la preuve qu'il reste propre, sans qu'il y ait besoin d'y appliquer des produits, comme te le font croire les pubs.

PAS DE HONTE SI ON LES VOIT

Tes règles ont débordé ? Tu as une auréole ? Le nez qui coule ? Ça ne sera sûrement pas la dernière fois car, bonne nouvelle, tu es un être humain, et tout le monde y passe. En plus, ce qui est giga gênant aujourd'hui fera peut-être une anecdote marrante plus tard. Tu as honte quand tu vas faire pipi ? Non. Eh bien, c'est la même chose (sauf qu'on ne fait pas pipi devant les gens, évidemment). Ton corps est juste une formidable machine qui fonctionne avec certaines huiles que, parfois, on voit.

FAIS GAFFE QUAND MÊME

On peut attraper des IST (infections sexuellement transmissibles) au contact des sécrétions sexuelles (liquide préséminal, sperme ou cyprine) d'autrui, même sans pénétration : il faut donc faire très attention dès lors qu'il y a contact, même furtif, entre les parties génitales.

De même, il faut changer de protection menstruelle toutes les quatre heures pour éviter ce que l'on appelle le « syndrome du choc toxique ». Donc, même si tu n'as pas tes règles, n'hésite pas à toujours avoir sur toi des tampons ou des serviettes pour dépanner les autres.

→ VOIR AUSSI : ANATOMIE, COMPLEXE, PUBERTÉ, RÈGLES, SEXE, TRANSPIRATION ←

FOI

De façon générale, la foi est le fait de croire en quelque chose ou en quelqu'un, de lui faire confiance. Le plus souvent, on utilise ce mot dans un contexte religieux : on a alors la foi, en une ou plusieurs divinités et en les enseignements qu'elles ont transmis.

LA FOI, UN TRUC À SOI

La foi est quelque chose de profondément personnel. Ta foi n'appartient qu'à toi, ce qui signifie que tu peux l'exercer en secret et croire en des choses différentes de celles de ta famille ou de ton entourage. Tu n'as donc aucune obligation d'adhérer aux convictions religieuses de tes proches. Tu as également le droit de dire à quelqu'un que tu trouves ses interrogations intrusives : tu n'es pas la foire aux questions de ta croyance, surtout qu'à l'heure actuelle, l'information est aisément accessible.

Inversement, ne juge pas la façon qu'a une personne d'exercer sa foi, que tu la partages ou non. Tu n'as pas de doctorat en théologie, et quand bien même, il existe une multitude de raisons pour qu'une personne, en dépit de sa foi, choisisse de ne pas suivre telle ou telle règle. La religion est une affaire qui concerne uniquement l'individu dans son rapport au principe supérieur auquel il se rattache.

SORS DES CLICHÉS

Beaucoup de clichés touchent les personnes croyantes parce que, comme pour tout, les médias notamment ont tendance à mettre en avant les minorités les plus extrêmes, celles qui sont violentes. Or, les plus grandes religions rassemblent des centaines de millions de fidèles. On ne peut donc pas tirer de généralités puisqu'on ne peut pas prétendre connaître toutes ces personnes. Les stéréotypes ne correspondent aucunement à la réalité : la foi est juste un état de fait, la façon qu'à une personne d'appréhender son rapport à soi et au monde. Comme pour le reste, tant qu'on te respecte en tant que personne, ne juge ni la religion choisie par les gens, ni la façon dont elle est pratiquée.

Chaque religion encourage à la bienveillance et invite ses fidèles à s'ouvrir aux autres. Pourtant, des communautés peuvent avoir tendance à décrier certains choix de vie (en matière de sexualité, par exemple). Rappelle-toi que la foi doit être quelque chose qui donne confiance et qui tranquillise, pas quelque chose qui suscite de la haine.

Si une personne ne suit pas les préceptes de ta religion tels que tu as choisi de les pratiquer ou de les interpréter, c'est son problème. Garde ton cœur apaisé et tes idées pures : tout cela n'est pas de ta responsabilité. Chacun et chacune vit sa vie en son âme et conscience et est libre de choisir les principes qui le ou la guident.

QUELQUES RELIGIONS

Religions monothéistes (qui ne reconnaissent qu'une seule divinité) :

- Christianisme, qui rassemble principalement les catholiques, les orthodoxes et les protestants.
- Islam, qui comprend les chiites et les sunnites.
- Judaïsme, qui compte des personnes séfarades et ashkénazes.

Religions polythéistes :

- Animisme
- Bouddhisme
- Hindouisme

Agnosticisme : les agnostiques refusent de trancher sur l'existence ou non de divinités supérieures. Sache que, même si tu ne te reconnais dans aucune religion, tu as le droit de sentir un apaisement et de la joie à parler à une entité qui, confusément, te semble t'entendre et te guider, même si elle n'appartient à aucune religion.

VOIR AUSSI : CULTURE, TOLÉRANCE

FORCE

La force est la puissance d'action, physique ou mentale, d'un individu. Cette force nous permet d'endurer les difficultés et de surmonter les épreuves que la vie nous réserve, qui peuvent parfois être nombreuses.

NE TE TROMPE PAS SUR LA FAIBLESSE

On loue énormément la force, alors qu'elle ne dépend pas réellement de la volonté, qu'elle soit physique ou psychologique.

Pour définir la force, on doit aussi parler de la faiblesse. Montrer et affronter ses émotions n'est pas une faiblesse, c'est une force – celle d'assumer son humanité. Connaître des échecs n'est pas non plus une faiblesse : statistiquement, c'est normal de ne pas tout réussir. Parfois, la force fait défaut, mais ce n'est pas une condamnation à vie à la faiblesse. Les moments où l'on flanche préparent tous ceux où, demain, grâce à l'expérience, on saura se tenir debout.

NE PRÉSUME NI DE TA FORCE NI DE CELLE DES AUTRES

On peut difficilement savoir avant de l'éprouver quelle est notre force. En fait, on en a beaucoup plus qu'on ne le pense, et c'est souvent dans les instants où l'on touche le fond que des réserves insoupçonnées viennent nous porter. Note les moments où ça t'arrive pour en conserver précieusement le souvenir. Quand à nouveau vient l'orage, il est important de te rappeler toutes les fois où tu y as survécu. Aucun mystère à ce sujet : à mesure que la vie avance, même dans les moments d'épuisement, se rappeler des victoires arrachées (parfois à soi-même) est profondément réconfortant. Plus on grandit, plus on gagne en force, même dans les pires moments.

Toujours dans cette idée, il ne faut pas présumer de la force des autres. On ne se connaît jamais complètement, alors autrui ? Ne conclus donc pas qu'une personne est faible sans connaître ses combats intérieurs, et ne surestime pas non plus la force de quelqu'un qui aurait jusque-là montré une grande résistance face à des difficultés.

GARDE TES FORCES POUR CE QUI A DE L'IMPORTANCE

Ne réponds pas aux personnes qui en veulent (notamment en meute) aux personnes identifiées comme plus fortes qu'elles. Au fond, les personnes qui t'attaquent parce qu'elles te pensent plus fort ou forte ne te connaissent pas, et un des plus grands enseignements que tu puisses tirer de la vie est de ne pas chercher à prouver quoi que ce soit à des gens pour qui tu n'as pas d'estime.

D'ailleurs, essaie de ne pas répliquer, sauf en cas d'extrême urgence : te lancer dans un conflit t'abaisse au niveau des personnes qui t'attaquent sans raison... autant garder ton énergie pour autre chose.

VOIR AUSSI : CONFLIT, ÉCHEC

FRINGUE

Si on déconstruit vraiment les choses, les vêtements servent simplement à couvrir son corps. Mais, comme tu le sais, c'est bien plus que ça. Cela peut être une façon de se cacher, de se dévoiler, de se *pimper* ou d'affirmer son identité. Trouve ton style en faisant tous les essais qui te sembleront nécessaires. Tu peux en changer aussi souvent que tu veux, parce qu'on est en permanente évolution, surtout à ton âge.

UN VÊTEMENT NE PROVOQUE PAS

Les tenues « provocantes », c'est-à-dire qui susciteraient volontairement une réaction violente, n'existent pas : on ne provoque jamais une agression, elle est toujours à 100 % le fait des personnes qui agressent. D'ailleurs, la respectabilité d'une personne, qu'elle se couvre beaucoup ou très peu le corps, n'est jamais déterminée par ses vêtements. Il y a beaucoup de ressorts sexistes derrière nos façons de considérer l'habillement : pourquoi serait-ce indécent pour les femmes de se balader en brassière ou avec un décolleté, alors que les hommes s'affichent torse nu sans complexe au moindre rayon de soleil ?

La seule chose que je peux te conseiller en matière de décence (mais méfie-toi de ce mot !), c'est de t'habiller selon les circonstances, pour ne pas avoir la sensation de détonner par rapport aux autres, ce qui pourrait être une source de malaise pour toi. Il m'est souvent arrivé d'aller en soirée trop ou pas assez bien habillée et de me retrouver en décalage de style avec les autres... Certaines fois, on l'assume aisément, mais on aimerait souvent se mettre dans un trou de souris.

TU PEUX T'HABILLER POUR PAS GRAND-CHOSE

N'achète jamais un vêtement qui ne te va pas sous prétexte que ce serait une « bonne affaire » et en te disant qu'il t'ira à un moment ou un autre, quand tu grossiras, quand tu maigriras, ou... quand tu grandiras. Cela vaut aussi quand tu t'apprêtes à craquer pour une fringue qui n'est pas trop dans ton style. Si tu ne peux pas la mettre demain ou ce week-end, alors ce n'est pas nécessaire de l'acheter.

Tu n'as pas besoin d'accumuler les vêtements : le fait de changer chaque jour de tenue n'est pas nécessaire et tu n'as pas besoin de ça pour briller ! Joue plutôt avec les accessoires ou dépareille tes ensembles. D'ailleurs, la *fast fashion*, qui permet d'acheter toujours plus de vêtements à des prix ridiculement bas, n'a rien d'éthique : c'est une catastrophe aussi bien pour l'environnement que pour les droits humains. Ne culpabilise pas trop pour autant si tu craques de temps en temps : parfois, on a un vrai besoin et/ou on n'a pas les moyens de se permettre autre chose, et pour le coup, ce n'est pas ta faute.

Il existe cependant des techniques pour trouver à moindre coût des fringues toujours cool : fréquente les vide-dressings (tiens-toi au courant sur les réseaux sociaux, ou mieux, organises-en un !) ou troque directement avec les potes, consulte des applications de vente d'occasion ou rends-toi dans des magasins de seconde main au kilo. Fais tout de même attention à certaines friperies qui jouent sur l'effet de la mode vintage pour vendre des pièces à prix d'or. Avec les tendances actuelles, il n'y a plus aucun besoin d'un gros budget pour bien s'habiller.

COMMENT SAVOIR DE QUELS VÊTEMENTS SE DÉBARRASSER ?

Tous les jours, force-toi à en changer. Si une tenue reste invariablement dans ton placard, alors dis-toi que tu ne la mettras plus. Mets-la dans la pile de ce que tu donnes, troques ou revends.

NE TE FIE PAS AUX APPARENCES

Ne laisse pas les autres te juger sur tes vêtements et ne le fais pas non plus. Quelqu'un qui s'habille de façon extravagante n'a pas forcément « des problèmes avec son image ». Quelqu'un qui s'habille de façon très simple ou sans suivre la mode n'est pas moins intéressant ou cool que toi : d'autres centres d'intérêt existent et le charme d'une personne ne passe pas forcément par ses vêtements.

Pour ce qui est de l'obsession pour les grandes marques, sache que ces vêtements, sauf exception, sont de la même qualité que les autres, tout simplement parce qu'ils sont fabriqués dans les mêmes usines et avec les mêmes matières textiles. La marque n'est donc là que pour afficher un certain niveau financier ou social. Et surtout, ne snobe jamais les autres si tes parents ont des moyens ou des priorités différentes.

VOIR AUSSI : ARGENT, BEAUTÉ, ÉCOLOGIE

GENTILLESSE

Oublie ce qu'on te répète. Avoir de la bonté et se conduire de façon prévenante avec les autres – que tu les connaisses ou non – n'est pas une faiblesse, au contraire. La gentillesse, loin d'être ringarde, est une qualité humaine extrêmement importante. En créant avec les autres des rapports désintéressés et doux avec les autres, tu sors des mécanismes malsains de méfiance mutuelle et d'attaque/contre-attaque. La vie n'est pas une guerre.

LA GENTILLESSE, C'EST DÉPASSÉ ?

Tu as sûrement déjà entendu quelqu'un dire qu'unetelle est « trop gentille » ou qu'untel est « bien gentil », et tu as compris que ce n'était pas très positif. On lit bien souvent (et on l'imprime) qu'il faut être sévère sans se laisser attendrir (surtout les garçons), qu'être gentil c'est être bête, que l'autre est mauvais. Cet autre, qu'on ne connaît pas, on pense d'avance que, si on se montre trop tendre avec, il ou elle parviendra à se jouer de nous tôt ou tard. Il faudrait en permanence se méfier pour éviter tout problème. Et si on changeait d'avis ?

Alors, bien sûr, il est plus facile pour l'être humain de se laisser aller à l'énervement, la colère et la rancœur, ou même le mensonge et la lâcheté. Mais, même si ça peut être répandu, c'est ça, la vraie faiblesse. Pas le fait de croire de bonne foi en l'honnêteté et la bienveillance. Manigancer et traiter mal les autres n'est pas une preuve de force, au contraire.

RESTE COMME TU ES MÊME EN CAS DE CONFLIT

Je prends une situation qui arrive tout le temps – en famille, entre copains et copines, à l'école, ou même avec des personnes inconnues, quelqu'un te parle avec irrespect, te trahit ou t'humilie. Tu as tout à fait le droit d'être en colère et de lui en faire part : il s'agit d'être sympa, pas de tout laisser passer. Pour autant, ne t'oblige pas à crier ou à céder à la méchanceté sous prétexte que les gens forts ne se « laisseraient pas faire ». En vérité, mieux vaut ne pas consacrer trop d'énergie aux personnes mauvaises. Une déception ou une blessure laissent des traces. C'est déjà du négatif ; à quoi bon en rajouter ? L'important est que tu puisses passer à autre chose, aussi dur que ce soit, pas que tu maintiennes un lien avec la personne – penses-y, par exemple, quand tu veux te venger. Celui ou celle qui t'a fait souffrir ne mérite plus de faire partie de ta vie. Ce n'est donc pas de la faiblesse, mais un choix mature, de l'en exclure sans ménagement – et c'est finalement la plus belle des vengeances car, crois-moi, les gens essaient toujours de revenir tôt ou tard pour une raison ou une autre, quand tu ne t'y attends absolument plus. Surtout, même si tu as la sensation rageante qu'il n'y a pas de justice, tu verras que tu te sentiras mieux au bout de quelques jours, beaucoup plus que si tu penses constamment à ta prochaine attaque – et à celle d'encore après, pour parer la contre-attaque.

Dans une interaction avec quelqu'un de méchant (qui, en fait, souffre et projette sa souffrance sur les autres), tout le monde perd, alors autant qu'elle ne dure pas. Dis ce que tu as à dire uniquement si tu sens que ça te fait du bien (tu ne dois aucune explication à quelqu'un de méchant), et coupe court.

PAS BESOIN DE GENTILLESSE EN EXCÈS

Comme toute qualité, celle-ci est préférable sans excès, aussi, assure-toi que ta gentillesse pour tout le monde ne se traduit pas par de la méchanceté envers toi-même. Tu peux être très sympa tout en osant t'affirmer (ne t'inquiète pas, c'est quelque chose qu'on apprend avec le temps) : ne te force pas à accepter des choses dont tu n'as pas envie, ne pardonne pas des choses qui te font encore du mal, surtout si tu as reçu des excuses qui ne te semblent pas sincères. Tu as toi aussi des besoins ou des envies : ne les sacrifie pas pour déployer une gentillesse excessive à l'égard de personnes qui ne seraient pas aussi prévenantes envers toi. Ça ne sert à rien de faire plaisir aux autres mécaniquement, tu ne peux pas rendre service à la terre entière.

IL Y A DES GENS MÉCHANTS

Il y a la vérité simple, selon laquelle tous les gens méchants ont une raison de l'être et ont en fait un bon fond, enfoui sous quelques couches de rage. Mais il y a aussi une vérité plus compliquée : il existe des gens – rares, heureusement – qui sont méchants pour de vrai. S'il peut là aussi y avoir une explication tenant à l'histoire personnelle de chacun et chacune, ce n'est jamais une excuse. Tu n'as aucune obligation de rester dans l'entourage de gens malveillants, quand bien même ils souffrent. Ce fardeau est bien triste pour eux, mais ce n'est pas à toi de le porter. Cette personne ne sera pas plus mal sans toi, et surtout, ton soutien ne la rendra pas plus gentille. Alors ne t'impose pas ça, même pour aider.

Rappelle-toi aussi, parce que c'est une vérité très dure à accepter mais nécessaire, que tout le monde n'a pas les mêmes codes et les mêmes valeurs, et qu'on ne peut malheureusement pas toujours détenir les clés du bon sens universel. Ainsi, une attitude pourra te scandaliser, mais laissera les autres de marbre. Ce n'est pas à nous de décider – même s'il y a deux ou trois indicateurs – qui est, ou non, quelqu'un de bien, car c'est souvent subjectif. En revanche, tu dois te protéger de toute personne dont le comportement te fait souffrir.

ASSUME TA GENTILLESSE

Notre société explique, et particulièrement aux garçons, qu'il faut être dur, sans sentiment et sans pitié. Comme je te le disais, c'est parfois difficile, aujourd'hui, de se sentir valable quand on est aimable, là où ça devrait être tout le contraire. Alors, affirme avec fierté ta gentillesse. C'est très beau de se connaître assez de qualités pour ne pas avoir besoin de susciter l'intérêt des autres en instillant la peur chez eux : la vie n'est pas une série Netflix. La gentillesse, c'est de la confiance en soi et de la dignité, et ça rassure. « *Kill em with kindness* », comme dirait Selena Gomez.

→ VOIR AUSSI : BIENVEILLANCE, HONNÊTETÉ, TOXICITÉ ←

HARCÈLEMENT DE RUE

Le harcèlement de rue, c'est cette pression violente exercée par les hommes dans l'espace public, composée d'agressions et/ou de microagressions, et que subissent notamment les femmes. C'est un fléau dont, bien heureusement, on parle de plus en plus, mais qui n'en est pas moins pesant au quotidien.

UNE ADDITION DE SITUATIONS

En robe, en jogging, en tailleur, en tenue de soirée ou de ski : toutes les femmes, quelle que soit leur façon de s'habiller, expérimentent dans l'espace public ce harcèlement au moins une fois dans leur vie, et jusqu'à plusieurs fois par jour. Il ne s'agit pas forcément de violence physique (sexuelle ou non) : le harcèlement peut aussi prendre la forme de sifflements ou autres bruits de bouche, d'insultes ou de paroles méprisantes, de poursuites ou de menaces. Le harcèlement est juridiquement caractérisé par la répétition : même si ce n'est pas le même mec qui te suit toute la journée, le simple fait qu'on t'interpelle ou qu'on te suive plusieurs fois dans un certain laps de temps constitue du harcèlement.

LE HARCÈLEMENT N'EST JAMAIS DE LA SÉDUCTION

C'est très dur à entendre pour certains et certaines qui s'inquiètent énormément du fait qu'on ne puisse plus draguer dans la rue (sérieusement, combien de couples connaît-on qui se sont formés dans la rue ?), mais en réalité, ce qui est dur, c'est la situation que subissent toutes les personnes qui doivent supporter ce harcèlement quotidien, qui vivent en faisant toujours attention aux rues qu'elles empruntent et qui envoient un message pour prévenir leurs proches qu'elles sont bien arrivées.

Les femmes n'ont pas besoin de validation dans la rue, qui n'est pas et ne sera jamais, n'en déplaise aux légendes, un espace de séduction. Le harcèlement de rue n'est pas de la drague, c'est de la domination, dont l'objectif latent est de montrer à qui appartient l'espace public – et qui n'a pas le droit d'y rester. Car, si le harcèlement de rue n'existe pas, pourquoi toutes les filles sont-elles élevées dans la peur d'être dehors, le soir, et à craindre pour leur vie sitôt que quelqu'un marche derrière elles ?

DÉFENDRE UNE VICTIME DE HARCÈLEMENT

Il faut défendre les victimes de harcèlement de rue, autant que faire se peut, sans attendre que quelqu'un d'autre se décide. Voici quelques *tips* :

- Fais semblant de connaître la victime ;
- Essaie de repérer une personne qui a autorité dans le lieu et qui est susceptible d'intervenir ;
- Filme ou prends des photos si tu ne te sens pas d'intervenir directement (il ne faut pas non plus te mettre en danger) ;
- Interpose-toi, si et seulement si tu t'en sens capable, en déclarant clairement au harceleur que cela représente du harcèlement et qu'il faut arrêter ;
- Suis la scène à distance si elle se déplace ;
- Rassure la personne si le harceleur est mis en fuite, en restant auprès d'elle, en faisant un bout de chemin avec elle, etc.

TU N'Y ES POUR RIEN !

Il n'y a aucune honte à ressentir de la peur d'aller dans certains endroits que tu sais particulièrement propices au harcèlement. Quoi qu'on t'envoie au visage, ne te dis pas que c'est la faute de ta tenue, de ton état ou de ta simple présence, parce que c'est faux. Ce n'est pas à toi de te sentir coupable – c'est aux personnes responsables de ce climat, des hommes dans la majorité des cas. Tu as d'ailleurs le droit de demander sans rougir de l'aide aux gens qui accrochent ton regard, et qui ont potentiellement déjà vécu cette situation. Ce n'est pas grave si tu n'arrives pas à répondre du tac au tac. Certaines personnes le font (peut-être même toi, de temps à autre), mais tu n'es pas faible si ce n'est pas ton cas. Nous avons un instinct, et celui-ci nous guide très bien. On sent quand il vaut mieux ne pas réagir, tout comme on sent quand il faut malheureusement courir ou brusquement changer d'itinéraire. Il est enseigné très tôt aux femmes (au prix d'expériences précoces, parfois) que la rue, et plus généralement l'espace public, est un endroit hostile où il ne fait pas bon s'attarder. On nous apprend à éviter des lieux, des tenues, à tenir nos proches au courant de nos allées et venues ou à anticiper notre retour dès le début de la soirée – ou même de la journée de travail. Le harcèlement de rue est donc ancré dans notre culture.

Ce problème concerne tout le monde, pas seulement les victimes (100 % des femmes ont déjà été harcelées dans la rue) ! Cette situation n'est pas normale et il faut la combattre jusqu'à ce que nous n'ayons plus à composer avec et que plus personne n'ait à trembler en se baladant ou en rentrant.

TECHNIQUES DE DÉFENSE D'URGENCE

Disons-le tout de suite : ce n'est absolument pas normal qu'on ait besoin de développer des techniques pour se sentir en sécurité. Cela montre un grand problème dans une société qui échoue à protéger les femmes et les oblige à assurer seules leur sécurité, dans l'espace public, comme en privé.

- **Passe tes clés entre tes doigts, de façon visible ;**
- **Fais semblant de téléphoner ou, selon l'heure, téléphone vraiment : ça sécurise ;**
- **Change de rame de métro ou rapproche-toi du chauffeur ou de la chauffeuse de bus ;**
- **Entre dans un commerce, quel qu'il soit ;**
- **Change d'itinéraire ou de trottoir ;**
- **Compose le numéro de la police dans ta poche ;**
- **Garde toujours un sifflet sur toi ;**
- **Crie le plus fort possible !**

→ VOIR AUSSI : CYBERHARCÈLEMENT, DRAGUE, FÉMINISME, VIOLENCE ←

HATERS

Les *haters* sont, comme ce joli mot anglais le dit explicitement, des gens qui non seulement détestent, mais surtout expriment leur haine haut et fort, souvent en boucle, et avec beaucoup de violence. Ils perdent leur temps… et peuvent aussi te faire perdre le tien.

LES HATERS, *CES PAUVRES PETITES CHOSES*

C'est toujours soi qu'on humilie quand on attaque sans arrêt les personnes qui vivent bien tranquillement leur vie, et se conduire en *hater* est souvent une solution de facilité : cultiver la bienveillance demande des efforts, mais c'est bien plus apaisant à la longue.

Alors, garde les idées claires : les gens qui critiquent gratuitement parlent toujours d'eux-mêmes. C'est une forme de violence délibérée qui ne parle pas de toi, mais bien d'eux.

LES HATERS *DE LA VIE RÉELLE ET VIRTUELLE : POURQUOI TANT DE HAINE ?*

- Pour tromper l'ennui : c'est une occupation contre-productive, mais qui occupe pas mal de temps (pense à ceux et celles qui suivent des gens qu'ils ou elles détestent sur les réseaux sociaux) ;

- Pour créer des liens : ça rapproche de critiquer ensemble, surtout quand on n'a pas grand-chose d'autre à se raconter ;

- Pour ne pas avoir à réfléchir à sa vie : c'est bien plus simple de pourrir les autres que de réfléchir sur soi ;

- Par jalousie de quelque chose que tu es ou que tu as ;

- Pour avoir une impression de justice par rapport aux libertés que tu oses prendre, mais qui leur paraissent intolérables : c'est alors une forme de vengeance.

- Pour avoir un peu d'attention, eh oui. Leurs vies ne doivent pas être bien drôles, mais ça ne leur donne pas le droit de faire du mal aux autres.

CES HATERS *QUI TE BLESSENT (ET C'EST NORMAL)*

Bien sûr que c'est blessant, mais comprends que c'est le but. Même si toi, tu n'as pas ça en toi et que tu sais que c'est une perte de temps, et que la personne qui ressent de la haine est celle qui en souffre le plus, ce n'est jamais agréable de recevoir cette énergie tellement négative. On se demande toujours si on l'a méritée, parfois au point de se sentir coupable. En vérité, tu n'as rien fait, si ce n'est avoir une vision des choses différente de celle de la personne en face. Ça ne sera pas la dernière fois, et tu ne peux pas passer ta vie entière à t'excuser d'être qui tu es ou de faire ce que tu fais, auprès de ceux et celles que ça indispose, parce que ça les renvoie à leurs propres insécurités. Alors, il faut juste apprendre à vivre avec, comme on apprend à supporter tous les trucs pénibles (la pluie, le rhume, ou les gens qui ne referment pas la porte derrière eux).

LES HATERS *T'AIMENT SI FORT...*

Les *haters*, on peut en avoir tout près de soi. Ne perds pas de temps à leurs côtés quand tu sens leurs mauvaises ondes. Ce sont eux et elles qui sont bêtes de s'imposer ta présence juste par une espèce de fascination malsaine, ou pour fabriquer de nouveaux ragots minables. Néanmoins, si tu as l'obligation de les côtoyer, prends tes distances au possible et fais en sorte de ne pas leur donner du grain à moudre, en en livrant le moins possible te concernant. Reste d'une douceur exemplaire – tu n'as pas le temps pour les conflits dont ces personnes rêvent.

Rappelle-toi que, la plupart du temps, ce n'est pas toi qu'on critique, mais quelque chose que tu représentes aux yeux de la personne qui le fait – soit quelque chose qu'elle n'a pas et aimerait avoir, secrètement ou non (ça peut être une de tes qualités, une de tes relations, ou même quelque chose que tu oses faire), soit quelque chose qu'elle ne comprend pas (comme, malheureusement, ton identité ou tes choix). Quoi qu'il en soit, cette haine appartient à cette personne, pas à toi, même s'il est très compliqué et injuste de la recevoir.

NE NOURRIS PAS LES HATERS *!*

Ne rentre pas dans une longue dispute avec une personne qui n'apporte rien à ta vie. Les rares conflits qui peuvent t'être utiles sont ceux liés à des incompréhensions ou des erreurs, dans ton strict entourage – celui que tu as choisi. Si une personne te déteste cordialement, ce n'est pas lui renvoyer sa haine en plein visage qui la fera t'aimer, et les tentatives d'apaisement sont souvent vaines. À défaut de ton affection, les *haters* veulent ton attention. Plus tu mettras de pièces dans la machine, plus tu alimenteras ce jeu. Mets juste le plus de distance possible entre toi et la personne, et prends le temps de réfléchir à son comportement pour ne plus qu'il t'affecte. Tu as de l'estime pour cette personne ? Non. Son avis compte pour toi ? Non. Alors, haut les cœurs ! Il y aura toujours des gens qui ne t'apprécieront pas. C'est malheureux, mais c'est ainsi. Même en étant la meilleure personne du monde, on ne peut pas forcer les autres à nous aimer ou à penser comme nous, et on ne va pas changer juste pour ne plus les renvoyer à leurs insécurités.

NEUTRALISE LES HATERS *AUTOUR DE TOI*

Si ça te pèse vraiment, tu peux affronter les *haters* et leur dire clairement, avec un calme olympien (auquel on parvient facilement après quelques années d'entraînement) : « Je sais que tu as dit ça à mon sujet. Pourquoi l'as-tu dit ? Est-ce que tu le penses ? C'est ça que je te renvoie ? Tu te sens mieux maintenant que tu as dit ça ? Comment faire pour calmer ta souffrance ? » Ces gens ont souvent peu de courage et se sentiront bêtes, tandis que tu trouveras l'apaisement en voyant que, finalement, ces critiques ne sont pas si assumées que ça.

NE TE CONDUIS PAS EN HATER *!*

Toi-même, n'aie pas une attitude de *hater*. Si tu t'apprêtes à critiquer des gens contre qui tu n'as rien ou que tu ne connais même pas, demande-toi consciemment à quoi ça te servirait de faire ça. Même pour sortir tes meilleures *punchlines*, tu leur donnes de l'importance et de l'aura, tout en donnant de toi une mauvaise image – et aux gens qui t'entourent, l'impression que tu feras pareil avec eux sitôt qu'ils auront le dos tourné !

De la même façon, ne te force pas (beaucoup le font, avouons-le) à suivre sur les réseaux sociaux des gens qui t'insupportent. Pour quoi faire ? Pour chaque jour t'énerver à cause de personnes inconnues, à qui tu donnes de l'audience, ne serait-ce qu'en regardant leurs *stories* ? Ou pour te convaincre qu'unetelle n'est pas si jolie, ou qu'untel est un peu boloss ? Les gens vivent leur vie et ne les mettent pas en ligne pour toi, alors pose donc ce téléphone, au lieu d'entretenir une colère quotidienne qui n'apporte absolument rien d'intéressant à ton existence. Reste dans de bonnes *vibes* et trace ta route (même si ça t'apporte deux ou trois haters…) !

→ VOIR AUSSI : CONFLIT, CRITIQUE, CYBERHARCÈLEMENT, INFLUENCEURS ET INFLUENCEUSES, RÉSEAUX SOCIAUX ←

HONNÊTETÉ

Tout le monde a une définition différente de l'honnêteté – pour certaines personnes, elle est même très vague… Retiens que l'honnêteté est l'ensemble des qualités de quelqu'un qui fait le choix (car oui, cela demande conviction et rigueur) d'être sincère et intègre.

ÉVITE DE MENTIR

Ne mens jamais. Ce conseil n'est pas lié à des valeurs que tu trouves peut-être démodées, c'est une façon de te simplifier grandement la vie. Si tu mens, non seulement tu as de grandes chances que ça se voie, mais en plus tu paniqueras toujours à l'idée que ça se sache. Surtout, le jour où la vérité éclatera – ce qui arrive tout le temps –, tu seras dans de beaux draps. Garde l'esprit tranquille, c'est vraiment plus agréable.

Tu as fait une bêtise? Dis-le. C'est très difficile de se lancer mais, une fois que tu as enclenché la discussion, il n'y a plus qu'à la dérouler. Ça t'enlèvera un poids au cœur (poids qui grandit au fil des jours) et on te pardonnera bien plus rapidement.

En de très rares occasions, mentir ou faire des omissions (s'abstenir de dire quelque chose) se justifie : quand la vérité pourrait vraiment blesser l'autre, et qu'il ne lui sert absolument à rien de la savoir, ou quand une vérité pourrait te mettre en danger.

MAÎTRISE AUSSI TES ACTES

L'honnêteté ne concerne pas que le mensonge : refuse-toi aussi aux coups bas et à la lâcheté. Mets en adéquation tes actes et tes paroles. Même en cas de conflit, ne t'abaisse pas à faire des choses que tu trouves honteuses, juste par vengeance ou par intérêt. Quand tu es sur le point de faire quelque chose qui ne te met pas à l'aise, laisse passer quelques jours pour y réfléchir sans te laisser emporter. Tu peux par exemple écrire sur une feuille de papier, te parler à voix haute ou faire des notes vocales, pour réfléchir à ce que tu penses ou à ce que tu t'apprêtes à faire.

Souvent, les réponses sur notre comportement nous viennent après quelques heures ou jours, quand notre cerveau a eu le temps de pleinement réfléchir. Si tu ne te sens pas à l'aise avec quelque chose que tu fais ou que tu t'apprêtes à faire, abstiens-toi ! On se laisse trop vite entraîner par les autres ou par nos émotions.

FACE À LA MALHONNÊTETÉ, CROIS EN TES IMPRESSIONS

Méfie-toi quand tu as un doute. On a souvent un bon instinct et, en général, quelqu'un qui déçoit ou trahit une fois a de grandes chances de recommencer – pas forcément parce que tu as montré trop de clémence, mais plutôt parce que c'est sa façon d'agir. Si tu tiens vraiment à cette personne et que tu crois à son égarement, une erreur de sa part n'est évidemment pas une raison de la rayer à jamais de ta vie. En revanche, réfléchis sérieusement à partir de deux erreurs : c'est très dur de se passer de quelqu'un qu'on apprécie, mais si le lien crée plus d'insécurité et de tristesse que son absence potentielle, alors il vaut mieux mettre fin à la relation.

Quand tu sens que quelqu'un te ment (nos intuitions, principalement avec nos proches, sont souvent bonnes, car on finit par connaître leur manière d'être et d'agir) ou n'est pas sincère, pose-lui clairement la question. Bien sûr, prends des pincettes, amène ça avec la douceur qui te convient, mais veille aussi à choisir les mots les plus clairs. Certaines vérités ne sont pas agréables à entendre, et une discussion compliquée peut suivre sur les raisons du mensonge, mais toi, tu as en premier lieu besoin de savoir ce qu'il en est.

SOIS UNE BONNE PERSONNE EN TOUTES CIRCONSTANCES

Être honnête, c'est finalement se conduire d'une bonne manière et cela simplifierait les choses si tout le monde se comportait ainsi. C'est un effort sur toi-même, certes, mais d'un point de vue purement égoïste, c'est bien plus reposant de savoir que tu ne causes pas de tort et que rien de négatif ne risque de te retomber dessus.

Alors, ne serait-ce qu'en prévention, ne sois pas malhonnête ! Tu n'as aucune raison de te laisser marcher dessus, mais ne prépare pas de vengeance, surtout si tu ne sais pas encore ce qu'on t'a fait et que tu anticipes juste sur ce qu'on pourrait éventuellement te faire. Tu n'as rien à prouver à personne, et surtout pas que tu es plus fourbe : nous ne sommes pas dans une série, et il n'y a rien de marrant à faire des coups bas. Ça fait même beaucoup de mal, et ça ne te sert à rien en tant que personne.

Tout le monde n'est pas malhonnête ! Même si tu as plein d'exemples qui prouvent que certaines personnes le sont, crois en les autres et en leur faculté à être cool. Pas la peine d'anticiper en agissant toi-même de façon mauvaise. Les trahisons et déceptions font du mal, mais le choc finit par passer et, promis, tout le monde n'est pas comme ça.

→ VOIR AUSSI : AMITIÉ, GENTILLESSE ←

HONTE

La honte est un sentiment bien peu agréable d'humiliation qu'on peut ressentir après avoir fait ou vécu quelque chose qui nous a mis ou mise mal à l'aise. Ici, je te parle de « petites hontes », c'est-à-dire de moments gênants du quotidien.

TU N'ES PAS LE CENTRE DU MONDE

Souvent, sous le coup de la honte, on se dit que tout le monde a les yeux rivés sur nous et que ce qui vient de se passer sera le clou de la journée ou de la soirée. Pourtant, tout le monde fait son chemin, et les gens ne sont pas centrés sur la moindre de tes actions et et de tes paroles. Souffle un coup. Peut-être que tout le monde a vu ce qu'il s'est passé (auquel cas il y a des techniques pour désamorcer la gêne), mais il se peut aussi que l'assemblée s'en moque tout simplement.

METS LES PIEDS DANS LE PLAT

Cela paraît difficile à faire, mais quand tu l'auras essayée, tu ne pourras plus te passer plus de cette méthode. Un peu comme si tu tombais en public (ça m'est arrivé deux ou trois fois), relève-toi de la situation honteuse que tu viens de vivre et ris-en avec légèreté. En l'occurrence, si tout le monde a vu ce qui est arrivé, mets directement (ou le lendemain, qu'importe) l'accent sur l'action et sur le fait qu'elle aurait pu arriver à tout le monde. En procédant ainsi, tu figeras dans l'esprit des autres le franc moment de rigolade qui a suivi – ce qui pourra leur faire totalement oublier l'instant qui te pèse tant, ou tout au moins le fera mieux passer.

DES HISTOIRES À RACONTER

Est-ce qu'il y a plus amusant à écouter que quelqu'un qui raconte sa plus grosse honte ? Sur le moment, bien sûr qu'on préférerait disparaître six pieds sous terre (et heureusement, quelque part, parce que c'est humain !), mais peu après, quand tout est fini, c'est quand même bien drôle. Alors, qui est-ce qui aura une méga anecdote à raconter en riant pendant des années ?

→ VOIR AUSSI : ÉMOTIONS ←

IDENTITÉ DE GENRE

L'identité de genre correspond à celle à laquelle une personne s'identifie profondément : femme, homme ou en dehors des normes binaires de genre (comme les personnes non binaires, agenres ou *gender fluid*). Ainsi, une personne assignée femme à la naissance peut s'identifier comme homme depuis toujours, tout comme une personne assignée homme à la naissance peut s'identifier comme femme. Il en va de même pour les personnes assignées femmes ou hommes, qui se sentent non binaires, c'est-à-dire relevant d'une identité de genre s'exprimant au-delà de la binarité homme/femme.

LES GRANDS PRINCIPES

L'assignation de genre se fait à la naissance sur la base des organes génitaux : quelqu'un qui naît avec une vulve et un vagin sera assigné femme, quelqu'un qui naît avec un pénis sera assigné homme. Les personnes intersexes, qui naissent avec des attributs ni typiquement mâles, ni typiquement femelles, sont généralement opérées à la naissance et, de fait, mutilées, au nom de cette dualité obligatoire dans nos sociétés.

Une personne dont le genre correspond à son assignation de naissance sera dite « cisgenre ». À l'inverse, une personne dont le genre assigné à la naissance diffère du genre auquel elle s'identifie, sera dite « transgenre ». Une femme transgenre est une femme, au même titre qu'une femme cisgenre ; un homme transgenre est un homme, au même titre qu'un homme cisgenre.

PERSONNE NE TE DOIT RIEN

Attention, on ne dit pas « personne transexuelle » pour désigner une personne transgenre ! La transidentité n'a rien à voir avec les organes génitaux et une personne transgenre n'a pas besoin d'entamer de chirurgie, que ce soit au niveau desdits organes ou de quelque autre partie du corps, pour être légitime. Il n'y a absolument aucune raison de demander à une personne trans si elle a ou non été opérée.

Il ne faut pas non plus confondre identité de genre et expression de genre. L'identité de genre est ressentie par la personne, alors que l'expression de genre est la façon dont elle l'exprime par ses vêtements, son attitude, sa façon d'être, tous ces éléments relevant souvent de codes sociaux (les femmes portent des robes, les hommes, des cravates, etc.). Mais une personne, qu'elle soit transgenre ou cisgenre, n'a pas à arborer tel ou tel vêtement ou à adopter telle ou telle attitude pour être plus légitime. Tu es libre de ton identité de genre, quelle que soit la façon la façon dont tu l'exprimes.

COMMENT FAIRE SON COMING OUT ?

Tu ne dois de coming out à personne, alors fais les choses dans le timing qui te va. Progressivement, tu voudras peut-être en parler à tes proches (famille, entourage amical). Ça peut se faire oralement, par exemple en utilisant une personne alliée (à qui tu te révèles en premier) comme intermédiaire, mais aussi par écrit si tu veux pouvoir t'exprimer sans risque d'interruption ou si tu appréhendes la première réaction. À cette occasion, tu peux choisir de donner (en expliquant pourquoi tu entends que cela soit fermement respecté) le nom que tu souhaites désormais porter ainsi que tes pronoms.

Pour te donner force et courage s'il n'y a pas de personne ouvertement trans autour de toi, n'hésite pas à contacter les communautés concernées sur Internet ou les associations potentielles de ta région. Tu pourras ainsi découvrir que, si difficile que ça te paraisse d'assumer publiquement ton identité de genre, une vie existe après la révélation. En échangeant avec des personnes aux expériences similaires, tu pourras briser la solitude, surmonter certaines peurs et appréhender plus facilement les nouveautés.

RENSEIGNE-TOI

Comme d'habitude, si la transidentité ne te concerne pas directement, on ne te demande pas de tout comprendre immédiatement, mais simplement de respecter les autres, leur identité et tout ce qui va avec (notamment au niveau de l'expression de genre), en gardant bien en tête que tu n'as pas à exprimer ton avis à ce sujet – particulièrement s'il n'est pas sollicité.

Par ailleurs, une personne concernée n'est pas ta foire aux questions. Même si tes sollicitations partent d'une bonne intention et relèvent d'une volonté de mieux agir et de soutenir, rappelle-toi que tes interrogations sont sûrement très récurrentes pour la personne, et que ça peut être épuisant pour elle de devoir expliquer en boucle (et parfois à des gens malveillants) son identité dans les moindres détails. L'information est à portée de clic, alors renseigne-toi correctement, sans fatiguer quelqu'un probablement déjà éreinté par le poids de la société.

LA NON-BINARITÉ, UNE RÉALITÉ ANCIENNE

Depuis bien longtemps, dans de nombreuses sociétés autochtones, la notion de genre n'est pas binaire. À Tahiti et à Hawaï, par exemple, il existe un troisième genre. Les māhū (terme qui signifie « au milieu ») sont nés de sexe masculin, mais, dès l'enfance, leurs comportements sont assimilés à la « féminité ». De ce fait, ils sont éduqués d'une manière différente des autres garçons et, en tant qu'adultes, ils exercent de hautes fonctions spirituelles ou sociales. L'existence de la non-binarité n'a donc rien de nouveau !

RESPECTE LES AUTRES

Genre bien les personnes : demande-leur leurs pronoms et retiens-les. Excuse-toi platement si tu te trompes, mais pas trop bruyamment pour ne pas attirer l'attention trop longtemps sur ça. En situation de danger ou de conflit, il vaudra parfois mieux mégenrer quelqu'un que de prendre le risque qu'il ou elle subisse une agression transphobe : ce sont des choses dont il faut parler en amont avec les personnes trans de ton entourage, afin de garantir aussi bien leur intégrité que leur sécurité.

De la même façon, quand bien même tu connaîtrais le *deadname* (c'est-à-dire le prénom de naissance) d'une personne trans, garde-toi de l'utiliser. C'est un manque de respect : il appartient au passé et ne présente aucun intérêt. Ne va pas non plus, ça va de soi, le diffuser.

POSITIONNE-TOI CONTRE LA TRANSPHOBIE, EN CLASSE ET DANS L'ESPACE PUBLIC !

Évidemment, n'*oute* jamais personne. *Outer*, c'est révéler publiquement l'orientation sexuelle ou l'identité de genre de quelqu'un d'autre, sans que cette personne ait donné son accord. Quand bien même une personne t'aurait confié sa transidentité (ou que tu l'aurais apprise par quelque biais que ce soit), elle n'a pas forcément envie que cela se sache publiquement : c'est à elle de décider qui elle veut mettre au courant, dans la limite de ses envies, mais aussi de sa sécurité. Tu n'as aucun droit sur ces révélations, quelles que puissent être tes raisons.

→ VOIR AUSSI : ANATOMIE, FÉMINISME, ORIENTATION SEXUELLE ←

INCESTE

L'inceste est un cas de violence sexuelle spécifique : c'est lorsqu'une personne est agressée ou violée par quelqu'un de sa famille, que ce soit une fois ou de façon répétée.

TU N'Y ES POUR RIEN

Dans ces situations dont on parle trop peu publiquement, les victimes se sentent souvent coupables et se demandent comment elles ont pu provoquer ça. À cause de ce que l'on appelle la « culture du viol », l'entourage aussi peut faire sentir à la personne qui a été violée ou agressée qu'elle l'a cherché et provoqué. Sache bien une chose si cela t'arrive : tu n'es absolument pas coupable. Il ou elle n'avait pas le droit. Même si tu crois avoir manqué de force, même si tu aimes cette personne, même si tu n'as rien pu dire ni empêcher, tu n'es responsable ni de ce qui est arrivé, ni de ne pas avoir su en parler.

DÉFINITION

La **CULTURE DU VIOL** est un concept qui qualifie l'ensemble des croyances et comportements sexistes profondément ancrés dans notre société, qui justifient les violences sexuelles : le viol serait moins grave que d'autres crimes et les victimes en seraient, d'une certaine façon, responsables.

LA FAMILLE N'EST PAS TOUJOURS UN HAVRE DE PAIX

Lorsqu'une agression survient dans une communauté, cela crée un trouble chez les personnes qui savaient, qui auraient pu ou dû se rendre compte, ou qui, tout simplement, se retrouvent confrontées à la violence et à la souffrance des leurs. L'inceste est donc un sujet particulièrement sensible à cause du caractère sacré de la famille dans notre société. Car dans notre imaginaire collectif (c'est-à-dire la façon dont la société perçoit les choses), la famille est un cocon qui protège et ne peut que nous vouloir du bien.

Oser dénoncer les agressions incestueuses subies, c'est braver ce tabou puisqu'on risque de briser ce cocon sacré. C'est pourquoi la responsabilité de la situation retombe malheureusement souvent sur la personne qui a parlé, pas sur celle qui a agi.

Cela s'explique par le fait que, pour certaines personnes, l'honneur et la réputation d'une famille sont plus importants que le bonheur des individus qui la composent. Pourtant, le ou la coupable, c'est toujours celui ou celle qui commet des violences sexuelles, pas la personne qui rompt le silence à ce sujet, et encore moins la victime.

TU AURAS TOUJOURS DES GENS POUR T'ÉPAULER

Évidemment, lorsqu'un inceste est révélé, on risque de faire de la peine à des proches ; ces proches qui s'en voudront, ou pire, resteront attachés à la personne coupable, et pour qui tout cela représente un séisme qu'il faut prendre le temps de surmonter.

Il faut un grand courage pour parler – et ainsi soutenir les autres personnes de la famille qui ont peut-être aussi vécu cette situation. Si tu fais toi-même face à ce type de situation, sache que, peu importe la réaction de ta famille, il y aura toujours d'autres personnes dans ton entourage qui feront le choix de te soutenir. Et si toi ou quelqu'un qui s'est confié à toi décide de porter plainte, il existe des associations et des juristes spécialisés qui sont là pour accompagner les victimes. Un numéro vert, le 0805 802 804, a été mis en place pour recueillir la parole des personnes victimes d'inceste.

→ VOIR AUSSI : FAMILLE, VIOL ←

INFLUENCEURS ET INFLUENCEUSES

Ah, les influenceurs et influenceuses, ces bêtes curieuses aux milliers de *followers*, qu'on a l'impression de connaître comme ses potes, qui paraissent de bon conseil et dont la vie semble toujours si parfaite… Attention à différencier les réseaux sociaux de la vraie vie !

LE MONDE DU FAKE

Ne crois pas tout ce que te montrent les influenceurs et influenceuses sur les réseaux sociaux ! Comprends bien qu'une photo est prise une centaine de fois, avant d'être soigneusement retouchée puis postée au moment opportun – oui, y compris les photos ou vidéos soi-disant faites au réveil. Ces comptes donnent toujours l'impression que la vie des personnes qui les tiennent est absolument fabuleuse, faite de soirées incroyables et de voyages paradisiaques, pleine d'amour, d'argent et de popularité : le bonheur, quoi. La vérité ? Tout le monde a ses *downs* et le quotidien de ces gens est aussi fait de choses banales – c'est juste que ce n'est pas vendeur de te les montrer sans filtre ni mise en scène.

Comme tout le monde a une fâcheuse tendance à le faire, imprime bien fort ces mots dans ta tête : ne compare surtout pas ton physique, ton mental ou ta vie aux leurs.

CHOISIS BIEN QUI TU SUIS !

Si tu gardes en tête que tout n'est pas aussi idyllique qu'on te le montre, rien ne t'empêche de suivre des influenceurs ou influenceuses. Mais assure-toi que ça te fait du bien ! Si tout ce que leurs comptes t'inspirent est de l'envie et de la frustration, c'est qu'il est temps d'arrêter de les suivre. Demande-toi ce que t'apportent tes abonnements en les passant en revue, et désabonne-toi des comptes qui te font ressentir des émotions négatives, mais également de ceux dont la seule fonction semble être de te proposer des produits toute la journée, comme une chaîne de télé-achat. Je te conseille également d'éduquer l'algorithme en déclarant ton absence d'intérêt pour tel ou tel contenu. Rapidement, tu ne verras plus que du positif. Elle est pas belle, la vie virtuelle ?

VOIR AUSSI : CÉLÉBRITÉ, HATERS, RÉSEAUX SOCIAUX, TÉLÉ-RÉALITÉ

IST

Anciennement appelées « maladies sexuellement transmissibles » (MST), les infections sexuellement transmissibles (IST) sont des infections qui se transmettent par les sécrétions vaginales ou séminales (le sperme), lors de relations sexuelles sans protection, que ce soit par voie orale, vaginale ou anale. S'il est primordial de s'en protéger, en cas de contamination, il est tout aussi capital de se faire suivre et de traiter ces infections, qui n'empêchent pas pour autant d'avoir des relations sexuelles.

PROTÈGE-TOI !

On entend beaucoup parler du sida, mais il existe d'autres IST qui peuvent durement atteindre ta santé. C'est pourquoi, indépendamment de la contraception, il est essentiel d'utiliser des préservatifs pour toute relation sexuelle, d'autant plus si l'un ou l'une des partenaires n'a pas fait de bilan complet récemment. Protège-toi et protège les autres !

Attention : il y a d'autres voies de transmission que la voie vaginale (où un pénis pénètre un vagin). En effet, les IST peuvent être transmises au cours de tout type de relations sexuelles, qu'elles soient orales (impliquant une bouche et un organe génital), anales (pénétration d'un anus par un pénis ou par un sextoy), digitales (pénétration d'un orifice, anus ou vagin, par un doigt) et concernent aussi bien les relations homosexuelles que les relations hétérosexuelles.

Toutes ces infections peuvent également se transmettre par d'autres biais impliquant le sang et les muqueuses, par exemple en partageant le même matériel lors d'une prise de drogue.

En revanche, gare à la peur excessive : on n'attrape pas d'IST en s'embrassant ou en se faisant la bise, pas plus qu'en buvant dans le verre de quelqu'un, en s'asseyant sur ses toilettes, ou encore en ayant des relations sexuelles protégées avec une personne atteinte d'une infection sexuellement transmissible, quelle qu'elle soit.

PRINCIPALES IST

• VIH (virus de l'immunodéficience humaine) : virus qui, en l'absence de traitement, évolue vers la maladie du sida, et qui détruit progressivement le système immunitaire, causant un affaiblissement général. Contrairement à ce qui se dit souvent, le VIH se transmet encore, et il n'y a pas de symptômes permettant d'évaluer *a priori* si quelqu'un est porteur ou non !

• Herpès : maladie virale atteignant les muqueuses, sous forme de lésions irritantes et douloureuses sur les parties génitales ou au niveau de la bouche, apparaissant de façon plus ou moins régulière.

• Syphilis : infection bactérienne ne créant pas systématiquement de signes apparents (lésions, éruptions cutanées) et qui, sans traitement, peut entraîner de graves conséquences digestives, neurologiques ou cardiaques.

• Hépatite B : maladie provocant des inflammations (aiguës ou chroniques) du foie, pouvant évoluer jusqu'à une cirrhose ou un cancer.

• Chlamydiose : infection bactérienne pouvant progressivement toucher les organes génitaux, mais aussi le rectum et la gorge, selon le mode de transmission.

• VPH (virus du papillome humain) : virus extrêmement répandu, avec une centaine de variants, pouvant avoir de multiples conséquences allant des verrues génitales au cancer.

• Gonorrhée (qu'on appelle vulgairement « chaude-pisse », tu vas vite comprendre pourquoi) : fréquente, particulièrement chez les jeunes, elle cause des douleurs au moment d'uriner et, dans le pire des cas, peut rendre stérile.

FAIS-TOI TESTER !

Si tu as une vie sexuelle régulière, il est conseillé de faire ce que l'on appelle des dépistages, c'est-à-dire des tests médicaux. Tu peux faire un examen complet ou seulement des prélèvements locaux pour détecter certaines infections.

En dehors des dépistages « de routine », fais-le sans attendre lorsque tu remarques quelque chose d'étrange (odeurs, boutons, écoulements) du côté de tes organes génitaux ou bien après des rapports sans protection – et ce, même si tu n'as pas de signes apparents de contamination ! Il y a à cela plusieurs intérêts : une prise en charge la plus rapide possible en cas de contamination (les infections peuvent causer de gros soucis de santé ou de fertilité qu'on peut éviter si on les traite à temps), mais aussi la réduction des risques de transmission à tes partenaires. Il n'y a rien de pire que d'avoir des relations sexuelles non protégées sans savoir les risques que l'on fait encourir à l'autre ! Si tu souhaites arrêter la protection avec quelqu'un, faites-vous dépister et parlez ensemble de la façon d'agir avec d'autres partenaires. Avec ceux ou celles-là, il faudra continuer à vous protéger de façon impérative.

Afin d'effectuer ou de te faire prescrire ces tests, tu peux aller aussi bien chez ta ou ton médecin traitant que chez un ou une gynécologue ou andrologue. Tu peux aussi, de façon gratuite et anonyme, te rendre dans un planning familial, s'il s'en trouve un non loin de chez toi. Certains hôpitaux proposent également des dépistages gratuits et anonymes, tu peux te renseigner sur Internet.

→ VOIR AUSSI : CONTRACEPTION, SEXE ←

IVG

L'IVG, ou interruption volontaire de grossesse, aussi appelée « avortement », est un acte médical pratiqué pour mettre fin à une grossesse. Toute personne peut y recourir, quand elle ne désire pas d'enfant ou qu'elle estime que les conditions requises pour son accueil ne sont pas toutes réunies.

LES CONDITIONS DE L'IVG

À l'issue d'un test de grossesse positif, une personne peut, quel que soit son âge, prendre la décision de se rendre chez son ou sa médecin ou son ou sa gynécologue pour une IVG. Il y a à cela des délais légaux : en France, l'avortement est possible jusqu'à douze semaines (trois mois). Jusqu'à cinq semaines (ou sept, si cela a lieu dans un établissement de santé), l'intervention peut être médicamenteuse : après l'ingestion d'un cachet, l'embryon est expulsé par voix basse, un peu comme des règles plus abondantes que d'habitude. Passé ce délai, seule ce que l'on appelle « l'IVG instrumentale » est possible : c'est une opération chirurgicale pratiquée dans un hôpital ou une clinique, qui consiste à aspirer l'embryon contenu dans l'utérus à l'aide d'un petit tube.

Afin que l'avortement soit possible, il faut aussi procéder à un examen psychologique. Celui-ci ne doit à aucun moment chercher à dissuader d'avorter : dans les cas où cela arrive, d'ailleurs, le ou la professionnelle de santé encourt une condamnation. Quelles que soient les convictions des praticiens et praticiennes, les lois françaises protègent les personnes décidant d'avorter.

Si tu te retrouves face à une grossesse non désirée, mais que tu ne souhaites pas en parler à ta famille, sache que tu peux te rendre dans un planning familial (il y en a dans de nombreuses villes de France) ou consulter ta ou ton ton médecin généraliste, qui doit garder le secret médical (c'est-à-dire qu'il ou elle ne peut parler sous aucun prétexte de ce que tu lui confies ou lui demandes). De plus, l'IVG est une intervention entièrement gratuite.

UN DROIT VITAL

Le droit à l'IVG a été obtenu en France dans les années 1970, grâce au combat acharné des féministes. Auparavant, l'avortement était illégal et passible de prison, pour les femmes qui y recouraient comme pour les personnes qui le pratiquaient. La contraception était également interdite. Malgré cela, 300 000 femmes environ avortaient clandestinement chaque année, risquant leur santé voire leur vie. Car, que ce soit légal ou non, quelles que soient les conditions, oui, les femmes avortent : elles doivent pouvoir disposer de leur corps et conserver le choix d'avoir un enfant ou pas. Attention, en aucun cas l'IVG – qui peut faire l'objet d'une intervention chirurgicale et entraîner des conséquences psychologiques pour certaines personnes – ne doit être considérée comme un moyen de contraception.

Dans de nombreux pays du monde, y compris en Europe, l'avortement est encore interdit ou fortement restreint. Des centaines de femmes meurent chaque jour en avortant dans des conditions d'hygiène dramatiques. Où que l'on vive, il ne faut jamais oublier que les droits des femmes, même durement conquis, même inscrits dans la loi, ne sont jamais définitivement acquis.

Avorter ne te définit pas en tant que personne. Tu as le droit de ne pas l'avoir vécu comme un traumatisme ; mais si c'est le cas, tu as le droit de demander un accompagnement pour aller mieux. Si tu as fait un choix éclairé et conscient, tu as forcément pris la bonne décision.

VOIR AUSSI : CONTRACEPTION, FÉMINISME

JALOUSIE

La jalousie est un sentiment destructeur qui pousse à se sentir en infériorité face aux qualités réelles (ou supposées) des autres ou à ce qu'ils ou elles possèdent. Vécue comme une menace, elle peut pousser à adopter des attitudes hostiles.

LA JALOUSIE DES AUTRES NE T'APPARTIENT PAS

Coupe-toi des gens qui font systématiquement preuve de jalousie, devant lesquels tu n'oses pas parler de tes succès et de tes joies : on n'a pas envie de se dévaloriser dans le cadre de relations saines. Si tu n'as vraiment pas le choix de les fréquenter, alors contente-toi de les soutenir et de les encourager, sans trop parler de toi et de ce qui se passe dans ta vie, que ce soit positif (ça les énerverait) ou négatif (ça pourrait les réjouir, et ils seraient capables de te pousser dans de mauvaises voies). Beaucoup de comportements malveillants sont des conséquences directes de la jalousie. Même si certaines attaques peuvent être particulièrement douloureuses, rappelle-toi bien qu'elles ne font que pointer tes qualités, celles qui font de toi une si chouette personne.

NE SOIS PAS UN PETIT POU JALOUX

Veille aussi à ne pas te prêter à ce jeu cruel ! Si tu te rends compte que tu critiques une personne alors qu'elle ne t'a fait aucun mal, réfléchis à tes raisons et à ce que ça apporte à la situation – la réponse est très probablement « rien », alors arrête, ne te mets pas en mauvaise posture et ne blesse pas les autres.

Il essentiel que tu réussisses à neutraliser ce sentiment qui est extrêmement destructeur, et pour cela, quand tu ressens de la jalousie envers une personne (oui, ça reste humain, ça arrive), essaie d'analyser ce qui se passe dans ta tête et pourquoi la personne que tu envies te met en insécurité. Peut-être te dis-tu qu'elle ne mérite pas ce qu'elle a ? Il s'avère que la vie est ainsi faite, que personne ne part avec les mêmes chances ni n'a les mêmes opportunités sur son chemin. Ton tour va venir, même si tu as du mal à y croire. Et souviens-toi que ce qu'on montre est souvent bien plus reluisant que ce qu'on dissimule : aucune vie n'est parfaitement heureuse, AUCUNE. Autre possibilité : peut-être que ta jalousie provient du fait que tu as un sentiment d'infériorité vis-à-vis de cette personne. Plutôt que de te morfondre, je t'encourage à réfléchir à ce qui est perfectible chez toi : il y a toujours quelque chose à faire. Améliore-toi en prenant des résolutions précises et travaille sur tes particularités… même si elles risquent d'éveiller des jalousies.

LA JALOUSIE EN AMOUR

C'est tentant, pas vrai, de vouloir une personne juste pour soi, d'espérer que jamais ses yeux ne frôlent d'autres corps, ni que ses pensées ne s'égarent ailleurs ? Pourtant, l'être humain n'est pas ainsi fait. D'un commun accord, un couple peut décider d'être parfaitement fidèle (de n'avoir aucune interaction physique avec d'autres partenaires), mais rien ne peut empêcher des attirances. On peut alors accepter le risque que la personne qu'on aime puisse avoir un attrait pour quelqu'un d'autre (parfois, ça n'arrive jamais !) sans que cela n'ait aucune incidence, parce que l'amour et la confiance sont là. Ou bien on peut se ruiner la vie en luttant en permanence pour que ça n'arrive pas. Dis-toi bien que, même si ta moitié parle à d'autres personnes, cela ne veut absolument rien dire sur une potentielle attirance, et quand bien même, c'est toi qu'il ou elle aime.

Comme je l'ai déjà dit, la jalousie n'appartient qu'à la personne jalouse : ce n'est en aucun cas une preuve d'amour, juste un poison qui fait du mal à tout le monde – et qui peut même inciter à la faute, parce qu'elle donne envie de tout dissimuler. Si tu expérimentes ce sentiment, parles-en. Communique, fais-toi rassurer et, si besoin, fais-toi aider pour ne pas polluer cette relation à laquelle tu tiens tant. En revanche, ne reste surtout pas avec une personne qui prétend t'aimer, mais qui fait tout pour que tu te sentes en compétition avec d'autres personnes : c'est, consciemment ou non, une technique qui a pour objectif de te pousser à donner toujours plus, y compris ce que tu ne veux pas donner. Une personne amoureuse de toi t'aime indépendamment des autres, sans comparaison.

→ VOIR AUSSI : AMOUR, COUPLE, TOXICITÉ ←

JUSTICE

Le mot *justice* a plusieurs sens, tous liés entre eux. Il désigne d'abord ce qui est juste, c'est-à-dire ce qui respecte les droits et l'intégrité d'autrui, ou qui lui rend ce qui lui est dû selon son mérite. *Justice* recouvre aussi le système judiciaire, qui a pour objet de faire appliquer la loi.

AGIS DE FAÇON JUSTE

Être juste, c'est faire en sorte au quotidien d'agir d'une façon qui ne dessert pas les autres. Un point est important : quels que soient les sentiments que nous inspirent les gens – sympathie ou au contraire antipathie – on doit toujours se comporter de la même façon. Oui, c'est être juste que de reconnaître les qualités, même celles des gens que l'on apprécie peu. Il s'agit de traiter tout le monde à égalité.

SUPPORTER L'INJUSTICE

Quand tu te retrouves face à une situation injuste et que tu peux intervenir, fais-le. Fais tout ce qui est en ton pouvoir : dis que tu n'es pas d'accord, soutiens la victime, exige que les choses se passent autrement. Même si ça te semble plus simple de ne rien dire ou faire, il est important de prendre cette habitude, car tolérer une injustice, c'est déjà la cautionner.

En revanche, parfois, on ne peut rien faire, ce qui est très frustrant. C'est compliqué de se retrouver face à des situations révoltantes d'injustice et de ne pas pouvoir les combattre. Ça fait une drôle de sensation, dans le ventre et dans le cœur : on éprouve de l'impuissance.

LA JUSTICE EST LÀ POUR NOUS PROTÉGER

La justice est aussi un service public, dont le but est de garantir les droits des citoyennes et citoyens en veillant au respect des lois. Ainsi, une personne reconnue coupable d'une infraction sera jugée et punie : amende, travail d'intérêt général, privation de liberté (prison ou assignation à résidence), etc. Les décisions de justice sont prises par des juges, qui siègent dans des tribunaux différents selon la nature de l'infraction.

LES TROIS TYPES D'INFRACTIONS

- Contraventions. Ce sont des incivilités ou des infractions dites « légères », punies par des amendes : dégradation de biens, violences légères, non-port de la ceinture de sécurité en voiture…

- Délits. Il s'agit des infractions dites « moyennes », sanctionnées par des peines d'amende et/ou de prison : vol, discrimination, homicide involontaire…

- Crimes. Ce sont les infractions les plus graves, comme le meurtre ou le viol.

En arbitrant, en redressant et en prévenant les méfaits commis par les citoyens et citoyennes, la justice s'oppose à l'idée de vengeance, qui ne répare jamais et fait du mal aussi bien à la personne qui la subit qu'à celle qui décide de l'exercer.

LA JUSTICE COMME SOURCE D'INJUSTICES

Comme pour toute chose, il faut quand même rester critique vis-à-vis de notre système judiciaire, car il n'est pas parfait. Certaines décisions de justice sont injustes : par exemple, on estime que seulement 1 % des viols commis mènent à une condamnation. On parle aussi de « justice à deux vitesses », qui favoriserait les personnes privilégiées et condamnerait plus facilement celles qui le sont moins.

La justice évolue constamment avec la société. Pour te donner un exemple, la peine de mort a longtemps été en vigueur en France pour sanctionner les crimes. Mais on ne peut pas avoir le droit de vie ou de mort sur les autres, et le risque d'erreur judiciaire était trop important pour que la société puisse le tolérer, c'est pourquoi la peine capitale a été abolie en 1981. On considère que la France a un système judiciaire qui, plus qu'à punir, vise à réparer le trouble à l'ordre public, et à apprendre à la personne qui a commis l'infraction à ne pas recommencer, mais il y a à travers le monde bien d'autres façons de pratiquer la justice. Il est extrêmement intéressant d'étudier les autres systèmes judiciaires pour prendre du recul sur nos propres usages.

→ VOIR AUSSI : COLÈRE, LOI ←

LOI

La loi fixe des règles, des droits et des devoirs, dans un espace géographique donné. Elle permet de régir la vie en société, en définissant ce qui est autorisé ou non.

UN PACTE SOCIAL

Sans loi, nous serions dans une situation dite d'« anarchie » où il faudrait compter sur le seul bon sens et l'honnêteté des gens pour maintenir la justice. La loi permet donc de réguler nos rapports humains et de fixer le fonctionnement de la société. Afin de suivre les évolutions de cette dernière, des personnes élues directement ou indirectement par le peuple français ont pour mission, au sein de l'Assemblée nationale et du Sénat, de réfléchir à de nouvelles lois et de les voter.

RESTE DANS LES CLOUS !

On ne se fait pas toujours attraper quand on ne respecte pas la loi, mais il faut comprendre qu'elle est non seulement là pour que tout fonctionne, mais aussi pour te protéger : pense au code de la route, par exemple ! Une personne qui ne respecte pas la loi s'expose à des sanctions plus ou moins graves selon l'infraction. Celle-ci peut être inscrite sur ce que l'on appelle le « casier judiciaire », qui répertorie toutes les condamnations pénales d'un individu.

AU-DELÀ DES LOIS

Cela étant dit, les lois sont faites par des êtres humains qui ne sont pas toujours bons. Alors, quand les lois sont injustes, les transgresser devient un acte citoyen que l'on appelle la « désobéissance civile ». C'est ce que font celles et ceux qui aident les personnes réfugiées en situation irrégulière de nos jours, mais aussi celles et ceux qui, au cours de l'histoire, se sont par exemple opposés aux lois de l'apartheid (Afrique du Sud) ou du régime de Vichy, sous l'occupation allemande de la France. Si ces gens n'avaient pas agi illégalement, peut-être n'aurions-nous jamais été libres.

VOIR AUSSI : JUSTICE, POLITIQUE

LYCÉE

Le lycée, cet établissement scolaire où tu as de grandes chances de te retrouver, grosso modo entre tes quatorze et tes vingt ans. C'est un peu le summum de ta scolarité, mais aussi de ton adolescence, une période à la fois stressante et follement excitante. C'est un grand saut dans l'inconnu, mais tu vas voir, ça va bien se passer.

TU VAS Y ARRIVER !

Alors, ça y est. Tu arrives dans un environnement impressionnant, beaucoup plus grand que ton collège, peut-être plus loin aussi (il y a moins de lycées que de collèges). Tu y découvres des nouveaux codes : c'est la cour des grands. D'ailleurs, il y a même des gens majeurs, surtout parmi celles et ceux qui ont redoublé. Personne ne le montre, mais tout le monde est un peu déboussolé. Respire, c'est parti pour ta nouvelle vie.

Tu le sais déjà, les cours sont plus difficiles qu'au collège, mais tu vas y arriver, c'est sûr ! Il s'agit de prendre des notes, à présent, et de vraiment s'investir en classe parce que les profs sont un peu moins derrière toi. Mais c'est plutôt agréable de se sentir devenir un peu adulte, non ? Surtout, il y a le bac au bout du chemin. Tu as déjà passé le brevet, mais ce deuxième diplôme peut être la porte d'entrée vers le monde des études supérieures. C'est très stressant, y compris pour les parents : rappelle-leur que tu vas faire ce qui est le mieux pour toi, même s'ils ne comprennent pas tous tes choix, et qu'il faut te faire confiance ! Propose-leur de les tenir informés de tes cours chaque soir ou semaine, si ça les intéresse. Bref, le lycée est un vrai cap, mais avec une bonne organisation, ça va le faire.

Choisis bien tes spécialités. Si tu te sens plus littéraire que scientifique, ou que tu te vois mieux en filière technologique, fonce. Il n'y a pas de sotte orientation, ou d'orientation meilleure que d'autres. Hiérarchiser les matières est d'un autre siècle : il suffit de regarder les statistiques de l'enseignement supérieur, et surtout de l'insertion professionnelle, pour constater qu'on peut très bien réussir dans tous les cas. Essaie les options qui te font envie, sans te mettre la pression pour le bac, au moins en seconde. Si tu changes d'avis, tu auras le temps de te réorienter.

APPRENDS UNE NOUVELLE ORGANISATION

Pour choisir tes spécialités et tes options, écoute réellement ce qui t'est dit à l'école concernant tes possibilités, et fais ce qui te tente, en t'efforçant à un peu de cohérence, non seulement pour des raisons très pratiques d'admission post-bac, mais aussi et surtout parce que tout sera plus simple pour toi si tes matières se connectent un peu. Cela ne doit cependant pas t'empêcher de choisir une matière plus originale parmi les autres, si le cœur t'en dit.

Bosse vraiment. Optimise le temps que tu passes à travailler et essaie d'imprimer un maximum ce qu'on veut t'apprendre : on se sent vraiment bête à l'âge adulte quand on n'a pas les bases dans son propre domaine. Lis tes cours chaque soir. C'est pénible, mais après deux ou trois semaines sans lâcher, ça te semblera normal, et ça t'évitera bien du travail. Je ne te souhaite pas les week-ends gâchés à réviser des chapitres entiers !

Une fois ton cours relu, note les grands axes sur une feuille, puis essaie de rédiger de petits résumés sous chacun des titres. Tu peux aussi lire tes notes à voix haute avec quelqu'un qui suit les mêmes cours que toi – un bon prétexte pour voir tes potes ! Et si, vraiment, tu n'aimes pas certaines matières (et c'est complètement normal de ne pas tout aimer !), fais tout de même le minimum, fixe-toi des petits challenges, et je te jure que, parfois, ça vient.

Pour apprendre et te détendre de façon cool, profite du CDI ! On ne parle pas assez de la relaxation que procure la lecture. En plus d'être une façon facile de se cultiver et de gagner de l'aisance pour écrire, c'est idéal pour décoller de son smartphone quand tout gronde autour de toi. Et en bonus, plus tu liras, plus ton orthographe sera meilleure, sans que tu aies l'impression de la travailler !

CE NOUVEAU MONDE : LE TIEN

Tu n'es pas dans la classe de tes potes ? Ça ressemble à une grosse cata, mais tu pourras encore les voir, pas de souci. Au début, tu vas peut-être trouver tout le monde nul autour de toi, surtout si les gens se connaissent déjà entre eux… Pas très agréable. Pourtant, au bout d'une semaine, ou au pire un mois, tu auras sûrement fait de super rencontres, dont tu ne pourras déjà plus te passer !

D'ailleurs, ta classe n'est pas le seul lieu où tu peux voir du monde : il y a aussi les clubs scolaires, les associations sportives ou militantes, la cour et les espaces extérieurs, ou encore… les soirées. Tout cela, c'est une formidable opportunité de lier des amitiés et d'être exactement qui tu veux être ! Tu peux d'ailleurs t'impliquer en te présentant aux élections de délégués de classe, du conseil de la vie lycéenne, ou même en créant ta propre association !

Si tu veux t'intégrer quand tu ne connais personne, c'est tentant, mais n'essaie pas d'adopter un nouveau look ou une nouvelle attitude du jour au lendemain. Si c'est artificiel, ça se verra, et tu ne pourras pas créer de vrais liens avec les gens. Au contraire, intéresse-toi aux autres : toutes ces nouvelles personnes, c'est autant de chances de découvrir plein d'univers, peut-être au-delà du tien. Pose des questions et intéresse-toi sincèrement.

DÉCOUVRE-TOI ET DÉCOUVRE LES AUTRES !

Profite des giga événements, genre les fêtes de fin d'année ou les voyages scolaires. Ce sont des moments précieux dont tu te rappelleras toute ta vie – et où tu te découvriras vraiment. L'adolescence est l'âge des premières fois, où on aime bien montrer qu'on n'a pas peur, mais, vraiment, pas besoin de te presser pour avoir ta première expérience sexuelle ou prendre ta première cuite. Tout le monde ment un peu en disant que ce n'est rien du tout, et beaucoup de gens se précipitent juste pour « l'avoir fait ». Que ce soit tôt ou tard, fais les choses quand tu en as envie et que tu le sens, toi, pour de vrai.

Il y a un autre point dont tu dois avoir conscience : c'est important de ne pas se forcer à rester pote avec les mêmes gens, même si vous avez commencé votre lycée ensemble, que vous étiez inséparables et que vous vous étiez juré fidélité à la vie à la mort. À ton âge, on évolue très vite, et si tu ne te reconnais plus dans leur comportement ou leurs délires, tu as le droit de les sortir de ta vie. Personne ne doit rester dans ton entourage seulement parce qu'il ou elle en fait partie depuis longtemps !

AFFIRME-TOI COMME QUELQU'UN DE BIEN

Ne laisse personne se faire bizuter. Souvent, les gens qui bolossent les autres ne se sentent pas assez charismatiques pour pouvoir exister en tant que personne. Ils ont peur d'être sans intérêt et ils agissent n'importe comment : ne te prête jamais à ça, d'abord parce que c'est méchant, ensuite parce que ça te fait passer pour quelqu'un de mauvais, enfin parce que tu risques tout simplement des sanctions.

Concrètement, va t'asseoir en classe ou à la cantine à côté de celle ou celui à qui personne ne parle (ne t'inquiète pas, les autres ne diront rien et t'admireront secrètement d'oser désobéir aux règles du groupe), et prends sa défense chaque fois que des gens s'en prennent à elle ou lui pour faire leurs intéressants.

Ne fais pas circuler des ragots sur les autres, même si ça te semble plus simple pour t'intégrer : ça te retombera dessus tôt ou tard quand ça se saura et ça te fera fréquenter des gens pas si cool. Il y a mieux à partager sur les autres que des méchancetés, non ?

ÉVITE-TOI CERTAINES IMBÉCILLITÉS

Respecte tes profs : tu penses ce que tu veux dans ta tête, mais n'en montre rien, et adresse-toi à elles et eux avec politesse. Quelques rares profs ne te respecteront pas, parce que certains adultes finissent par être blasés et se déchargent sur leurs élèves. Quand c'est le cas, rapproche-toi des autres élèves et vois ce qu'il est possible de faire avec les délégués, notamment pour en parler avec l'administration. Quoi qu'il en soit, ne t'improvise pas en bras armé de la justice en t'élevant en solo contre le ou la prof : le résultat sur tes bulletins de notes serait trop visible.

Ne fais pas des trucs bêtes juste pour te faire remarquer et avoir une réputation cool. Les heures de colle, tu les feras en solo pendant que tout le monde profite de son mercredi ou de son week-end. Évite, par exemple, de fumer des joints entre les cours… Sans parler des punitions, ton cerveau n'imprimera rien, et puis ce serait bête de faire des crises blanches en classe.

En fait, si tu peux, ne commence pas à fumer du tout. C'est si rare que c'est ça qui devient stylé. Trouve-toi une autre habitude, à la limite, qui te donnera ton propre style.

Évite-toi aussi des sanctions disciplinaires : oui, les fausses signatures peuvent avoir l'air de dépanner, mais c'est vraiment pas la plus brillante des idées si tu te fais choper. Les profs sont plus perspicaces que tu ne le penses. Ça vaut aussi, évidemment, pour les fausses autorisations de sortie.

Ne bavarde pas en cours. C'est hyper tentant, mais tu as plein de temps pendant les pauses et le soir pour le faire, et ça donne une très mauvaise impression. Les cours te sembleront beaucoup plus intéressants… si tu leur donnes une chance de t'intéresser. Pareil pour les devoirs, fais ça bien, et pas dans les transports, la cour, ou les autres cours – à part s'il n'y a pas d'autre choix. Je te jure que ça donne l'air bête d'écrire deux ou trois trucs à l'arrache sur une rampe d'escalier.

TU CHANGES... QUELLE AVENTURE !

On peut évoluer, aussi n'hésite pas à t'excuser auprès des profs envers qui tu as eu des comportements pas géniaux. Si tu aimes vraiment bien un ou une prof, tu peux aussi garder contact d'une année sur l'autre et lui demander conseil. D'ailleurs, tu peux parler de tes soucis, scolaires ou autres, à un ou une autre prof que ton ou ta prof principale si tu te sens plus à l'aise.

On dit que le lycée, ce sont les plus belles années de la vie, mais ça n'est pas forcément le cas. Alors, ne te mets pas la pression. Si tu rencontres des difficultés, dis-toi bien que l'éclaircie viendra.

C'est pareil si tu as moins de droits que tes camarades. Toi aussi, bientôt, tu pourras faire la fête ou rentrer quand tu veux. Tu peux te sentir mal dans ta peau, et c'est normal – en vrai, on grandit toute la vie. Tu l'auras, ton âge doré !

→ VOIR AUSSI : ALCOOL, AMITIÉ, DEVOIRS, DROGUE, MAJORITÉ, REDOUBLEMENT ←

MAJORITÉ

La majorité, c'est le moment où tu atteins l'âge considéré comme adulte, ce qui te donne de nouveaux droits – mais aussi de nouvelles responsabilités ! En France, cette majorité est fixée à dix-huit ans depuis 1974 seulement. Avant, il fallait atteindre vingt et un ans pour pouvoir prétendre être adulte !

TU ES ENFIN ADULTE !

Maintenant que tu as dix-huit ans, tu peux conduire sans accompagnement si tu as le permis, voter, acheter certains produits comme de l'alcool ou des cigarettes, travailler partout, posséder des biens, voyager sans autorisation, te marier. Que de nouveaux droits ! Ça peut être vertigineux. Mais ne t'inquiète pas, avoir dix-huit ans ne signifie pas que, du jour au lendemain, tu passes du statut d'ado au statut d'adulte à qui on va demander de prendre de grandes responsabilités. Bien sûr, de nouvelles obligations arrivent, mais tu seras toujours l'enfant de tes parents… Et dix-huit ans, ce n'est pas si grand.

DÉCOUVRE TES NOUVEAUX DROITS… ET DEVOIRS !

À dix-huit ans, tu as évidemment plein de possibilités qui s'ouvrent à toi, mais des choses changent aussi. Pénalement, tu risques beaucoup plus si tu commets une infraction, car tu n'es plus une personne mineure, ce qui constituait une circonstance atténuante ! Tu as certes le droit de partir de chez tes parents, ce qui peut être un grand soulagement quand ça se passe mal, mais tu devras alors gérer toi-même ton quotidien, et ça n'a rien d'évident. Enfin, si certaines de tes nouvelles responsabilités ne sont pas obligatoires, il est important que tu t'en saisisses : comme tous les citoyens et citoyennes, tu es maintenant en âge de participer à la vie politique de ton pays, notamment en votant. Ces décisions te concernent !

MARQUE LE COUP !

Beaucoup d'âges sont des paliers dans une vie, mais celui-ci est particulièrement significatif. Ça y est, tu joues dans la cour des grands ! Réfléchis à comment faire de ce passage à l'âge adulte un moment absolument inoubliable : une grande fête avec tes potes, un petit voyage – même juste dans un autre département – ou en réalisant un rêve – comme sauter en parachute ou faire cette rando que tu repousses depuis si longtemps. Et n'oublie pas, parfois, la vie fait qu'on ne peut pas célébrer les choses comme on veut, mais, heureusement, elle est longue et on a toujours le temps de se rattraper.

DIX-HUIT ANS, CE N'EST PAS UNE FIN EN SOI

Ce qui vient est peut-être un des plus gros *spoilers* de la vie : on ne devient pas adulte du jour au lendemain. Parfois, on s'imagine qu'à dix-huit, vingt-cinq ou trente ans, on va soudain se retrouver adulte et parfaitement efficace dans ce rôle dont on connaîtra tous les usages, comme si un coffret-cadeau plein de fonctionnalités et de maturité nous était offert au moment de souffler les bougies. Surprise : ce n'est pas vrai. Tu te rendras compte en grandissant – c'est même très amusant – qu'on n'est jamais pleinement adulte, qu'on se surprend parfois à avoir l'impression de jouer à l'être… et que tout le monde est dans le même cas. C'est plutôt bon signe, finalement, non ?

→ VOIR AUSSI : ALCOOL, AMITIÉ, AMOUR, PREMIÈRES FOIS ←

MAQUILLAGE

C'est l'ensemble des produits qui ont pour objectif de modifier temporairement les traits du visage. Il y a plein d'occasions pour se maquiller… et tout le monde peut le faire !

TRANSFORME-TOI À TA GUISE

Le maquillage a initialement pour fonction de camoufler ce que l'on n'aime pas sur son visage, tout en mettant en avant ce que l'on préfère. Ainsi, tu as souvent dû entendre qu'il fallait absolument que ton maquillage soit discret et impossible à déceler, un peu comme un léger filtre appliqué sur ta peau pour toute la journée. En réalité, c'est bien plus que cela. Qui que tu sois, tu peux te maquiller comme tu veux, et si ce n'est pas obligatoire pour que tu te sentes bien, c'est une merveilleuse façon de compléter ton look !

Certaines personnes préfèrent le maquillage *nude* et se satisfont d'un brin de mascara ou d'un poil de *blush* – qui peuvent donner l'impression aux yeux non avertis qu'elles ne portent rien – quand d'autres aiment se réinventer chaque jour aux moyens de *make-up* colorés et voyants. Joue avec ton apparence, expérimente – et ne te préoccupe pas trop des conseils classiques selon lesquels, par exemple, il faudrait choisir entre maquillage des yeux et maquillage de la bouche : fais exactement ce que tu veux. Garde juste en tête que, comme pour toute chose considérée comme un peu originale, certaines personnes sont encore bloquées au stade du jugement, sans que tu ne puisses trop l'anticiper. Alors, pour un entretien d'embauche ou pour un dîner dans la famille de ton copain ou ta copine, aie, au moins la première fois, la main légère !

LE « NO MAKE-UP »

Non, ne pas se maquiller ce n'est pas se négliger ! Tu peux choisir d'être entièrement au naturel quelle que soit ta peau, et c'est totalement OK – et bien moins chronophage et onéreux. Simplement, n'en fais pas une fierté face à celles et ceux qui ont besoin de maquillage pour se sentir bien. En effet, rien de glorieux, si tu as une peau sans imperfection, à te vanter devant ta copine complexée par ses boutons de ne pas porter de fond de teint !

D'ailleurs, tu as le droit de dissimuler une peau qui te complexe par du maquillage bien choisi, mais je te conseille de la laisser « respirer » quand tu le peux. Essaie de ne pas te maquiller le week-end, par exemple, afin de ne pas tomber dans un cercle vicieux où le maquillage entretient les boutons, qui poussent à se maquiller davantage.

L'ART ET LA MANIÈRE

Certains maquillages sont particulièrement techniques, comme l'eye-liner, dont la pose peut vite te prendre trente minutes de maquillage/démaquillage/remaquillage. N'hésite pas, alors, à te rendre sur YouTube où il existe bon nombre de tutos ou à demander à des potes experts ou expertes de te montrer.

Si tu te maquilles à la perfection avant de sortir, n'oublie pas d'emporter un peu de ton matériel : un accident est si vite arrivé… Ça te donnera une bonne occasion de rencontrer de chouettes personnes aux toilettes, au détour d'une petite retouche express !

VOIR AUSSI : BEAUTÉ, PEAU

MÉDIAS

Les médias, ce sont tous nos moyens de communication et d'information. On pense plus particulièrement à la presse écrite, à la radio et à la télé, qui nous mettent en relation directe avec ce qu'il faut savoir de l'état du monde.

L'IMPORTANCE DES MÉDIAS DANS NOTRE SOCIÉTÉ

Les médias exercent une influence forte sur la vie politique : ils choisissent de relayer ou non des informations et de les présenter de telle ou telle manière, ce qui a des conséquences sur le choix des sujets dont se saisissent les partis politiques ainsi que sur les résultats des élections. En effet, les médias entretiennent différentes polémiques qui agitent l'actualité, afin de suivre la tendance (voire de « faire le buzz »). Car oui, ils doivent vendre pour continuer à vivre, c'est-à-dire être achetés pour les journaux papier, être regardés pour les émissions de télé, et générer du trafic (c'est-à-dire du clic et de l'engagement, donc des commentaires et du partage) pour les médias en ligne. Ainsi, certains thèmes « vendeurs » qui déchaînent les passions (par exemple la sécurité ou les religions) seront privilégiés… quitte à donner une image fausse de ce qui se passe réellement dans le pays.

FAIS-TOI TA PROPRE OPINION !

L'idée très répandue selon laquelle les médias nous mentent est aussi peu productive que de répéter que « toutes les personnalités politiques se moquent de nous ». Dans une certaine mesure, les médias donnent la parole à qui ils veulent, de la façon dont ils le veulent, mais il y a un très large choix de médias qui s'offre à toi. Ainsi, tu pourras toujours trouver quelque chose qui correspond à tes centres d'intérêt (il existe d'ailleurs des médias spécialisés dans les nouvelles positives, que je t'invite fortement à consulter pour contrebalancer le reste) et à tes convictions politiques, quelles qu'elles soient. Cela dit, je t'encourage aussi à lire des choses avec lesquelles tu n'es pas d'accord, car il est toujours intéressant d'avoir plusieurs points de vue sur les faits.

Par ailleurs, quand tu vois des choses que tu ne saisis pas dans les médias, n'hésite pas à en discuter avec tes parents, ou même à lancer des discussions en classe : débattre de ce que l'on voit et entend aide non seulement à le digérer, mais aussi à mieux comprendre. Cela préserve aussi des jugements hâtifs, puisque plus on se renseigne, plus on aiguise son esprit critique et peut envisager la vie de la société de façon réellement réfléchie.

LES MÉDIAS EN LIGNE, DE TOUT NOUVEAUX CODES

Avec Internet, la façon d'informer se réinvente grâce à de nouveaux médias qui sont plus proches de nous. Pourtant, peut-on considérer les réseaux sociaux comme des sources fiables d'information ? Il y a certes un changement de codes, mais fais toujours attention à ne pas tout croire : tu ne sais pas qui finance la vidéo Facebook que tu regardes. Et attention : tu n'es pas plus intelligent ou intelligente parce que tu regardes YouTube plutôt que le journal télévisé. Comme dans tous les domaines, n'essaie pas de prouver ta supériorité par les choix que tu fais.

Consulter la presse uniquement via les réseaux sociaux n'est pas suffisant, du fait de ce que l'on appelle la « bulle de filtres ». Les plates-formes sont conçues de façon à nous exposer uniquement à des choses qui nous intéressent : tu risques de n'entendre parler que des mêmes thématiques et toujours sous le même angle. Il peut donc être intéressant, plutôt que de consulter leurs réseaux sociaux, d'installer directement les applications ou de te rendre sur les sites des médias qui t'intéressent, pour accéder à un plus vaste choix d'actualités, tous thèmes confondus.

Grâce à Internet, tu peux d'ailleurs choisir toi aussi, avec des potes ou en solitaire, de te lancer dans la grande aventure des médias en publiant tes propres textes, vidéos ou podcasts pour informer le public sur des thématiques qui te tiennent à cœur. Loin de l'époque où le journalisme et l'information étaient réservés à de rares personnes habilitées, jamais le pouvoir de faire savoir ce qui se passe autour de toi n'a été aussi accessible. Choisis ton domaine d'intérêt, croise tes sources en t'efforçant de rester neutre, furète partout pour trouver du contenu pertinent et profite de toutes ces nouvelles possibilités pour te faire entendre, tu en es capable !

→ VOIR AUSSI : POLITIQUE, RÉSEAUX SOCIAUX, TÉLÉ-RÉALITÉ ←

MORT

Même si tu as vécu le décès d'une personne proche, la mort peut demeurer un concept abstrait, pour toi dont la vie ne fait que commencer. Bien qu'on sache que la mort est la fin de la vie, on ne sait jamais combien de temps celle-ci va durer, ni comment elle va s'arrêter – et d'ailleurs, veut-on vraiment le savoir ?

LA FIN D'UN PETIT UNIVERS

La mort met en évidence la fragilité de l'existence, qui n'est pas facile à accepter. Tu es le centre de ta vie, comme chaque être humain sur cette terre, et tu as tendance à penser que tout ce que tu fais est très important. Alors, c'est une chose bien étrange d'imaginer qu'un jour, tout s'arrête : tout ce qu'on a vécu, tout ce qu'on a connu, tout ce qu'on a construit même, s'éteint, et ne reste plus de nous que quelques traces laissées aux autres – parfois de très belles choses.

LA MORT, NI MÉRITÉE NI CHOISIE

Peut-être as-tu déjà eu le malheur de connaître la mort autour de toi, que ce soit celle d'un parent, d'un grand-parent ou d'un ou d'une amie, et tu sais comme ça peut paraître injuste. À part sans doute dans le cas d'une personne très âgée, c'est naturel de se dire que ce n'est pas normal, pas « mérité », comparé à d'autres personnes, par exemple. Le problème, c'est que dans cette espèce de loterie qu'est la vie, la mort frappe de façon aléatoire, et parfois sans prévenir – de la même façon que le hasard fait que l'on naît un beau jour dans telle famille et dans tel milieu. La vie s'arrête pour des raisons qui ne relèvent ni du mérite ni des choix : la mort n'a pas été choisie par la personne (même en cas de suicide, qui arrive comme le dernier geste possible pour répondre à une souffrance trop intense).

S'il n'y a pas de chose plus dure à affronter dans la vie que la mort, c'est à la fois parce qu'elle laisse un grand vide, et parce qu'elle nous rappelle que pour nous aussi, un jour, tout sera fini. Tout ce qu'on entreprend, tout ce qui nous porte et nous passionne, tout ce qu'on a vu, aimé et embrassé... tout ce petit monde en nous s'éteindra avec nous. Alors, plutôt que de baisser les bras, autant choisir d'embrasser sa vie avec l'intensité qui nous va, parce qu'elle passera plus vite qu'on aime à le croire.

UNE VIE APRÈS LA MORT ?

Il y a des personnes croyantes, ou simplement dotées de spiritualité, qui considèrent qu'il y a quelque chose après la mort. Sans forcément parler de seconde vie, elles pensent que quelque chose nous attend après et que, même si le corps disparaît, notre âme continue à exister, sans qu'il n'y ait jamais de vraie fin.

Malgré ces croyances, qui rassurent peut-être en un sens, la mort reste quelque chose de très douloureux, non pas pour la personne qui part, mais pour toutes celles qui restent et expérimentent le vide qu'elle laisse. Il manque quelque chose à leur vie : quelqu'un disparaît soudain en emportant tout un univers. On reconstruit notre monde, après, même si ce n'est plus jamais pareil. Si tu perds quelqu'un, tu iras mieux après un certain temps, et repenser parfois à la personne aimée et disparue ne voudra pas dire que tu n'avances pas, simplement qu'on n'oublie pas ce qu'on a vécu, parce que la mort fait partie intégrante de nos vies.

PROFITE DE LA VIE

Puisqu'on aborde le sujet de la mort, peut-être est-ce le moment d'en profiter pour envisager ce qu'elle peut nous enseigner. Certaines personnes disent que, le jour de notre mort, toute notre vie défile devant nos yeux : tout ce qu'on a vécu, tout ce qu'on a fait, tous les gens qu'on a connus, qu'on a serrés dans nos bras.

As-tu vraiment envie de regarder un film autobiographique où tu te prends la tête pendant des journées entières quand ça n'en vaut pas la peine et où tu fréquentes des gens qui te font perdre du temps ? Tu voudrais revoir les heures passées à scroller sur des applis qui ne t'intéressent même pas tant, au lieu de consacrer ce temps à ta famille et à tes potes ? Revoir ces choses que t'as faites, que tu regrettes, mais que tu as tout de même recommencées ?

Ou bien préfères-tu te revoir vivre des expériences extraordinaires, exactement comme tu voulais les vivre parce que tu as fait TES choix pour TA vie, et des moments de bonheur simples, voire des moments de tristesse qui auront servi à magnifier les autres ? C'est exactement à ça qu'il faut réfléchir. On ne sait jamais quand tout ça se termine, alors commence dès maintenant à vivre en adéquation avec ce que tu es et ce que tu désires. Profite autant que tu peux sans jamais blesser les autres et en restant fidèle à ta conscience et à ce qu'elle te dicte. Ce que la mort et son imprévisibilité doivent t'enseigner, c'est la nécessité de vivre à fond.

VOIR AUSSI : BONHEUR, DEUIL, FOI

MUSIQUE

L'humanité l'a toujours pratiquée, au moyen de chants, d'abord, puis d'instruments. Encore aujourd'hui, tout le monde ou presque écoute de la musique et il est amusant de voir à quel point les occasions de le faire sont variées, autant que les genres musicaux.

LE(S) POUVOIR(S) DE LA MUSIQUE

La musique est magique en ce qu'elle a la force de nous émouvoir en un clin d'œil. Les circonstances peuvent tellement influencer nos choix musicaux... Il y a un monde entre celle qu'on écoute en solitaire, pour se réveiller, se concentrer ou pour maximiser un sentiment, et celle qu'on écoute en groupe, en concert, en soirée ou pour se faire découvrir de nouveaux artistes. Certaines musiques ne s'écoutent qu'à des occasions particulières qui jalonnent nos vies : je pense ici aux marches funèbres qui accompagnent les enterrements, aux tubes joyeux qui reviennent dans les mariages, mais aussi aux hymnes nationaux, qui ne résonnent qu'à des moments gais ou très sombres. La musique, enfin, peut être très engagée, notamment à travers des styles revendicatifs comme le rock ou le rap, transmettre de vrais messages politiques... et faire bouger les choses !

ON N'A PAS LE MÊME MAILLOT, MAIS ON A LA MÊME PASSION

Chaque génération réinvente les codes de la musique et fait grincer des dents les anciens et anciennes qui, souvent, trouvent que « c'était mieux avant », sur le fond comme la forme. Ne les écoute pas : tu peux bien écouter ce que tu veux, tant que l'émotion et le plaisir sont là. Tu n'écoutes peut-être pas la même musique que tes grands-parents ou que tes potes, peu importe ! Quel plaisir de faire découvrir à quelqu'un un morceau qui veut dire beaucoup pour toi à un moment précis ou qui te ramène loin, très loin, à des époques révolues.

D'ailleurs, inversement, ne méprise pas les gens qui ont des goûts musicaux différents ou moins pointus que toi. Et n'écoute pas non plus des styles qui ne te plaisent pas vraiment juste pour avoir l'air cool. Tu pourrais ressentir tellement plus d'émotions en assumant d'écouter exactement ce qui te plaît ! On a déjà assez de difficultés dans la vie, et tous les genres musicaux ont leur propre noblesse, alors autant écouter ce qui te fait kiffer.

À TON TOUR !

Si la musique te passionne, tu peux aussi la pratiquer. Plus ça va et plus c'est accessible : Internet regorge de tutoriels pour apprendre la musique sans prof et tu peux acheter d'occasion l'instrument de ton choix. Pas la peine de commencer par des grands classiques : essaie déjà de reproduire tes chansons préférées, joue ce qui te fait plaisir. Si tu as de la chance, il y a peut-être une école de musique dans ta ville, qui propose des cours à un prix abordable. Fonce ! Même si ça te semble compliqué au début, c'est ton temps de loisir : trouve ce qui t'apporte du bonheur et ne le sacrifie jamais.

→ VOIR AUSSI : CULTURE ←

NORMALITÉ

La normalité désigne ce qui rentre dans la norme, dans le standard. Mais imposé par qui, au juste ? On ne sait pas toujours exactement. Cette idée implique en tout cas qu'il y aurait des choses à faire ou ne pas faire, des façons d'être ou ne pas être, et que ne pas se trouver dans ce cadre, ce serait être un peu bizarre ou pas comme il faut.

LA NORMALITÉ N'EXISTE PAS

Il n'y a pas de vie totalement tracée, pas de modèle parfait, puisque la vie est faite de multiples choix. Il y a des trajectoires de vie qu'on nous présente comme des modèles à suivre : pourtant, faire un choix considéré comme entrant dans la norme sur un aspect de notre vie peut nous en éloigner sur un autre. Personne ne peut aligner la totalité de sa vie sur tous les critères de la normalité, parce que toutes les histoires personnelles sont singulières, comme tu t'en rends compte dès lors que tu discutes de façon vraiment profonde avec quelqu'un.

AFFRANCHIS-TOI DE TOUT ÇA

Tu sais, les gens que tu vois comme bien rangés s'ennuient parfois et rêvent de tout plaquer, tandis que ceux qui ont choisi des vies un peu moins conventionnelles (mais non moins normales !) se surprennent parfois à envier la stabilité. C'est bien naturel de douter. Cette sensation que tu as au creux de toi ; de ne pas vraiment être quelqu'un de normal, tout au plus de faire illusion, voire d'être une imposture ? Absolument tout le monde la ressent... et vit avec. Alors, quitte à l'éprouver autant ignorer la norme et vivre sa vie, pas vrai ?

→ VOIR AUSSI : ANATOMIE ←

ORIENTATION SEXUELLE

Cela désigne la catégorie de personnes par laquelle un individu donné est attiré. C'est quelque chose de naturel que l'on ne choisit pas, ce qu'il est temps de faire comprendre à vaste échelle : toutes les orientations sexuelles sont légitimes.

LES ORIENTATIONS SEXUELLES LES PLUS FRÉQUENTES

- Hétérosexualité : attirance sexuelle et/ou amoureuse pour les personnes du genre « opposé » au sien ;
- Homosexualité : attirance sexuelle et/ou amoureuse pour les personnes du même genre que soi ;
- Bisexualité : attirance sexuelle et/ou amoureuse d'un ou de plusieurs autres genres que le sien ;
- Pansexualité : attirance sexuelle et/ou amoureuse pour les personnes sans considération de leur genre ;
- Asexualité : fait de ressentir peu ou pas d'attirance sexuelle pour qui que ce soit ;
- Aromantisme : fait de ressentir peu ou pas d'attirance amoureuse pour qui que ce soit.

RESPECTE LES GENS

L'orientation sexuelle est fluide, potentiellement vouée à évoluer : que tu te positionnes à un moment donné d'une façon ou d'une autre ne te définit pas pour le reste de ta vie. Si tu te sens de nouvelles envies ou attirances, il n'y a qu'une seule façon de savoir ce qu'il en est. Si le cœur t'en dit : essaie, expérimente, mais rappelle-toi que les autres ne sont pas un test. S'il est important d'explorer sa sexualité, cela doit se faire dans le respect des gens et de leurs sentiments : si tu n'es pas certain ou certaine de ce que tu fais, dis-le clairement à la personne.

J'en profite pour te mettre en garde : sache que tu n'es pas irrésistible, donc si quelqu'un de ton entourage fait son coming out, ne va pas crier partout que tu as peur qu'il ou elle développe des sentiments pour toi ou « tente un truc ». De la même façon que toutes les personnes hétérosexuelles ne viennent pas automatiquement vers toi, une personne homosexuelle n'est pas forcément attirée par toi.

DÉFINITION

Dans notre société, l'hétérosexualité est une norme largement répandue, qui marginalise toutes les autres orientations. Par principe, on serait toutes et tous hétérosexuels et toutes les autres amours seraient forcément des amitiés : c'est ce que l'on appelle **L'HÉTÉRONORMATIVITÉ**, une hétérosexualité perçue comme obligatoire et surtout comme allant de soi. Ainsi, là où des signes d'attirance, réciproque ou non, pourraient être aisément décryptés dans un cadre hétérosexuel, tu auras peut-être bien plus de mal à comprendre tes sentiments, ou à composer avec les codes, dans le cadre d'un autre type de relation.

LE COMING OUT, OU LA <<SORTIE DU PLACARD>>

Dans une société idéale, le principe même de coming out n'existerait plus, car toutes les orientations sexuelles seraient considérées comme standards. Mais il est toujours nécessaire aujourd'hui, dans un monde hétéronormé.

Tu ne dois de coming out à personne, fais les choses dans le timing qui te convient. Progressivement, tu voudras peut-être en parler à tes proches (famille, entourage amical) : ça peut se faire oralement, en utilisant une personne alliée (à qui tu te révèles en premier) comme intermédiaire, mais aussi par écrit, si tu veux pouvoir t'exprimer sans risque d'interruption ou si tu appréhendes la première réaction.

Pour te donner force et courage s'il n'y a pas de personnes ouvertement queer autour de toi, n'hésite pas à contacter les communautés de personnes concernées sur Internet ou via les associations potentielles de ta ville. Tu pourras ainsi découvrir que, même si cela te paraît insurmontable aujourd'hui d'assumer publiquement ton orientation sexuelle, une vie existe après la révélation. En échangeant avec des personnes aux expériences similaires, tu pourras briser la solitude, surmonter certaines peurs, et appréhender plus facilement les nouveautés.

DÉFINITION

En anglais, le mot **QUEER** signifie littéralement « bizarre », et a longtemps été utilisé pour qualifier les personnes dérogeant aux normes imposées par la société. Progressivement, ces personnes, qu'elles soient homosexuelles, bisexuelles ou transgenres, ont décidé de se réapproprier ce mot et de faire de leur absence de conformité aux normes… une fierté.

REFUSE L'HOMOPHOBIE ORDINAIRE

Bannis certaines expressions de ton vocabulaire. Si, pour toi, elles semblent anodines, surtout s'il n'y a pas de personnes LGBTQIA+ autour de toi (que tu crois !), des expressions encore communes perpétuent tout un système absolument répugnant. Être gay (ou n'importe quel synonyme plus ou moins injurieux), ce n'est pas une insulte.

Ne va surtout pas minimiser l'homophobie : les droits avancent, mais les personnes homosexuelles subissent encore des attaques violentes et des discriminations ! Aussi, particulièrement si tu es hétéro, ne laisse pas certains propos être tenus devant toi. Peut-être ne fais-tu pas de lien direct entre les paroles dévalorisantes ou moqueuses de ton oncle ou de ta tante en repas de famille et les agressions de gays ou de lesbiennes dans la rue. Pourtant, c'est ce que l'on appelle un « continuum », c'est-à-dire que tout cela participe à la même chose : les propos violents légitiment la violence physique en rendant acceptables les idées reçues et l'agressivité à l'égard d'une population donnée. En somme, la haine engendre la haine, peu importe la forme qu'elle revêt.

MOBILISE-TOI

On ne choisit pas son orientation sexuelle. Preuve en est des personnes gays et lesbiennes vivant dans des pays où l'homosexualité est rigoureusement interdite, et qui sont prêtes à risquer la mort pour vivre leur vie. Ce n'est pas non plus une tare et encore moins une maladie (aussi incroyable que cela puisse paraître de nos jours, l'Organisation mondiale pour la santé ne l'a retirée de la classe des maladies mentales qu'en 1990).

Parce que tout n'est pas acquis en matière de droits et d'acceptation, il demeure une nécessité de représentation, d'où l'intérêt du militantisme et de la Pride, moment de célébration des orientations et des identités diverses que recouvre l'acronyme LGBTQIA+. Cela permet à la fois de montrer l'existence des personnes homosexuelles, bisexuelles, trans… et de résister à une société encore bloquée pour, petit à petit, faire changer les mentalités. Même si ça ne te concerne pas directement, mobilise-toi pour toutes ces personnes oppressées.

VOIR AUSSI : IDENTITÉ DE GENRE, TOLÉRANCE

PANDÉMIE

Une pandémie, c'est tout simplement une épidémie à l'échelle mondiale (le préfixe *pan-* s'applique à ce qui touche tout le monde). L'exemple le plus récent, évidemment, c'est la pandémie de Covid-19.

LES ESPRITS S'ÉCHAUFFENT

Panique à bord, forcément, quand on se rend compte qu'il n'y a aucune échappatoire à un danger potentiellement mortel, que les informations sont en boucle dessus et que tout semble soudain s'arrêter. Nos vies entières changent, on tourne en rond chez nous, on ne peut plus rien faire, et on nous rappelle sans cesse qu'on se doit d'être responsables face à cette situation qui cause des millions de morts. Surtout, tout le monde cherche des coupables.

Il ne faut pas céder à cette panique. On peut se déconnecter des informations (tu te souviens peut-être du premier confinement : tout le monde vissé à la télé pour prendre connaissance des dernières décisions) et couper court aux discussions pénibles sur ce sujet. Sans que tu ne t'en rendes compte, mobiliser constamment ton attention crée une angoisse dont, dans ces temps compliqués, tu peux clairement te passer.

CE N'EST PAS LA FIN DU MONDE

C'est très inquiétant de se retrouver dans une situation sur laquelle on n'a absolument aucune prise, dans une période où on est loin des autres et où tout semble en suspens et où on peut même perdre des proches.

Et pourtant, par chance, l'être humain s'adapte très vite, même quand c'est difficile. On trouve de nouvelles façons de vivre, puis un jour, on reprend notre vie normale. Elle nous semble alors encore plus belle, parce qu'on a goûté à la privation et qu'on sait que le bonheur peut être simple.

Retiens bien un truc : les jolis mois que tu as peut-être l'impression d'avoir perdus seront clairement rattrapés par l'intensité et la beauté de ce qui viendra ensuite, au moment de retrouver les autres et la vie tout simplement. Note aussi comme tout ça t'a fait grandir et évoluer. La vie avance, et les épreuves que nous avons traversées appartiendront bientôt à l'histoire : tu y repenseras… mais de loin.

VOIR AUSSI : CRISE, MÉDIAS, RÉSEAUX SOCIAUX

PEAU

Ta peau peut être un indicateur de ton état de santé et de ta forme, c'est pourquoi il est important d'en prendre soin et d'observer si elle se ternit, par exemple. Malheureusement, comme à peu près tout ce qui concerne notre apparence physique, elle fait l'objet de nombreuses injonctions. À ton âge, elle est en pleine évolution, et sache que rien n'est définitif ! Donc reprenons les basiques.

BICHONNE TA PEAU

Apprends à connaître ton type de peau : grasse, sèche, mixte ou normale. Cela te permettra de savoir comment bien la soigner et éviter toutes sortes de désagréments, comme les tiraillements, les picotements, l'acné, la sécheresse, ou encore la surproduction de sébum (matière grasse sécrétée par la peau). Si tes problèmes de peau persistent (en sachant qu'ils passeront très probablement avec le temps) et te tracassent, n'hésite pas à consulter un ou une dermatologue, ce sont les spécialistes de la peau.

Déjà, pense à te démaquiller avant de dormir et à hydrater ton visage le matin. C'est la base. Ensuite, dès lors que tu connais bien ta peau, tu peux te créer une routine en utilisant quotidiennement des produits (savons, cosmétiques) que tu peux te faire conseiller en parapharmacie. Parfois, c'est un peu cher, donc n'hésite pas à demander à ta ou ton médecin de t'en prescrire pour obtenir un remboursement.

MÉFIE-TOI DES ENNEMIS DE TA PEAU

Sans grande surprise, la cigarette est mauvaise pour ta peau, qu'elle rend grise et terne, comme pour le reste de ton organisme. Ne serait-ce pas une très bonne raison pour t'abstenir de fumer ?

Fais également attention au soleil, quelle que soit ta carnation (le teint de ta peau), et surveille les taches qui apparaissent. Mets de la crème solaire le plus souvent possible, même l'hiver si ta peau est fragile. Si tu es adepte du bronzage, garde en tête que chaque personne a un « capital soleil », au-delà duquel on ne peut plus s'exposer sans subir de coups de soleil, ou pire, risquer un cancer de la peau. Concrètement, un jour, ce capital est épuisé, et tu ne peux plus te mettre au soleil sans prendre de très gros risques pour ta santé. Alors, économise-le !

N'étouffe pas non plus ta peau avec de trop grosses doses de fond de teint. C'est tentant de vouloir cacher les imperfections qui nous complexent, mais les masquer avec des produits souvent gras et nocifs a tendance à aggraver le problème. Si vraiment tu ne peux pas t'en passer, ce qui est tout à fait compréhensible, démaquille-toi chaque jour avec le plus grand soin et veille à faire des jours sans.

LA VRAIE PEAU

Aucune peau n'est comme sur Instagram, parce que tout y est retouché. Dans la vraie vie, les gens ont des « imperfections » :

- **Des pores dilatés**
- **Des boutons**
- **Des vergetures**
- **Des points noirs**
- **Des grains de beauté**
- **Des cicatrices**
- **Des poils**
- **De la cellulite**
- **Des taches de naissance**
- **Des taches de vieillesse**
- **Des taches de rousseur**
- **Des rougeurs**
- **Des rides.**

Et tout ça est OK !

VOIR AUSSI : MAQUILLAGE, SANTÉ PHYSIQUE

PHOBIE

Une phobie, c'est tout simplement une peur intense, incontrôlable et irrationnelle. Elle peut d'ailleurs être carrément invalidante – c'est-à-dire que, face à l'objet de la phobie (à tout hasard, une araignée), on n'est plus capable de faire quoi que ce soit – on peut même faire une attaque de panique. Pour certaines personnes, adultes ou non, cela peut aller jusqu'à ne même pas supporter d'entendre le nom de la chose en question.

TU N'ES PAS BIZARRE À CAUSE DE TES PHOBIES

Il y a des phobies assez courantes, comme la peur des serpents, des rats, de l'avion, et d'autres qui le sont un peu moins, comme la peur des trous, appelée la trypophobie, ou la peur de vomir, l'émétophobie. Parfois, ces phobies ont des sources psychologiques ; d'autres fois, elles sont plus difficiles à expliquer. Ce qu'il faut retenir, c'est que, quelle que soit la peur, c'est très fréquent d'en souffrir (15 % des gens, soit plus d'une personne sur dix, souffrent d'une phobie au cours de leur vie) et que c'est indépendant de notre volonté. Il n'y a donc pas à avoir honte, ni aucune raison de s'en amuser quand une personne en souffre. J'en profite pour glisser ici un conseil : il n'y a rien de plus relou et bête que d'exposer quelqu'un « pour rire » à sa phobie, par exemple en faisant semblant de lui lancer un insecte. Ça a déjà fait marrer quelqu'un, pour de vrai ?

TU PEUX VIVRE AVEC TES PHOBIES, ET MÊME EN GUÉRIR

Il est possible, selon tes phobies, d'éviter au maximum de t'y confronter, mais à la longue, ça pourra te sembler bien contraignant. Pour une personne agoraphobe, par exemple, éviter en permanence les foules peut tôt ou tard être pesant. Heureusement, comme tous les troubles psychologiques, les phobies se soignent. Comme souvent, la solution miracle se trouve chez les spécialistes de santé mentale qui, grâce à des thérapies axées sur les causes de la phobie et ses manifestations, peuvent enfin t'aider à déplacer ce blocage. La personne qui te raconte ça a guéri de sa peur du noir chez un sophrologue à vingt-trois ans !

LA PHOBIE SCOLAIRE

Ce trouble peut avoir plein de causes très diverses : de l'anxiété, une dépression, un traumatisme, un contexte familial ou social difficile (qui peut créer une peur de s'absenter du foyer), du harcèlement scolaire…

Aucune phobie scolaire ne ressemble à une autre, mais toutes peuvent entraîner des conséquences désastreuses sur la scolarité et l'épanouissement des personnes concernées, qui se replient sur elles-mêmes à la maison.

Tu angoisses intensément à l'idée de te rendre à l'école ? Il est possible que ce soit une phobie scolaire. Parles-en avec des personnes de confiance pour qu'elles te proposent des solutions ou qu'elles te redirigent vers des ressources sûres.

Si, parmi tes camarades, certaines personnes ont été déscolarisées pour ce motif, il est très important de les aider à s'intégrer quand elles reviennent en cours.

VOIR AUSSI : CONFIANCE, SANTÉ MENTALE

POILS

Comme la majorité des mammifères, les êtres humains ont le corps recouvert de poils. Pour apprivoiser cet état naturel, et selon qui l'on est, nous avons appris à les épiler, à les tondre, à les dissimuler ou au contraire à les exhiber. Pourquoi autant de débats autour de quelque chose de naturel, et comment te positionner par rapport à ça ?

LA TYRANNIE DE L'ÉPILATION

C'est normal d'avoir des poils. Tous les mammifères en sont recouverts ; ils sont juste plus drus ou plus foncés selon l'espèce, le sexe ou l'âge. Aussi le duvet peut-il, notamment au cours de la puberté, se muer en poils bien plus visibles… et créer des complexes. Non, tu n'as pas plus de poils : certains deviennent juste plus voyants et tu en fais absolument ce que tu veux ! Qui que tu sois, tu peux les laisser où tu veux parce que c'est ton corps et que tu peux en disposer absolument comme tu veux. Évidemment, tu peux aussi les épiler ou les raser, ça ne fera pas de toi une personne moins féministe, par exemple.

La société a globalement, depuis des décennies, tendance à demander aux femmes de les épiler : pubis, aisselles, jambes, visage, et même les bras pour certaines ! Mais méfie-toi car les modes évoluent. Dans les années 1960, il n'était absolument pas choquant de voir les poils des femmes, et, il y a dix ans encore, elles devaient avoir les sourcils aussi fins que possible – l'exact inverse de maintenant. Ce qui semble répugnant à un moment peut devenir tendance juste après.

ÉPILATION, RASAGE, QUE CHOISIR ?

Si tu fais le choix de te débarrasser de tes poils, tu as plusieurs méthodes :

• Le rasoir est l'outil le plus évident (mais attention à bien garder les protections, car tu peux te couper très vite). Ne pique pas celui des autres, que ce soit en famille ou entre potes : ce n'est pas très hygiénique, mais il y a surtout un risque de transmission de maladies via les microcoupures. Le principal avantage du rasage, c'est qu'il est peu douloureux. En revanche, la repousse est extrêmement rapide.

• La crème dépilatoire, que tu laisses poser quelques minutes avant de la retirer avec tes poils, présente les mêmes avantages et inconvénients que le rasoir. Avant utilisation, assure-toi juste que tu ne fais pas d'allergie en testant la crème sur un petit coin de peau.

• La cire est une méthode bien plus douloureuse, mais elle tient les poils éloignés très longtemps. C'est aussi le cas de l'épilateur, une machine qui épile tes poils au fur et à mesure que tu la fais passer dessus.

• Le laser permet de supprimer les poils de façon quasiment définitive. C'est une méthode douloureuse et coûteuse, mais radicale. Là encore, attention tout simplement… à ne pas changer d'avis !

UN PELAGE NÉCESSAIRE

Les poils ne sont pas sales et n'ont absolument rien à voir avec l'hygiène, ni avec l'odeur. Ce serait même le contraire : les poils pubiens protègent nos parties intimes des infections ou des mycoses, et se raser ou s'épiler a tendance à fragiliser et irriter la peau. Sans parler des poils incarnés, ces poils qui poussent sous la peau et créent une infection qui peut parfois nécessiter une intervention chirurgicale… Effectivement, au niveau des aisselles, les poils peuvent retenir la sueur, mais ce n'est pas pour autant que tu transpireras plus ou que tu sentiras plus mauvais qu'une personne épilée. Ne pas s'épiler n'est pas se négliger !

De moins en moins de mecs sont rebutés par les poils des filles, et ceux qui le sont sont exactement ceux dont tu te passeras volontiers. Si tu veux garder tes poils et que tu crains vraiment la réaction des autres (on ne choisit pas toujours son entourage), vas-y progressivement : arrête de t'épiler la moustache si tu le faisais auparavant, puis n'épile plus ce qui dépasse de ton jean, puis ose la robe sans épiler tes jambes. Si certaines personnes ont quelque chose à y redire, ramène-les à leur propre pilosité : demande-leur ce qu'elles en pensent, puis propose-leur un avis exhaustif sur leur apparence physique, avant de leur demander pourquoi il serait si important que tu adaptes la tienne à leurs désirs.

JE N'AI PAS ASSEZ DE POILS

Tes poils arriveront progressivement. Pareil, ne t'inquiète pas, la mode changera, et tu n'as pas besoin de la suivre si tu n'en as pas envie. De toute façon, tu le sais, on ne choisit pas sa pilosité, qui est inscrite dans nos gènes.

VOIR AUSSI : COMPLEXE, POILS, PORNOGRAPHIE, PUBERTÉ

POLITIQUE

Ce grand mot est sur toutes les lèvres, surtout en période électorale. À t'en faire mal à la tête, peut-être ? C'est en fait moins compliqué qu'il n'y paraît, dès lors qu'on a les bases… et qu'on comprend les ficelles.

AUX ORIGINES DE LA POLITIQUE

La politique, c'est l'art de gérer la vie en collectivité. Le problème, comme tu le sais probablement si tu t'y intéresses ou que tu écoutes les conversations agitées des adultes à ce sujet, ce sont les jeux de pouvoir qui s'y rattachent. Souvent, même en essayant très fort, l'être humain ne sait pas faire autrement, il veut dominer. Même si certains hommes ou certaines femmes politiques sont profondément sincères dans leurs engagements, pour beaucoup, l'argent et le pouvoir peuvent leur monter à la tête et mener à des abus qui occasionnent la colère des citoyens et citoyennes. En dépit des apparences, cela n'a rien de nouveau : déjà en 1789, le peuple français prenait la Bastille pour renverser le roi et récupérer sa souveraineté (c'est-à-dire l'exercice du pouvoir). Notre régime politique, la République, est entre autres supposé garantir la démocratie, c'est-à-dire le pouvoir (*kratos* en grec) du peuple (*dêmos*). Celui-ci est pratiqué par des institutions à différents niveaux (villes, départements, régions, État), dont on peut élire les représentants et représentantes dès nos dix-huit ans.

COMMENT GOUVERNE-T-ON ?

En France, le président ou la présidente est élue par l'ensemble des Français et Françaises lors de l'élection présidentielle, qui a lieu tous les cinq ans. À cette occasion, il ou elle nomme un Premier ou une Première ministre, qui va l'aider à désigner un ensemble de ministres : c'est ce qu'on appelle le « gouvernement ». Un mois plus tard ont lieu les élections législatives, pendant lesquelles on élit les députés qui siègent à l'Assemblée nationale. Avec le Sénat (dont les membres sont choisis par des personnes élues appelées « grands électeurs ou électrices »), celle-ci forme le Parlement français. Ce Parlement a pour vocation de rédiger et de voter les lois du pays : il est supposé représenter les citoyens et citoyennes, qui peuvent d'ailleurs adresser des requêtes à ses membres.

Au terme des élections, les hommes et les femmes politiques au pouvoir déterminent les orientations du pays, et c'est capital : ils et elles décident de la façon dont est distribué l'argent public, de faire avancer (ou reculer) les droits humains, des priorités à donner (l'éducation ou les prisons ?), et de la façon dont la contestation est prise en compte. Un régime politique sain accepte qu'il y ait une opposition, quels que soient les partis politiques, les associations, les médias, les syndicats professionnels ou les mouvements citoyens qui l'incarnent, et quelle que soit la façon dont ils pratiquent cette opposition (manifestations, pétitions, grèves, etc.).

Le peuple français élit aussi les membres des institutions dites de « proximité », dont les pouvoirs sont certes limités, mais qui influencent beaucoup notre quotidien. Par exemple, ce sont les villes (à travers la mairie et le conseil municipal) qui décident du budget et des activités des écoles maternelles et primaires, tandis que les départements (à travers le conseil départemental) s'occupent des collèges, et les régions (à travers le conseil régional) des lycées.

LES PARTIS POLITIQUES

La plupart des hommes et femmes politiques s'engagent, selon leurs convictions, dans des groupes que l'on appelle des « partis politiques », dont l'objectif est d'exercer le pouvoir. Chaque citoyen et citoyenne peut les rejoindre.

Voici les principaux partis français (que les gens de droite décriront souvent comme étant trop à gauche, et les gens de gauche comme étant trop à droite) :

- **Extrême droite : Rassemblement national (RN), Debout la France (DLF)**
- **Droite : Les Républicains (LR)**
- **Centre : Union des démocrates et indépendants (UDI), La République en marche (LREM), Mouvement démocrate (MoDem)**
- **Gauche : Parti socialiste (PS), Europe Écologie Les Verts (EELV)**
- **Extrême gauche : La France insoumise (LFI), Parti communiste français (PCF), Lutte ouvrière (LO), Nouveau Parti anticapitaliste (NPA)**

TOUT EST POLITIQUE

Prétendre qu'on n'a pas d'opinion politique, c'est déjà être politique. Car tout est politique, y compris nos choix de consommation ou notre vie intime. Se placer hors du champ politique est bien souvent un privilège, celui des personnes qui savent qu'elles ne pâtiront pas forcément des changements politiques. Les médias influencent énormément notre perception de la vie politique. Il est ainsi extrêmement important de suivre de près ce qui se passe en s'efforçant d'écouter plusieurs sons de cloche, pour appréhender le plus objectivement possible la situation et les solutions proposées par les partis politiques.

Pour tout comprendre sans foncer tête baissée dans des préjugés et fermer ta vision du monde, il est vital d'accepter le débat. Cela ne signifie pas que tu dois être d'accord avec les personnes avec qui tu consens à dialoguer ! Il n'est pas non plus question de renoncer à tes convictions et d'accepter l'inacceptable. Car, oui, sur les réseaux sociaux ou les plateaux télé, les limites sont souvent franchies. Et à force, on rend progressivement acceptables des idées initialement intolérables, par exemple, celles qui nient l'intégrité d'autres êtres humains. Il est dangereux de laisser des discours haineux proliférer au nom d'une « liberté d'expression » qui a perdu son sens initial, alors reste en éveil !

N'hésite pas à lancer des débats en classe. Les profs répondront avec plaisir à tes questions, et ce sera l'occasion de discuter des sujets qui te préoccupent avec tes camarades. Il n'est jamais trop tôt pour échanger des points de vue et apprendre.

Il existe d'autres façons de participer à la vie politique qu'en se présentant à des élections ou en votant. On peut manifester, faire grève, s'engager dans des associations, créer des œuvres d'art… Il faut croire à la possibilité de changer les choses, par notre volonté et nos idéaux, et il n'y a pas d'âge pour avoir des convictions et s'activer pour la vie de la communauté. Peut-être que tu le sais déjà, mais il existe dans certaines collectivités territoriales (les villes, départements et régions) des conseils citoyens réservés aux jeunes. Pourquoi ne pas tenter l'aventure ? La politique est ce que l'on en fait, ne l'oublie jamais.

→ VOIR AUSSI : ÉCOLOGIE, FÉMINISME, LOI, MÉDIAS, RACISME ←

POPULARITÉ

La popularité, c'est littéralement le fait pour quelque chose ou quelqu'un d'être apprécié « par le peuple ». Bien sûr, ce n'est pas dans ce sens exactement que toi, tu entends ce mot. Mais au fond, qu'est-ce que c'est, être populaire ?

UN RÊVE PAS SI COOL

Bien sûr, c'est tentant d'être la personne que tout le monde apprécie. Celle qu'on copie, qu'on invite, et à qui on n'ose pas reprocher grand-chose. Effectivement, être populaire protège des moqueries et donne l'impression sympa d'être toujours là où il faut être, avec qui il faut être. Mais n'oublie pas : plus tu es visible, plus on te jalouse. Et, finalement, est-ce que tu trouves ça vraiment cool de connaître tout le monde, quitte à t'attirer de la jalousie et des embrouilles et vivre avec la crainte de perdre ce si précieux statut ?

Être populaire, ça veut aussi dire adopter tous les codes de ce qui est prétendu cool et ça passe parfois par des choses qui ne le sont pas tant… Alors, avant d'accepter de faire n'importe quoi en soirée ou de mal te comporter avec les autres, pose-toi toujours deux questions : « Est-ce que j'en ai envie ? », « Est-ce que c'est vraiment moi, de faire ça ? ». Tu impressionneras peut-être les autres deux minutes en jouant la carte de la tête brûlée ou de l'insolence, puis ils passeront à autre chose – et ce sera à toi d'assumer les conséquences.

SOIS TOI-MÊME

En affirmant tes goûts et tes envies sans te plier toujours à ce qui va dans le sens des autres, en refusant de participer aux ragots et aux effets de groupe, tu auras peut-être un entourage plus restreint qu'une personne « populaire ». En revanche, tu auras la chance d'être parmi des gens sincères qui t'apprécient exactement pour qui tu es et qui ne te tourneront pas le dos au moindre faux pas. Car c'est bien là le problème de la popularité : à l'instar de la mode qui vient puis s'en va, une personne populaire, à la fois aimée et crainte, qui évolue parmi de grands cercles, a d'autant plus de chances de se retrouver au cœur de guerres de popularité… voire d'être mise de côté. C'est impossible d'être pour toujours la personne la plus cool, et la chute peut faire particulièrement mal – d'autant plus que, à cette occasion, les amitiés intéressées peuvent se révéler. Populaires, mais souvent en solo… Est-ce que ça vaut vraiment le coup ?

Si je peux, depuis mon expérience d'ancienne ado, te donner un conseil : entends-toi bien avec autant de monde que tu veux, mais écoute toujours cette petite voix dans ta tête qui te dit sur qui compter. Les potes avec qui tu dois toujours faire semblant d'être comme ci ou comme ça ne resteront jamais dans ta vie très longtemps. Tu as des combats à mener bien plus importants et pleins de joie que celui de la popularité. D'ailleurs, dis-toi que ces choses-là varient : que ce soit dans une nouvelle école, sur ton lieu de vacances ou dans une activité extrascolaire, tu trouveras toujours (même si tu n'arrives pas à y croire maintenant) des personnes qui t'aimeront… et te feront sentir populaire !

DÉFENDS-TOI ET DÉFENDS LES AUTRES !

Les personnes populaires ne le sont jamais au hasard : cela peut-être en raison de leur physique, de leur milieu social, mais aussi parce que ce sont celles qui organisent et vont aux meilleures soirées, celles qui ont l'air de tout faire avant les autres, bref, qui ont accès à un monde que tu ne connais peut-être pas. Mais souvent, on en a aussi peur, et c'est là que tout se joue : quand une critique acérée leur vient, mieux vaut ne pas se trouver dans leur champ de tir ! Par ailleurs, les personnes qui les suivent sont prêtes à tout pour obtenir leurs faveurs et n'hésitent pas à renchérir, pouvant aller jusqu'à faire subir les pires outrages aux « bolosses », comme si ça ne risquait pas un jour de se retourner contre elles (*spoiler* : ça arrive tôt ou tard). Plus que d'amour, ce que l'on appelle à l'école la « popularité » se nourrit de malveillance et de la crainte qu'elle inspire.

Les choses évolueront avec le temps, quand tout le monde gagnera en maturité, mais pour l'instant, si tu es victime d'une attaque de ce genre de personnes, réponds gentiment, avec le sourire, mais ne te laisse pas faire. Fais-toi apprécier si ça te sécurise (en jouant, par exemple, sur des connaissances communes ou en profitant des moments passés en petit comité), sans aller jusqu'à te forcer à fréquenter des gens dont le comportement te déplaît. Il s'agit de te protéger des attaques, tout en restant toi-même – un équilibre auquel tu parviendras à coup sûr au fil du temps. Dès que tu le peux, empêche aussi ces personnes de s'attaquer à celles qui sont plus réservées ou différentes. La cour de récré peut être un lieu impitoyable : tu n'as pas idée du mal que peuvent causer de simples moqueries. Nul besoin de t'interposer, simplement, défends en douceur les autres, en contrecarrant les critiques par des compliments ou en faisant diversion. En somme, plutôt que de courir après la popularité, préfère te consacrer à ce que personne autour de toi ne souffre des petits jeux de pouvoir de la cour de récré.

→ VOIR AUSSI : AMITIÉ, CÉLÉBRITÉ, LYCÉE ←

PORNOGRAPHIE

Sûrement as-tu déjà vu, malgré l'interdiction légale d'en visionner avant dix-huit ans, du contenu pornographique mettant en scène des relations sexuelles. Avant tout, sache que ce n'est pas un outil pédagogique (certaines pratiques demandent de l'entraînement et ne sont pas à reproduire à la maison), ni un manuel de ce qu'il faudrait faire ou non. Ce n'est pas la vraie vie ! Tout est joué, comme dans n'importe quel autre genre cinématographique.

TON CORPS EST NORMAL

Le porno dit *mainstream*, c'est-à-dire celui qui est le plus largement consommé sur des sites Internet bien connus, peut imposer des normes qui sont irréelles. Tous les pénis ne font pas 25 cm, tous les seins ne font pas un bonnet D tout en tenant droit, toutes les vulves ne sont pas lisses, sans poils ni lèvres qui dépassent. Ces physiques sont spécifiquement sélectionnés pour leur conformité toute particulière à un idéal supposé – et parfois transformés grâce à la chirurgie esthétique. Tu auras tout le temps de te rendre compte que l'immense majorité des corps, notamment les parties génitales, ne ressemblent pas à ça. Pour voir des images plus proches de la réalité, tourne-toi plutôt vers du porno dit « amateur » ou « éthique ».

LE SEXE N'EST PAS UNE COURSE À LA PERFORMANCE

Dans le porno, acteurs comme actrices ont une endurance incroyable et veulent toujours plus de sexe, dans toujours plus de positions – et dans des circonstances parfois un peu déconcertantes. Les érections sont immédiates et parfaites et les vagins, toujours prêts à recevoir un pénis sans préliminaires. Tu ne te sens pas capable de faire tout ça ? C'est normal. Ces personnes exercent leur métier, pour lequel elles sont entraînées, et ces scènes peuvent être tournées et retournées jusqu'à obtenir le résultat souhaité. Comme tout est joué, les orgasmes ne sont pas réels. Tu as compris que la vie ne se passe pas comme dans tes séries préférées, eh bien, c'est pareil avec le sexe. Le plaisir, tu auras tout le temps de le trouver dans des relations sexuelles où il y aura un échange, de la spontanéité… et même quelques imprévus.

RESTE À DISTANCE DE CE QUE TU VOIS

Si certains actes que tu vois dans les pornos te semblent excessifs, c'est normal. Le porno a rendu plus courantes des pratiques (jusqu'à les faire paraître obligatoires) qui frôlent certaines limites psychologiques ou physiques, voire les dépassent. Fais le tri dans ce que tu veux ou non ! Encore une fois, le porno, ce n'est pas la réalité. De façon générale, tu ne dois de toute façon rien t'imposer dans ta sexualité.

Tu n'as aucune obligation à reproduire le porno, qui n'est pas la norme, étant donné que ce que tu vois a pour objectif de répondre à des fantasmes. C'est pour cela que les stéréotypes sont tenaces : les relations lesbiennes, souvent scénarisées par des hommes hétéros, sont caricaturées, tout comme les personnes racisées. Heureusement, il existe, même si elle est bien moins connue, une industrie porno alternative qui propose des contenus plus éthiques, plus proches de la diversité de la réalité – et moins violents.

PROTÈGE-TOI

Tu as le droit de ne pas être à l'aise avec le porno. Même si tu as l'habitude de te masturber à l'aide de ce support, il en existe une multitude d'autres : littérature érotique, podcasts, ton imaginaire ou tes souvenirs, etc. Évite d'exposer tes potes qui n'en ont jamais vu et, si tu éprouves une gêne à l'égard de certaines images, n'hésite pas à en parler à quelqu'un d'un peu plus âgé qui pourra les déconstruire avec toi.

Rappelle-toi aussi que les acteurs et les actrices ne valent pas moins que toi du fait de leur métier. Tout le monde ou presque a un jour ou l'autre des relations sexuelles, et tout le monde ou presque utilise son corps dans son travail, à différents degrés. D'ailleurs, pourquoi crois-tu que seules les actrices sont harcelées sur les réseaux sociaux, jamais les acteurs ? Parce que, comme d'habitude, la sexualité des femmes dérange : c'est du sexisme.

Enfin, sache que certaines catégories sur les sites pornographiques sont profondément choquantes. Essaie de ne pas t'y aventurer. Pense quoi qu'il en soit à effacer ton historique, et ferme bien les fenêtres après consultation… Ça t'évitera deux ou trois malaises.

VOIR AUSSI : ANATOMIE, FÉMINISME, SEXE

PREMIÈRES FOIS

À ton âge, on a devant soi tout plein de choses à expérimenter, qui nous semblent parfois, avec la pression exercée par les autres ou la société, comme autant de cases à cocher. En réalité, tu as tout ton temps, donc autant le prendre pour te fabriquer des souvenirs mémorables.

TROUVE TON RYTHME

Ne te force pas à faire des trucs qui ne te tentent pas pour prouver aux autres (ou pire à toi-même) que tu es cool. On le sent toujours au fond de soi quand on n'a pas vraiment envie de quelque chose. En quelque matière que ce soit, par exemple dans la sexualité ou la prise de drogues, on peut toujours dire non jusqu'au dernier moment, et même pendant.

Avec le recul, tu verras que le fait d'avoir attendu plus de temps pour essayer quelque chose l'aura rendu beaucoup plus marquant qu'une mauvaise première expérience !

Tout le monde a son rythme et le tien n'est pas obligatoirement celui de tes potes : il n'y a aucune raison d'avoir honte d'aller « trop vite », ou au contraire « pas assez vite ». Tu es à un âge où tout le monde veut se prouver qu'il ou elle n'a pas peur de grandir – y compris dans des domaines qui nous mettent mal à l'aise, même si c'est compliqué de l'assumer devant les autres.

Bien sûr, il y a des moyennes d'âge, mais beaucoup de gens font les choses bien avant ou bien après ces fourchettes. Pour preuve, malgré la libération sexuelle actuelle, la moyenne d'âge du premier rapport sexuel (dix-sept ans et demi) n'a que très peu évolué.

LES LIMITES D'ÂGE NE SONT PAS LÀ PAR HASARD

Il n'y a pas vraiment d'âge pour commencer sa sexualité. En revanche, il existe des règles très strictes concernant les relations sexuelles entre les personnes majeures et les personnes mineures : elles sont formellement interdites entre quelqu'un de moins de quinze ans et quelqu'un de majeur, et entre une personne mineure de plus de quinze ans et une personne majeure, il ne doit y avoir aucun rapport de subordination. Même si on te fait croire que tu es particulièrement mature, ne te laisse pas avoir par des personnes incapables de s'intéresser à des gens de leur âge – il y a toujours à cela de vraies raisons, souvent pas très saines.

Même si toute règle connaît des exceptions, une différence d'âge significative implique une grande différence d'expérience et donc une possible emprise d'une des personnes sur l'autre. S'il n'y a pas de normes en amour, fais tout de même attention à ne pas te lancer à corps perdu dans une bataille à armes inégales.

Dans un autre registre, l'achat d'alcool et/ou de cigarettes nécessite d'avoir au moins dix-huit ans. Il y a à cela plusieurs raisons : il s'agit pour toi d'être capable de faire un choix mature, mais c'est aussi parce que ces substances sont vraiment mauvaises pour la santé, particulièrement pour des organismes en formation – y compris mentalement.

On peut faire des conneries, puis revenir en arrière et ce n'est pas grave ! Essayer quelque chose une fois ne te condamne pas à recommencer. D'ailleurs, une première fois n'est pas toujours un moment cool – demande à tes potes de te raconter leur première cuite ! La période que tu vis est particulière aussi pour toutes les découvertes que tu fais et qui sont autant d'occasions de mieux te connaître en découvrant ce que tu aimes... ou non ! C'est comme ça que tu vas affiner, petit à petit, ta personnalité. Fais des choses qui te mettent à l'aise et dans lesquelles tu te reconnais, tu auras toute la vie pour changer de goûts et évoluer.

→ VOIR AUSSI : ALCOOL, AMOUR, CIGARETTE, DÉSIR, DROGUE, SEXE ←

PUBERTÉ

La puberté est une période de changements, peut-être la plus importante de la vie humaine. Il s'agit de la transition, non seulement physique mais aussi mentale, de l'enfance vers l'âge adulte.

LE DÉBUT DE LA SUITE

On entre dans la puberté à environ douze ans, mais c'est assez variable : pour certaines personnes, ce sera dès huit ou neuf ans, pour d'autres pas avant quatorze ou quinze ans. C'est donc une grande loterie (dont le résultat reste assez prévisible du fait de l'hérédité) qui est très riche en émotions. Quand on a soudain des attributs qui détonnent au milieu des autres ou qu'au contraire on se sent à la traîne, ce n'est pas toujours facile à gérer. Rassure-toi, d'ici à la fin de l'adolescence, tout le monde sera en bonne harmonie. Il faut juste s'armer de patience parce que, à quelques mois près, tout change !

Quand la puberté démarre, les hormones – ce sont des substances sécrétées par des glandes situées partout dans notre corps – s'activent et donnent des ordres : les poils vont pousser, les parties génitales grandir, les seins grossir…

Dans la tête, tout bouge aussi ! En nous, tout se métamorphose, on se découvre en tant que personne, à travers de nouvelles émotions et expériences, et cet afflux d'hormones nous fait tourner la tête. Psychologiquement, ça a un impact !

UN CORPS TOUT NOUVEAU

On ne sait pas forcément quoi faire de tous ces poils qui débarquent, de ces tétons qui pointent sous les tee-shirts, de ces boutons qui semblent nous défigurer, de ces érections incontrôlées ou de ces accès de transpiration.

Les boutons arrivent soudainement sur ton visage, mais aussi sur tes épaules, dans ton dos… Dans la plupart des cas, ils disparaissent en vieillissant. Pour ce qui est de ton visage, c'est au cœur de la puberté que tu en auras le plus. Si c'est vraiment quelque chose qui te complexe et qui te pose problème au quotidien, et que te laver avec soin la peau matin et soir et y appliquer des produits adaptés ne suffit pas, tu peux consulter un ou une dermatologue qui te prescrira un traitement spécifique.

Les poils, eux, apparaissent à des endroits attendus (voire espérés, surtout quand on se sent en retard !) comme le pubis, les aisselles, le visage, le torse, mais aussi à des endroits inattendus comme le dos, les mains ou les pieds, la poitrine… Tout cela est normal. En faisant passer ton corps du stade enfant au stade adulte, tes hormones lui donnent des attributs plus adultes. Par exemple, que ton pelage de base (oui, il était déjà là, comme pour tout mammifère !) brunisse ou s'épaississe est tout à fait naturel, et ce quel que soit ton sexe biologique.

Ta voix va aussi muer, toujours sous l'influence des hormones, que ce soit la testostérone ou les œstrogènes. Cela concerne tout le monde : comme tu t'en doutes, rares sont les adultes qui s'expriment encore avec leur voix d'enfant.

Précédées par les pertes blanches, que tu peux observer dans tes sous-vêtements et qui sont parfaitement normales (ton vagin se nettoie !), les règles arrivent également à cette période, et c'est un vrai bouleversement. Elles reviendront plus ou moins tous les mois, inscrivant le corps tout entier dans un cycle qui durera plusieurs décennies.

VOIR AUSSI : ANATOMIE, FLUIDES, POILS, RÈGLES, SEINS

RACISME

Être raciste, c'est non seulement considérer d'autres personnes comme inférieures en raison de leurs origines, mais aussi contribuer d'une façon ou d'une autre à l'oppression des personnes racisées (toutes les personnes victimes de racisme). On parle de « racisme systémique », dans la mesure où ce phénomène s'inscrit dans un système entier de discriminations et de violences. Alors, la couleur de peau ou l'origine peut être prétexte (officiel ou non) au refus d'un logement, d'un emploi ou de toute autre situation.

UN RACISME VIEUX COMME LE MONDE

Historiquement, le racisme a permis de justifier des horreurs comme la colonisation, l'esclavage (certaines races dites « inférieures » étaient prétendument vouées à servir les autres, en l'occurrence, les personnes noires devaient servir les personnes blanches), la Shoah (le régime nazi a exterminé les personnes juives, supposées corrompre la « pureté de la race aryenne » – une race blanche dite « supérieure » totalement imaginaire), la ségrégation et l'Apartheid (où personnes noires et blanches étaient séparées jusque dans les écoles, les parcs, les transports...). Le racisme est donc très dangereux et relève d'un système complet : il y a une continuité entre les insultes que l'on peut proférer et ces crimes. Encore aujourd'hui, et sous nos fenêtres, le racisme se manifeste à travers les violences policières ou sur nos plateaux télé complètement obsédés par l'islam et les personnes qui le pratiquent, par exemple.

FAIS ENTENDRE TA VOIX !

Le racisme est, surtout actuellement, largement utilisé comme argument politique : on stimule les plus bas instincts des gens, notamment la peur, pour diviser et gagner du pouvoir. On ne doit jamais laisser passer ça. Entraîne-toi à reconnaître les propos racistes, même habilement masqués, afin de mieux les contrer. Le combat contre le racisme ne doit pas seulement reposer sur les épaules des personnes qui le vivent directement. Il sera toujours plus simple pour une personne non racisée de défendre celles qui le sont quand elle entend des propos ou assiste à des actes racistes – parce qu'elle sera toujours considérée comme moins sensible, moins concernée et plus légitime culturellement.

Éviter de répondre ou de relever, c'est cautionner. Il n'y a pas de « petites » blagues, il n'y a pas non plus de « petites réflexions » à table, pas plus que ne tiennent les excuses telles que celles de l'amie noire ou du mari asiatique. Rappelle aux gens qui pleurent qu'« on ne peut plus rien dire » que leur grande peine n'est rien face aux souffrances de celles et ceux qui subissent le racisme et que le vrai problème qu'ils rencontrent, ce n'est pas de ne plus pouvoir s'exprimer, c'est de voir que maintenant, on s'autorise à leur répondre. Et n'hésite pas à soutenir publiquement les personnes qui osent se battre haut et fort contre le racisme.

SE PROTÉGER DU RACISME

Tu ne dois rien aux gens : aucune explication, aucune preuve de ta légitimité, aucune pédagogie pour leur faire accepter ta valeur. Tu n'as aucune obligation d'abîmer ta santé mentale ou de consacrer ton énergie à l'éducation d'autres personnes sur les réalités difficiles que tu vis au quotidien.
Protège-toi de tout ce qui peut être toxique pour toi. Marie Dasylva, coach en stratégie, recommande d'appliquer la règle des « 300 secondes » : pour te préserver, n'accorde pas plus de 300 secondes par jour à faire de la pédagogie auprès de personnes qui ne vivent pas directement les oppressions dont tu parles.
Face à des propos qui te dérangent, sous couvert d'humour – ou même pas, d'ailleurs –, demande publiquement aux gens d'expliciter le sens de leurs paroles pour les mettre face à leur racisme.

PAS D'EXCUSE POUR LES RACISTES

La xénophobie est la peur (*phóbos*) de l'étranger (*xénos*). Mais, en réalité, à l'instar de l'homophobie, on ne peut pas brandir sa peur comme une excuse : on n'a pas instinctivement peur d'autres êtres humains, comme on aurait peur d'une araignée ou du vide, par exemple. Ces pseudophobies, qui n'ont de peur que le nom, sont le reflet de l'ignorance, de la bêtise, ou encore de la méchanceté, parfois même des trois à la fois, mais ce n'est en aucun cas une peur excusable. Aucun vécu ne légitime le racisme !

Les racistes sont parfois aussi des gens profondément malheureux, dont la seule façon de se sentir un peu supérieurs dans une existence qu'ils détestent est de reporter leur frustration sur n'importe qui de différent – une souffrance qui, là encore, n'est toujours pas une excuse pour faire du mal.

LE RACISME, C'EST...

- Tenir à une personne des propos dénigrants du fait de ses origines ;
- Se permettre des « blagues » sur la couleur de peau ou les origines d'une personne ;
- Toucher les cheveux des personnes racisées, sans qu'il y ait eu d'invitation préalable ;
- Donner des surnoms à quelqu'un qui sont liés à ses origines ou sa couleur de peau ;
- Refuser à quelqu'un un emploi ou un logement en raison de ses origines ou de sa couleur de peau ;
- Imiter des accents supposés ;
- Déformer ou taire certains faits historiques, comme la colonisation, l'esclavage ou la ségrégation aux États-Unis, pour amoindrir la responsabilité des personnes non racisées dans l'oppression des personnes racisées ;
- Dire que certaines personnes te dégoûtent sexuellement ou t'attirent tout particulièrement en raison de leurs origines ;
- Se déguiser en personne d'une autre origine que soi ;
- Réserver aux personnes racisées de moins bons traitements dans le domaine médical (c'est ce qu'on appelle le « syndrome méditerranéen », à cause duquel leurs souffrances sont parfois sous-évaluées par le corps médical, menant à des conséquences dramatiques) ;
- Prêter à des populations certains traits de caractère ou comportements en raison de leurs origines ;
- Considérer que certaines populations sont supérieures – ou inférieures – à d'autres ;
- Agresser quelqu'un en raison de ses origines ou de sa couleur de peau.

→ VOIR AUSSI : JUSTICE, POLITIQUE, TOLÉRANCE, VIOLENCE ←

REDOUBLEMENT

Le redoublement, c'est recommencer une classe – et parfois avoir l'impression que le ciel nous tombe sur la tête. En fait, c'est une chance supplémentaire de bien réussir un niveau scolaire. C'est pour cela que beaucoup d'élèves redoublent à un moment donné de leur scolarité.

TU DOIS EN COMPRENDRE LES RAISONS

La nouvelle tombe souvent à l'issue du troisième conseil de classe, après avoir été suggérée au deuxième. Mais, bien avant, on se rend souvent compte qu'on a vraiment du mal à suivre les cours. C'est donc rarement une immense surprise, mais il n'est jamais agréable de voir cette proposition s'officialiser – d'autant plus que le choix qui t'est offert n'est pas réel : si les profs estiment que tu dois redoubler, alors en général tu redoubleras.

Ce n'est pas une punition : une chance t'est au contraire offerte de mieux comprendre tout ce que tu as étudié cette année. Et c'est le signe que tu es capable de réussir : à l'école comme dans la vie, on ne donne pas de deuxième chance à une personne quand on ne croit pas en elle. C'est ce que tu dois bien expliquer à tes parents qui, s'ils grincent des dents, pourront vouloir rencontrer tes profs. N'hésite pas alors à venir à l'entretien et à leur demander ce qui, selon eux et elles, a manqué pour que tu réussisses. Tu auras peut-être l'impression désagréable d'un jugement ou d'une punition, mais tu te rendras vite compte que tout le monde veut que ça se passe mieux pour toi.

Parfois, on doit aussi redoubler parce que la vie a fait qu'on a connu des choses difficiles qui nous ont pris beaucoup d'énergie au cours de l'année. Ce n'est en aucun cas un échec ni un fardeau supplémentaire, plutôt l'occasion de rebondir et de vraiment en profiter pour apprendre dans de bonnes conditions !

METS À PROFIT CETTE SECONDE CHANCE

Ce qui est chouette, c'est que tu as forcément déjà entendu parler de tout ce que tu vas aborder pendant cette année redoublée. Moins chouette : peut-être que tu avais très bien assimilé certains domaines, et tu crains alors de t'ennuyer. C'est l'occasion d'approfondir ces sujets. Fixe-toi des objectifs : exceller dans un domaine sera bénéfique non seulement à tes compétences, mais aussi à ta moyenne générale !

C'est aussi l'occasion de prendre de nouvelles habitudes de travail. Pour t'assurer un vrai nouveau départ, liste-toi de petits objectifs réalisables (passer de zéro à quatre heures de révisions par soir n'en fait pas partie, par exemple) : relire une fois tous tes cours chaque soir, lever la main au moins une fois par cours ou par demi-journée, si tu es timide. Si une matière te semble particulièrement difficile et que tu butes encore dessus, n'hésite pas à en parler au ou à la prof, voire à demander un soutien scolaire – qui n'est jamais honteux, au contraire ! C'est plutôt classe de prendre du temps pour mieux réussir.

Tu ne connais personne dans ta classe ? Pas de souci, tu ne mettras pas plus d'une semaine à t'accoutumer à ces nouvelles têtes. Et non, même si un an de différence te semble énorme, ce ne sont pas des bébés, sachant, en plus, que certaines personnes ont sûrement ton âge. Crée des liens en leur proposant de l'aide sur les matières que tu maîtrises déjà ! C'est une bonne manière de te faire des potes, tout en te perfectionnant. Puisque ce redoublement est imposé, autant en faire un truc cool, non ?

VOIR AUSSI : COLLÈGE, ÉCHEC, LYCÉE

RÈGLES

Quand un ovule n'est pas fécondé par un spermatozoïde (ce qui aurait créé un embryon, qui serait devenu un fœtus, puis un bébé), l'utérus s'en débarrasse. Toute la muqueuse qui s'était formée pour accueillir cet ovule est expulsée par le vagin, occasionnant des saignements plus ou moins importants sur plusieurs jours, une fois par mois.

LA GRANDE NOUVEAUTÉ DE TA VIE

Accompagnant la puberté, les premières règles surviennent généralement entre l'âge de dix et seize ans. Elles ne sont pas forcément rouges comme le sang que tu as l'habitude de voir (et encore moins bleues comme dans les publicités !). Pour autant, ce n'est ni dégoûtant ni honteux.

Cela ne change absolument rien à qui tu es : la seule différence, maintenant, c'est que tu es fertile – c'est-à-dire apte à concevoir un enfant. Fais donc bien attention à ta contraception si tu as des relations sexuelles car, surtout à ton âge, la fécondité peut te prendre par surprise. D'ailleurs, contrairement aux légendes, une relation sexuelle pendant les règles peut aboutir à une grossesse.

Tout le monde n'a pas le même cycle : tes règles peuvent arriver plus souvent que celles de tes potes, être plus abondantes ou plus longues, plus douloureuses… Comme pour le reste des bouleversements de la puberté, c'est un peu la loterie. Tu peux les anticiper progressivement (cela évite les mauvaises surprises !) en notant les périodes sur un calendrier, sur ton téléphone par exemple, avec ou sans utiliser une application dédiée.

CHOISIS BIEN TES PROTECTIONS MENSTRUELLES

Pour éviter les débordements des règles, de nombreuses solutions existent.

Les tampons sont de petits cylindres composés de viscose et de coton, que tu insères dans ton vagin et que tu retires, une fois pleins, au moyen d'une petite ficelle située à leur extrémité. Veille à ce qu'ils soient adaptés à ton flux pour t'épargner des douleurs, surtout au moment de les retirer !

Les serviettes sont des protections externes qui se placent au fond de ta culotte pour absorber le sang. Bien que pratiques et sans douleur, elles sont parfois dédaignées non seulement en raison des marques visibles qu'elles peuvent laisser sous les vêtements, mais aussi du fait qu'elles exposent, à chaque passage aux toilettes, à la vue du sang, et qu'on n'aime pas forcément en avoir sur la vulve. Néanmoins, elles restent un super outil tout doux pour commencer !

La cup (ou coupe menstruelle), plus technique, est un objet en silicone que tu places dans ton vagin pour qu'il recueille ton sang, et que tu vides et nettoies sitôt plein. Attention, cela nécessite une certaine maîtrise ! Ce moyen est économique, mais aussi plus écologique.

Les culottes menstruelles, enfin, bien qu'un peu chères à l'achat, sont extrêmement pratiques : tu as juste à les enfiler et elles absorbent le sang sans risque de traces ni d'odeurs. Elles sont souvent très confortables et certaines marques en proposent de très jolies !

Quelle que soit la protection que tu choisis, pense à en changer à intervalles réguliers (suis les indications inscrites sur l'emballage) pour des raisons d'hygiène, mais aussi de santé, car il y a un risque d'infection grave (le syndrome du choc toxique). Pour te débarrasser des serviettes et tampons usagés, rien de plus simple : emballe-les dans du papier toilette et jette-les à la poubelle, jamais dans les WC.

Tu es à court de protections à l'extérieur de chez toi ? Surtout, n'aie pas honte d'en demander ! Les règles sont parfaitement naturelles, et ça ne sera ni la première ni la dernière fois que quelqu'un aura besoin de cette précieuse assistance. N'hésite pas, d'ailleurs, à toujours en avoir sur toi pour dépanner les autres, que tu aies tes règles ou non, et même à demander à ton établissement scolaire d'en mettre à disposition dans les toilettes.

LIMITE LE PLUS POSSIBLE LES SOUFFRANCES

Il y a plein de solutions contre les douleurs que les règles peuvent occasionner : médicaments pour les maux de tête ou de ventre, bouillotte, repos, orgasmes, et même parfois… sport ! Trouve ce qui te fait du bien.

Si tes règles sont particulièrement douloureuses ou invalidantes, alors peut-être fais-tu partie des 10 % de cas d'endométriose, une maladie qui n'a été reconnue que récemment. Va consulter un ou une gynécologue qui pourra t'en dire plus et t'examiner.

Au moment des règles, c'est entièrement normal d'être à fleur de peau ou de ressentir des baisses d'énergie ou de moral déconcertantes. Tâche toutefois de ne pas trop t'appesantir dessus : non, ta vie n'est pas aussi horrible que le trop-plein d'hormones pourrait te le faire croire.

Si tu sais que ce sont des moments où tu souffres, ne prévois rien d'important ces jours-là. Prends le temps de te reposer, bois de l'eau et privilégie la position allongée, si tu le peux. Allège aussi ta charge mentale (c'est-à-dire les décisions que tu dois prendre, les discussions importantes que tu dois avoir…), parce que pendant les règles et/ou durant les jours qui les précèdent, notre état mental se dégrade un peu, nous rendant moins lucides.

NUMÉRO UTILE

Si des questions très concrètes te viennent, que tu as peur ou que tu te sens mal à l'aise, et que tu ne veux pas parler de tout ça avec ta famille ou tes proches, tu peux trouver des réponses auprès du Fil Santé Jeunes, au 0 800 235 236. Ton appel est anonyme et gratuit et le numéro n'apparaît pas sur les factures téléphoniques, alors note-le bien. Tu peux également te rendre à l'infirmerie scolaire ou au planning familial, s'il y en a un à proximité de chez toi.

VOIR AUSSI : CONTRACEPTION, FLUIDES, PUBERTÉ

RÉSEAUX SOCIAUX

Instagram, TikTok, Twitter, YouTube, ou encore Facebook : les réseaux sociaux sont des outils qui ont initialement été conçus pour communiquer et garder un lien avec nos proches. Désormais, ils nous servent aussi à nous informer et à créer, et ne cessent d'évoluer. Ils sont supposés être un plus qui améliore nos vies. Alors, comment faire bon usage de cette vie parallèle, finalement si réelle ?

RESTE DANS LE VRAI !

Ces plateformes sont destinées à nous connecter les uns et les unes aux autres, à échanger des informations et à créer des communautés autour d'intérêts ou de combats communs. Le fait est que c'est quelque chose de nouveau à l'échelle de l'humanité : on n'a pas vraiment de recul sur l'usage de ces réseaux. On doit s'adapter en permanence à des outils qu'on ne maîtrise pas tout à fait car ils sont en constante évolution – et dont on peine à définir le rôle, l'utilité, mais aussi les dangers.

Parmi les risques, on peut citer le fait de développer une vie virtuelle à travers ces réseaux. Bien sûr, certaines personnes peuvent avoir des identités compliquées à assumer dans la vie réelle et elles pourront s'affirmer en tant qu'individus grâce à ces plateformes. Pour beaucoup d'autres, les réseaux sociaux offrent à leur entourage ou à d'illustres inconnus une vision fantasmée de leur propre vie, dans laquelle elles s'enferment vite. Le danger ? Comparer sans cesse ton existence quotidienne aux moments privilégiés (et mis en scène !) postés par les autres, et renvoyer de toi une image fausse… quitte à ne même plus te sentir toi-même à la hauteur de ta vie virtuelle. D'ailleurs, ne partage des détails de ta vie que si tu en as véritablement envie. Ce n'est pas juste, mais les réseaux sociaux étant un outil de constante comparaison, tout ce que tu partageras risque d'être passé au crible et de susciter de l'envie, des moqueries et des critiques jamais très agréables.

BATS-TOI POUR TES IDÉES !

Les réseaux sociaux permettent à des idées nouvelles et/ou importantes de se diffuser, de fédérer autour d'elles, menant ainsi parfois à de belles victoires (notamment en matière d'avancées des droits humains), grâce à toutes les personnes qui les repartagent. Même sans être leader ou leadeuse d'opinion, on peut contribuer à communiquer les valeurs qui nous tiennent à cœur.

Malheureusement, ces plateformes aident aussi de plus tristes choses à se répandre, notamment des *fake news* volontairement conçues pour semer le trouble, aux idéologies haineuses, aux ressorts simplistes et fallacieux, mais terriblement virales. Et pour cause, les algorithmes favorisent grandement ce qui choque, crée un débat, fait violence. Sans jamais refuser la contradiction, il faut ainsi choisir habilement les comptes que l'on suit et ne pas hésiter, également, à faire part à nos proches de notre inquiétude quand on les voit diffuser des contenus aux origines douteuses.

Sélectionne avec soin les informations que tu partages (lire les titres d'article en miniature, ce n'est pas suffisant !) et vérifie les sources, particulièrement quand le contenu est frappant. Œuvrer pour le bien en ligne, comme dans la vie physique, est un devoir commun, peu importe l'influence que l'on pense avoir : tout compte.

APPRENDS À DÉCONNECTER

Veille à ne pas trop te laisser absorber par la vie virtuelle. Les réseaux sociaux sont une composante importante de nos vies sociales et ne pas en être peut vouloir dire rater des choses, mais je te le dis tout de suite : chiller une heure sur TikTok en sortant des cours ou dans les transports, parce que ça te détend, c'est tout à fait OK, mais perdre quatre heures à scroller (ça arrive vite) ne va pas te faire du bien. Ça crée un brouillard mental et, soyons honnêtes, c'est souvent une vraie perte de temps.

Pour t'en convaincre sans te mentir à toi-même, une fois que tu as réussi à poser ton téléphone, ferme les yeux et résume dans ta tête ce que tu as vu durant toutes ces heures, ce que tu as appris ou que tu as savouré. Demande-toi honnêtement si tu as passé un bon moment. Alors ? Pas terrible, hein. Ne te sens pas coupable pour autant d'avoir perdu du temps : les réseaux sociaux, particulièrement via leurs applications sur smartphones, sont conçus pour être ultra-addictifs, si bien qu'il est parfois très difficile d'en détacher les yeux. Mais ça ne doit pas t'empêcher de te fixer des limites, en utilisant par exemple un réveil ou un outil de limitation de temps quotidien sur écran. En réalité, au-delà de la première heure où l'on vérifie messages, *stories* et autres nouveautés, la suite est souvent un temps vide et anxiogène pendant lequel on regarde compulsivement la vie des autres (ce qui ne fait pas toujours du bien). Pour d'autres personnes, c'est l'engagement sur les réseaux sociaux qui peut poser problème : à force de suivre en boucle et des journées entières des contenus qui nous démoralisent, on finit par broyer du noir sans avoir pu agir.

Enfin, parfois (et c'est trop répandu pour que je ne l'évoque pas), il faut reconnaître qu'on utilise les réseaux seulement pour tenter d'attirer l'attention. *Spoiler* : cette *story* que tu mets juste pour obtenir une réponse de ton *crush*, tout le monde la voit, tout le monde capte bien. Loin de nous rapprocher, ces pratiques peuvent finalement nous faire éprouver assez confusément une forme de solitude. Prudence, alors, si tu sens cette addiction te guetter et que tu t'y perds. Il n'est jamais trop tard pour en prendre conscience et pour agir !

POURSUIS TES RÊVES

Ces plateformes peuvent aussi être un bon moyen d'être en contact avec des personnes qui partagent tes passions, ou même de montrer tes talents, quels qu'ils soient. Créer du contenu positif fait du bien à tout le monde et peut t'amener à faire des choses dont tu n'aurais peut-être pas même osé rêver. Évidemment, tout le monde ne perce pas, mais, que ce soit dans le domaine de l'écriture, de la photo ou du chant, on a parfois des surprises. Combien de belles histoires ont commencé sur les réseaux ? Ceux-ci ont redistribué les cartes et permettent désormais à n'importe qui de faire connaître son travail. Alors, si à un moment tu t'en sens le cran, lance-toi, demande à tes proches de partager, mets-toi en contact avec des personnes du même milieu, et surtout, ne lâche pas ! Ce que tu fais a de la valeur, même si on peut toujours se perfectionner.

Ça peut prendre du temps pour que les pièces du puzzle enfin s'assemblent, mais le chemin te procurera bien du bonheur et te permettra non seulement de t'améliorer sans cesse en t'enrichissant au contact de tout ce qui existe déjà et de la créativité incroyable accessible sur les réseaux, mais aussi de rencontrer de formidables personnes aux hobbies et passions similaires aux tiennes. Toutes mes batailles et ce livre ont pour débuts une petite page Instagram de mèmes qui a un jour explosé sans qu'on sache vraiment pourquoi, alors, crois-moi et fonce !

→ VOIR AUSSI : CHILL, CYBERHARCÈLEMENT, HATERS, INFLUENCEURS ET INFLUENCEUSES, MÉDIAS, RÊVES ←

RÊVES

Les rêves sont à la fois les songes qui émaillent nos nuits et tout ce qui nous traverse l'esprit quand on pense à ce qu'on voudrait pour son futur, ses proches, sa vie. Les réaliser est souvent vu comme une fin en soi, alors qu'on pourrait considérer cela comme une façon de laisser place à de nouveaux rêves, pour ne jamais s'arrêter d'expérimenter, de découvrir, de vivre.

NE LÂCHE JAMAIS TES RÊVES

Peut-être qu'à ton âge, tu sais déjà précisément ce que tu souhaites pour ton avenir. Il est même possible que tu n'en aies pas nettement conscience, mais là, quelque part au fond de toi, tu sais ce qui fait briller tes yeux quand tu rêves à ta vie idéale. Tu connais tes plus grands désirs, mais peut-être as-tu laissé tomber en te disant que, de toute façon, tu n'es pas à la hauteur et ne le seras jamais, que c'est déjà raté, que tu as perdu trop de temps et que tu n'auras jamais la capacité.

Et pourtant, tous les rêves réalisés, que ce soit par les artistes, les savants et savantes, ou par ceux et celles qui se rêvaient aventuriers ou aventurières, ou encore parents, sont partis de quelque part. Ne va pas croire que tu lis là une phrase bateau comme Instagram en recèle. Il faut vraiment, un jour, commencer et avoir l'audace de croire que, au-delà de cocher les cases de la vie parfaite des autres et de ce qui t'est demandé, ton bonheur peut passer par poursuivre de façon concrète les rêves qui t'habitent. Rêve de ce que tu veux, toi, pas de ce qu'on t'a dicté ou suggéré. Peu importe ce que c'est. Fais ce que d'autres n'osent pas : vivre et vibrer.

GARDE RAISON ET PATIENCE

Jacques Brel, un chanteur, disait qu'avoir envie de réaliser un rêve, c'était cela, le talent, et que ce talent, c'était de la sueur. Ne deviens pas une de ces personnes qui rêvassent distraitement sans jamais oser se lancer par peur de l'échec, par peur des limites qu'elles se sont un jour fixées. Si tu te raccroches si fort à ce rêve, c'est qu'il a de la valeur. Ne crains pas le jugement : rien de ce que tu feras ne sera exempt de jugement, jamais, même en menant la plus sage des vies. Et d'ailleurs, si tu ne te lances pas, peut-être que tu t'ennuieras tant que, à ce moment-là, c'est toi qui te mettras à te critiquer. Ne sois pas de ces personnes qui contempleront leur vie en pensant moins à ce qu'elles ont fait qu'à ce qu'elles auraient pu ou dû faire. Ne cours pas après la norme si tu sens déjà qu'elle n'est pas pour toi : tu n'y arriveras pas et elle t'étouffera.

Donc lance-toi. N'attends pas. Ne crains pas de voir jusqu'où tu peux aller. Rêve, échafaude des projets, même si c'est grain de sable par grain de sable, perfectionne-toi, mets des choses en œuvre et essaie. Et garde patience : même si ça ne marche pas dès le début, un jour, tout s'alignera. Par ailleurs, quand on décompose les choses et les moyens d'y parvenir, elles deviennent réalisables. Procède étape par étape : établis des plans détaillés en découpant chaque tâche en plus petites tâches, jusqu'à ce que tout soit atteignable. Commence par le plus simple et ce qui t'est déjà accessible, et persévère, en t'accordant autant de pauses qu'il le faudra, mais sans jamais abandonner. Tente ces choses qui te réveillent la nuit et t'agitent dans les moments d'allégresse. On ne sait jamais jusqu'où cela peut mener.

PETIT MOMENT LOVE

Pour être honnête et te dire d'où je parle quand je t'encourage, sache que c'est l'ancienne petite fille solitaire sauvée par les livres qui choisit de se confier dans son propre livre aujourd'hui et de te dire de ne jamais abandonner. La vie est longue et ses surprises font qu'après les souffrances, fleurissent parfois des merveilles qui la changeront du tout au tout. Ne lâche pas. Fie-toi à ces étincelles qui brillent en toi.

VOIR AUSSI : AVENIR, VOYAGE

SANTÉ MENTALE

Quand on parle de santé, il y a souvent une grande oubliée : la santé mentale. Et il faudrait que ça change, car on navigue encore au milieu d'un océan de clichés entourant à la fois les maladies et les différents troubles psychiques. Alors, quand on évoque la santé mentale, de quoi parle-t-on exactement ?

LES MALADIES MENTALES SONT DE VRAIES MALADIES

Qu'elles soient de naissance, héréditaires ou qu'elles aient été déclenchées par des événements de la vie, les maladies mentales ne sont pas plus de la responsabilité des personnes qui en souffrent que les maladies physiques. Il s'agit de dysfonctionnements du cerveau qui, à l'instar de tous les autres organes, peut présenter des faiblesses. Grâce à des thérapies et/ou à un traitement médical adapté, on peut vivre presque normalement avec la plupart de ces maladies, et même en guérir, pour certaines.

CE N'EST PAS JUSTE « DANS LA TÊTE » !

Pour dédramatiser, ou par méconnaissance, beaucoup de personnes (évite d'en faire partie) ont tendance à faire à celles qui souffrent de dépression des réflexions particulièrement déplacées, laissant entendre qu'il suffit de « prendre l'air », « se secouer », ou de « penser à autre chose ». Non, cela ne suffit pas. Ce que ressentent ces personnes, elles ne l'ont pas choisi, et, pour supporter des années de difficultés, elles sont souvent bien plus fortes que la moyenne. Ces maladies mentales peuvent avoir un impact réel sur la vie des gens qu'elles touchent, en les handicapant dans leur vie professionnelle, mais aussi personnelle – jusque dans la gestion de leur quotidien. Un état de dépression, par exemple, peut empêcher toute action, jusqu'aux plus simples, comme manger ou se doucher. Tout semble trop compliqué, comme si l'existence entière se recouvrait d'une chape de plomb. De la même façon, en période d'anxiété, il peut devenir impossible de sortir de son domicile, voire d'avoir des interactions sociales, y compris par téléphone. Ne juge jamais une personne sans savoir ce qu'elle traverse, ni ce que te réservera la vie à toi !

UTILISE LES BONS TERMES

Toujours par souci de respect et de justesse, il est essentiel de déconstruire l'habitude d'utiliser des noms de maladies ou de troubles à tout va. Une personne aux multiples facettes n'est pas « schizo », pas plus que quelqu'un de versatile n'est « bipolaire » ou une personne discrète « autiste ». Il est aussi très malvenu de balancer que tu es « en dépression » devant des gens dont c'est peut-être vraiment le cas sans que tu le saches. On utilise encore moins ces noms comme des insultes : même si pour toi c'est sans conséquence, tu n'as pas connaissance de la situation des individus à qui tu parles ou de leur entourage et en agissant ainsi, tu participes à une culture qui stigmatise les personnes atteintes de maladies mentales – alors que c'est quelque chose de bien plus répandu qu'on ne le croit.

LA DÉPRESSION N'EST PAS UN SIMPLE COUP DE MOU

Bien loin des clichés de la simple baisse de moral qui touche absolument tout le monde à un moment ou un autre, la dépression est une maladie qui résulte d'un dysfonctionnement dans les circuits neuronaux : pour simplifier, le cerveau ne sécrète pas les hormones responsables du bonheur. Au-delà de la tristesse, la dépression est caractérisée par la perte de l'élan vital : moins d'envies, de désir, de plaisir, d'énergie… Tout devient compliqué, épuisant, voire insurmontable – jusqu'à aller dehors, prendre une douche, ou même se lever. Il n'y a pas de solution miracle à cette affection, même si certains ajustements dans sa vie (en quittant des situations ou des gens qui font du mal) peuvent aider. L'essentiel du traitement consiste à travailler avec des spécialistes sur les causes du mal. Un ou une psychiatre pourra, par exemple, proposer une psychothérapie ou prescrire des médicaments adaptés si besoin, pour combler le déficit du cerveau.

Si tu ne te sens pas bien, parle avant que cela n'empire et que tu ne t'enlises. De nombreuses personnes sont confrontées à ce problème au cours de leur vie et il n'y a aucune honte à cela. Mais, à la différence d'un coup de mou, non traitée, la dépression peut durer des années et mener à de bien tristes extrémités, alors que dans l'écrasante majorité des cas, les personnes accompagnées en guérissent, même quand elles ne voyaient initialement plus la vie que comme un long tunnel sans fin. Donc demande de l'aide !

LES TROUBLES ANXIEUX SONT UNE RÉALITÉ

Les troubles anxieux ne sont pas juste le fait de ressentir du stress ou une peur face à un danger précis. Comme la dépression, c'est une maladie mentale chronique : elle peut apparaître une fois à la suite d'un choc ou se manifester par épisodes au cours de la vie. Pour ne pas voir son quotidien entravé par ces troubles anxieux, il faut tâcher de les comprendre. Il peut donc être intéressant de consulter des spécialistes de santé mentale (psychiatre, psychologue ou psychothérapeute, par exemple). Il n'y a à cela aucune honte, pas plus que de consulter un ou une médecin généraliste en cas de pépin de santé physique.

Si tu as un blocage à cause de ton anxiété, traite-toi donc avec autant de bienveillance que si tu t'étais tordu la cheville : c'est un problème légitime et ton entourage le comprendra, même s'il te faut du temps pour l'expliquer.

ON PEUT APPRENDRE À GÉRER LES CRISES D'ANGOISSE

Certaines crises d'angoisse sont très impressionnantes, pouvant entraîner la tétanie, l'évanouissement, la sensation d'étouffer, la peur de mourir ou des symptômes terrifiants comme les phobies d'impulsion. D'autres crises sont plus diffuses et te donneront une sensation d'état second ou d'engourdissement (ce qui peut évidemment être handicapant selon les situations).

DÉFINITION

La **PHOBIE D'IMPULSION** est une terreur obsédante d'être sur le point de faire quelque chose de grave, comme faire du mal à quelqu'un ou à soi-même.

Contrairement à ce que ton anxiété te susurre, on ne meurt pas de ces crises, pas plus que notre cerveau ne s'en retrouve changé à jamais. Dès lors que tu réalises cela, le retour à la terre ferme est plus simple. Si une personne fait une crise en ta présence, isole-la dans l'environnement le plus calme possible et aide-la à respirer plus doucement en le lui rappelant régulièrement d'une voix douce, pour l'apaiser.

Il y a d'ailleurs une technique pour tenter de calmer une crise en utilisant ce qui nous entoure : la technique des cinq sens. D'abord, on se concentre, puis on essaie d'identifier cinq choses que l'on voit, ensuite, quatre choses que l'on entend, trois choses que l'on touche (y compris des parties du corps ou ses propres vêtements), puis deux choses que l'on sent et enfin, une chose que l'on peut goûter. L'idée est de s'extraire de ses pensées qui tournent en boucle en se reconnectant en douceur à ce qui est concret autour de soi.

TRAVAILLE DURABLEMENT SUR TES TROUBLES ANXIEUX

Ce type de troubles peut être héréditaire ou déclenché par un traumatisme. Dans tous les cas, tu n'y es pour rien. Alors ne te sens pas coupable de choses que tu ne maîtrises pas.

En revanche, tu as la chance de pouvoir travailler dessus en examinant les situations qui déclenchent ces manifestations et les peurs que tu ressens. Pour cela, tu peux, si tu en as les moyens, consulter des spécialistes de médecines non conventionnelles (un ou une sophrologue, par exemple) ou plus simplement introduire dans ta vie la méditation. Cela ne remplace en aucun cas un suivi médical si ta ou ton médecin estime que c'est nécessaire, mais ça peut être un complément pour que tu te sentes bien. Même si ça te semble impossible, tu arriveras à coup sûr à calmer tout ce qui bouillonne en toi.

LES PSYS

Un ou une psy, c'est tout simplement une personne spécialisée dans la santé mentale – qui, je le rappelle, est tout aussi importante que la santé physique. Les psychologues, les psychiatres et les psychothérapeutes peuvent accompagner les gens par le biais de psychothérapies. Les psychologues ont un diplôme de master (cinq années d'études supérieures) en psychologie. Les psychothérapeutes suivent un parcours différent et peuvent, par exemple, être aussi sophrologues, hypnothérapeutes, coachs... Il n'y a que les psychiatres, qui sont avant tout médecins, qui peuvent prescrire des médicaments. C'est donc spécifiquement vers ces personnes que l'on se tourne lorsqu'on a besoin d'un traitement.

LANCE-TOI ET VA PRENDRE SOIN DE TOI

C'est compliqué parfois d'admettre qu'on ne va pas très bien. Pourtant, ce n'est pas une légende, il y a dans la vie des hauts et des bas – et aucune honte à cela. Si tu vis un deuil, que tu as des difficultés à l'école ou que tu ne te sens juste pas au top sans y voir de raisons particulières, il est important que tu prennes le temps de démêler la pelote qui brouille ta tête et enserre ton cœur. Si tu te faisais mal ou que tu tombais malade, tu n'aurais aucune honte à aller te faire soigner. Eh bien, là, c'est pareil. Ce qui serait dommage, ce serait de continuer à souffrir par peur ou honte de reconnaître que quelque chose ne va pas. L'idée, ce n'est pas que ce ou cette psy mette sur ta vie un coup de baguette magique : personne ne le peut, même pas toi. En revanche, les psys peuvent t'aider à envisager ce que tu vis différemment, et c'est souvent là que tout commence à changer.

DIS-LE CLAIREMENT À TES PARENTS

Explique à tes parents que ça ne va pas très bien. Ils n'ont pas besoin de savoir pourquoi en détail, mais si c'est à propos de choses dont tu ne souhaites pas parler et qu'ils insistent, tu peux leur dire que c'est pour te sentir plus en confiance à l'école, par exemple. Ce que tu diras au ou à la psy restera entre vous, quel que soit ton âge : c'est ce qu'on appelle « le secret médical ».

Si tes parents ne veulent toujours pas que tu consultes quelqu'un, pour des raisons financières ou autres, renseigne-toi : il y a des psys dans certaines écoles, et si ce n'est pas le cas, l'infirmier ou l'infirmière scolaire pourra te rediriger. En ville, on trouve aussi des centres médico-psychologiques, où tu peux te rendre après l'école. Et tu peux toujours téléphoner anonyment et gratuitement au Fil Santé Jeunes (0 800 235 236), dont les conseillers et conseillères ont une grande capacité d'écoute et peuvent te donner des conseils utiles et pratiques sur à peu près tous les aspects de ta vie.

CHOISIS LA BONNE PERSONNE

Si tes parents acceptent que tu ailles voir quelqu'un et que tu dois choisir dans la jungle des psys de ton secteur, n'hésite pas à demander une recommandation à des camarades, des enfants d'amis de tes parents, ou tout simplement à ta ou ton médecin traitant. C'est important que tu trouves quelqu'un avec qui tu te sens bien et en confiance, et si la première personne que tu vois ne te convient pas, ce n'est pas grave d'en changer. Les premières séances sont toujours étranges, car on a l'impression qu'il faut d'un coup réexplorer toutes les facettes de sa vie. C'est un peu vertigineux, mais on se sent rapidement mieux et à l'aise de raconter tout ça ! Si tu fais partie de la communauté LGBTQIA+, ou d'une autre minorité, tu peux aussi t'adresser à quelqu'un de reconnu comme *safe*, qui connaît bien les problématiques spécifiques de ce que tu vis.

TU N'ES PAS BIZARRE

En France, une personne sur trois a recours à des psys. D'ailleurs, ce serait plus simple si tout le monde y allait à un moment ou un autre, juste pour faire le point ou pour surmonter les périodes compliquées. Mieux se connaître et se comprendre permet de s'aimer plus facilement et d'avancer avec sérénité. Pourquoi se priver ? Ne t'inquiète pas si tu n'as pas encore franchi le cap : un jour, tu trouveras la volonté de te raconter.

Tu n'as aucune obligation à en parler, mais si jamais on te pose la question ou qu'on découvre que tu vois quelqu'un pour aller mieux, tu n'as pas à t'en cacher ; consulter un ou une psy ne signifie ni que tu es bête ni que tu es une source de danger, et cela ne te confine ni à l'anormalité ni à la marginalité. Les thérapies sont destinées aux personnes qui font le choix de prendre soin de leur santé mentale, qui ne se laissent pas abattre et qui refusent de faire comme si tout était parfait. Cette décision est probablement l'une des meilleures de ta vie, alors n'en rougis pas !

SOIGNE TA SANTÉ MENTALE AU QUOTIDIEN !

Même si tu as la chance de ne souffrir d'aucune des maladies citées ici, ce n'est pas une raison pour négliger cet aspect-là de ta vie. Dans une société où on valorise le fait de vivre à cent à l'heure plusieurs vies (professionnelle, sociale, familiale…) sans jamais se poser pour réfléchir, la santé mentale est souvent sous-estimée. Or il s'agit de te sentir bien et apte à avancer dans l'existence, car la santé mentale conditionne le développement de tout le reste. Entretiens-la bien !

Pour cela, il y a plein de choses simples à mettre en place (qu'on n'applique pas toujours parfaitement, et je sais de quoi je parle) :

- Si des personnes ne te font pas du bien, que tu es mal à l'aise ou même triste après avoir passé du temps avec, il faut envisager de t'en éloigner.

- Dors bien (huit à neuf heures), et à des horaires réguliers – y compris le week-end !

- Mange correctement, c'est-à-dire autant que tu en as besoin (*spoiler* : les régimes ne fonctionnent jamais), de manière équilibrée et avec régularité.

- Quand tu as le choix entre deux choses ou deux situations aux conséquences égales et aux mêmes coûts, ne choisis que ce qui te plaît à toi, sans prendre en compte des paramètres extérieurs.

- Ne bois pas d'alcool, en tout cas pas tous les jours – il dégrade non seulement la qualité de ton sommeil mais aussi ton moral, que tu en aies conscience ou non.

• Fais du sport ou toute autre activité qui t'aère et te défoule. Être dehors – et encore mieux, dans la nature – aide beaucoup le mental !

• Ne te force pas à faire des choses négatives (critiquer les autres, suivre des personnes que tu n'aimes pas sur les réseaux, relire de vieux messages douloureux, regarder en boucle les mêmes actualités déprimantes…) : l'empreinte sur ton cerveau est bien plus importante que tu ne le penses.

• Rappelle-toi que tout ce que tu fais te rend vivant ou vivante, que les hontes ne durent pas plus que les colères, et qu'un jour, même les plus grandes tristesses sont balayées.

→ VOIR AUSSI : BONHEUR, CONFIANCE, RÉSEAUX SOCIAUX, STRESS, SUICIDE ←

SANTÉ PHYSIQUE

Concernant la santé physique, on pense toujours très naturellement en premier à la maladie. Pourtant, elle recouvre des réalités bien plus larges : la santé physique est globalement l'état, bon ou mauvais, de ton corps et de l'ensemble de ses composantes et fonctions.

L'IMPORTANCE DE LA SANTÉ

La santé est un bien précieux que rien ne peut acheter. On s'en rend souvent compte lors de maladies bénignes mais pénibles, comme les angines ou les gastros : on est vraiment bien quand on a toutes nos forces. Alors, profite de ta chance si tu es en parfaite santé, sans grosse maladie ou souffrance chronique, c'est quelque chose d'important.

Il est indispensable de surveiller ta santé physique, que ce soit lors de bilans périodiques respectant les recommandations en vigueur (en pratiquant des examens gynécologiques à intervalles réguliers, par exemple) ou en allant chez un ou une spécialiste quand un doute survient. N'aie jamais honte d'aller voir des médecins : il vaut mieux avoir fait une erreur et ne rien avoir, plutôt que de développer quelque chose de grave sans s'en rendre compte parce qu'on a eu peur d'avoir l'air bête.

Si tu as des problèmes de santé, tiens bon. Ils peuvent s'atténuer voire guérir complètement, naturellement ou grâce aux progrès grandissants de la médecine. Ces soucis peuvent te sembler très injustes. Mais ce qui est sûr, c'est que tu ne les as pas cherchés et que ce n'est pas de ta faute. Il y a une grosse part de hasard, mais aussi de prédispositions, et tu n'as rien fait pour être malade. Si dur que cela soit, on peut vivre avec des troubles chroniques et on peut survivre à de graves maladies.

LA SANTÉ DES AUTRES

On ne juge pas de la santé des autres à leur apparence physique (on ne juge pas de la santé des autres tout court, d'ailleurs !). Il faut par exemple sortir des clichés relatifs à la corpulence : certaines personnes très minces sont en mauvaise santé, et le fait d'avoir un corps en adéquation avec les normes de beauté n'y change rien.

Quand des personnes autour de toi sont touchées par des maladies, n'insiste jamais pour en parler. Si on décide de t'en parler, arrange-toi pour bien comprendre, pour mémoriser les informations et pour ne plus avoir à poser de question. Essaie aussi de trouver un équilibre dans ta réaction : ne surréagis pas (pas la peine d'ajouter du stress à la personne en lui rappelant la gravité de sa situation), mais ne minimise pas non plus (c'est toujours bon de trouver du réconfort). Et surtout, n'explique pas à une personne malade que tu sais mieux qu'elle ce dont elle est atteinte.

LES COMPOSANTES D'UNE BONNE SANTÉ PHYSIQUE

- Une alimentation équilibrée et suffisante (sous peine de manquer des nutriments essentiels pour bien grandir et alimenter tes organes) ;
- Un sommeil suffisant (dix heures par nuit idéalement, huit à neuf heures minimum) et régulier ;
- Une hydratation efficace (à hauteur d'un litre et demi d'eau par jour, c'est bien plus capital qu'on ne le pense) ;
- Pas de substances toxiques — ou le moins possible —, que ce soit les drogues, l'alcool ou le tabac ;
- La pratique d'un sport qui te fait plaisir ;
- L'entretien de ta santé mentale, car tout se rejoint !

VOIR AUSSI : FATIGUE, DROGUE, SANTÉ MENTALE, SPORT

SEINS

Ces compagnons un peu encombrants te tombent dessus à la puberté, t'apportant parfois confusément gêne et fierté. Cela va commencer par l'apparition d'une petite glande derrière les aréoles (ces petits ronds roses sur ton buste), qui va se développer progressivement.

LES SEINS PARFAITS N'EXISTENT PAS

On devrait l'avoir en tête depuis longtemps, mais voilà : on ne nous lâche pas avec les stéréotypes, les images retouchées et les injonctions. Alors, martelons-le haut et fort : il n'y a pas de forme, ni de couleur de téton, ni de taille de seins idéales. Les modes vont et viennent, garde bien ça en tête si les tiens ne te semblent pas coller assez à la tendance de l'année.

C'est normal d'avoir des poils autour des tétons. Comme l'essentiel des mammifères, tu en as sur tout le corps pour le protéger, pourquoi cette zone-là serait-elle épargnée ? D'expérience, je peux te garantir que personne ne les voit à part toi, mais si vraiment ça te complexe, sors ta pince à épiler.

Oh, et c'est tout à fait normal aussi que les seins ne soient pas symétriques. Encore une fois, ne te fie pas à des modèles retouchés : la plupart des seins sont un peu plus écartés que sur ces clichés, et ils ne tiennent pas naturellement aussi haut.

LE SOUTIF, C'EST TON CHOIX !

Tu n'as aucune obligation de mettre de soutien-gorge ! Fais-le parce que tu en as envie pour des raisons esthétiques ou pratiques (les seins, surtout gros, peuvent ballotter de façon douloureuse dans les escaliers ou pendant le sport, particulièrement en période de règles, quand ils sont gonflés), mais pas parce qu'on te dit d'en porter. La légende selon laquelle ne pas porter de soutien-gorge fait à terme tomber les seins est fausse.

Si tu choisis d'en porter, fais-toi bien conseiller pour leur achat, au moins pour les premiers : un soutien-gorge à la mauvaise taille ou ne correspondant pas à la forme de tes seins sera très inconfortable.

Tu n'as pas besoin d'en changer tous les jours (selon ton niveau de transpiration, il peut tenir deux à quatre jours), alors deux ou trois exemplaires seront suffisants… d'autant plus que tes seins peuvent pousser étonnamment vite !

→ VOIR AUSSI : ANATOMIE, COMPLEXE, POILS, PUBERTÉ ←

SÉRIES

Il existe des séries pour tous les goûts : certaines te feront passer le temps en te divertissant, te mettront de bonne humeur ou te terroriseront, quand d'autres t'apprendront plein de choses. Alors, comment se repérer dans cette jungle des possibles ?

DU CHOIX À N'EN PLUS FINIR

Tu t'en es rendu compte en parcourant les catalogues des plates-formes de streaming : la production de séries est désormais très importante à travers le monde, et il est souvent difficile de faire son choix. Au-delà des séries actuelles – dont beaucoup sont d'excellente qualité, car elles disposent d'importants moyens pour dire le monde de façon aussi belle et pertinente que les films –, n'hésite pas à jeter un coup d'œil aux séries plus anciennes, certaines sont passionnantes. D'ailleurs, tes séries favorites sont peut-être ce que l'on appelle des *reboots*, c'est-à-dire de nouvelles versions de séries anciennes.

DORS UN PEU QUAND MÊME !

Attention au *binge-watching*. Même si elles sont particulièrement addictives (dédicace au petit sentiment de vide quand on en termine une qu'on aime tout particulièrement), ne te laisse pas happer par les séries : passer du bon temps, oui, se priver d'heures de sommeil en semaine parce qu'on ne peut pas s'empêcher de regarder deux ou trois épisodes supplémentaires, non !

LA FICTION N'EST PAS LA VRAIE VIE

Tout le monde y est beau ou charismatique, chaque situation est exceptionnelle et tout s'enchaîne comme si les destins étaient écrits… Et pour cause ! L'intensité qui s'affiche à l'écran n'est pas réelle : il ne peut pas se passer tout le temps autant de choses incroyables dans ta vie que dans ta série préférée… parce que ta vie n'est pas scénarisée – et ce n'est peut-être pas plus mal, tu ne crois pas ?

QUELQUES SÉRIES SUR DES SUJETS QUI TE CONCERNENT

Attention, avant de te lancer dans une nouvelle série, vérifie que la catégorie d'âge à laquelle elle est destinée te concerne. Ce n'est pas pour t'embêter, mais parce que certaines images fortes peuvent laisser une empreinte indélébile si ton développement mental et émotionnel ne te permet pas encore tout à fait de les accueillir.

- *Sex Education* : sexualité et inclusivité
- *Dear White People* : racisme
- *Skam* : adolescence et questions de société
- *Atypical* : la vie d'un ado autiste
- *13 Reasons Why* : harcèlement scolaire, suicide et violences sexuelles (attention, certains contenus peuvent heurter ta sensibilité)
- *Pose* : histoire des personnes transgenres et racisées
- *Sense8* : sexualité, différences et inclusivité
- *Euphoria* : adolescence et questions de société (attention, certains contenus peuvent heurter ta sensibilité)
- *Normal People* : sexualité, amour et consentement
- *Please Like Me* : homosexualité et suicide

VOIR AUSSI : CHILL, CULTURE, TÉLÉ-RÉALITÉ

Sexe

Voilà probablement un sujet dont tu entends déjà beaucoup parler : le grand mystère qui peuple les discussions et l'aura qui enveloppe ceux et celles qui l'ont « déjà fait ». En vérité, on ne sait jamais tout dessus – ça n'occuperait pas autant les conversations, sinon –, mais il y a beaucoup à en dire. Amour, consentement, performance : autant de vastes sujets à explorer. Peut-être as-tu la chance de pouvoir en parler librement avec des adultes, en famille par exemple, mais si ce n'est pas le cas, pas d'inquiétude : tout le monde est passé par les mêmes questionnements, il n'y a pas de honte, et tu devrais obtenir ici pas mal de réponses sur tout ce qui te tracasse.

C'EST À TOI DE DÉCIDER QUAND ÇA VA SE PASSER

Il n'y a pas de bon moment pour avoir une relation sexuelle. Tu veux coucher dès la première rencontre ? Fais-le. Tu veux patienter une très longue période, même si on te dit que c'est trop ? Fais-le. Tu as totalement le droit de prendre ton temps et tu ne dois de relation sexuelle à personne : ni à celle ou celui avec qui tu vas l'avoir, ni à ton entourage, parfois un peu pressant. Ne te force pas, écoute-toi, ne te mets pas la pression.

Être « vierge », « puceau » ? La belle affaire. Ça ne regarde personne. Je te promets que, quoi que tu puisses croire, tu n'es pas à un an près. Si une voix à l'intérieur de toi te dit que ce n'est pas le moment – ça vaut pour la première fois comme pour toutes les suivantes –, alors écoute-la. Tu peux attendre : tu as toute la vie devant toi, et aucune loi ne t'oblige à avoir des relations sexuelles. D'ailleurs, tu as aussi le droit de n'avoir jamais, ou très peu souvent, d'attirance pour le sexe : cela s'appelle l'« asexualité » et c'est tout à fait OK. Finalement, rappelle-toi toujours (et n'hésite pas à le rappeler aux autres, que ce soit ta famille ou tes potes, quand ils et elles te mettent la pression) que ce qui se passe dans ta sexualité ne regarde qu'une seule personne : toi.

COUCHE AVEC ABSOLUMENT QUI TU VEUX

Il n'y a pas non plus de bon choix de personne : tu couches avec qui tu veux, quelle que soit son identité de genre, et avec le nombre de personnes que tu veux. Tu as envie de ne coucher qu'avec une seule personne et de ne pas multiplier les expériences ? Écoute-toi : si tu n'as ressenti aucune autre attirance et que tu as envie de t'engager de façon exclusive, alors c'est simplement bien comme ça. Si tu as envie de coucher avec plusieurs personnes, mais que tu crains d'avoir une longue liste de partenaires, pose-toi ces questions : qui ça regarde à part toi ? En quoi ta valeur pourrait-elle être déterminée par le nombre de corps qui ont échangé avec le tien, ou même par le nombre d'histoires d'amour que tu as vécues ? Tu ne dois aucun compte à personne, pas même aux partenaires qui te le demanderaient avec insistance ou à tes potes qui voudraient faire la course. Qui que tu sois, et quel que soit ton âge, trop de facteurs (périodes de couple ou de célibat, appétit sexuel, ambiances...) entrent en compte pour qu'il puisse y avoir un nombre de partenaires parfait ou du moins « respectable ». Tout cela n'est pas une affaire de compétition, ni de performance, ni d'honneur.

La société dans laquelle nous évoluons, même si elle change, nous impose des schémas jusque dans ce domaine intime – c'est ce qu'on appelle l'« hétéronormativité ». Par défaut, on considérera que les hommes iront naturellement vers les femmes et vice-versa, donc que tout le monde est hétérosexuel. Pourtant, ce n'est pas vrai : tu as bien le droit d'avoir des rapports sexuels avec une fille si tu es une fille, avec un garçon si tu es un garçon : le genre importe peu, alors suis tes attirances ! N'hésite pas à écouter ton instinct quand il te dit d'aller vers l'autre.

GARDES-EN POUR TOI !

Tu n'as aucune obligation à raconter tes relations sexuelles en détail, et d'ailleurs, par respect pour tes partenaires, ce serait aussi bien de ne pas le faire. Que ce soit l'anatomie, les pratiques ou les attitudes des personnes avec qui tu couches, tu as partagé avec elles un moment d'intimité qui ne regarde que vous et doit se délimiter au moment précis où cela s'est déroulé. Alors, ne fais pas aux autres ce que tu n'aimerais pas qu'on te fasse et ne dévoile pas à des tierces personnes les secrets précieux que vous vous êtes confiés par la parole ou par les gestes. On ne se vante pas en révélant des choses intimes sur les autres, pas plus qu'on ne critique après coup.

Si tu le souhaites en revanche, tu peux partager avec tes potes les petites hontes que toi, tu as vécues, comme les pets vaginaux (qui sont en réalité des appels d'air tout à fait normaux, mais qui surprennent la première fois). Cela vous permettra aussi d'échanger de bons conseils. Je t'en donne deux tout de suite : faire pipi après une relation sexuelle (et ça vaut pour tout le monde), ou bien penser à changer de doigt quand on change de trou – particulièrement de l'anus au vagin – sinon gare aux infections !

ATTENTION AUX NUDES !

Évidemment, l'idée n'est pas de te dire que si quelque chose arrivait à tes *nudes*, ce serait ta faute : ce n'est pas le cas et ça ne le sera jamais. Diffuser des *nudes* est quelque chose de grave, qui est d'ailleurs passible d'un an d'emprisonnement et de 45 000 € d'amende selon l'article 226-1 du Code pénal.

Simplement, n'envoie pas de photos intimes à des personnes que tu soupçonnes mal intentionnées – on le sent souvent. Si tu n'as pas confiance à 100 %, si tu as l'impression qu'on te force la main, ou si tu fais ça juste en espérant autre chose en échange, abstiens-toi.

Si tu as envoyé de façon totalement consentie des *nudes* à une personne avec qui la relation s'achève, tu peux tout à fait lui demander d'effacer devant toi les photos ou vidéos en question. Il n'y a pas de raison de les conserver, à part si tu le souhaites vraiment, et il vaut mieux t'en assurer avant que le temps passe et apporte son lot de mauvaises surprises.

LE PORNO, C'EST DU CINÉMA

Le porno, ce n'est pas la réalité : tout y est simulé – comme dans n'importe quel genre cinématographique, finalement. Les personnes que tu y vois sont des acteurs et des actrices, et n'ont pas toujours librement choisi d'avoir ces relations sexuelles ensemble. Leur plaisir exhibé est souvent faux, comme tu verrais dans d'autres films des personnes simuler la joie, la tristesse ou tout autre type d'émotion. Leur corps est leur outil de travail : ils sont donc « fabriqués » et ne représentent PAS la majorité des corps – ce n'est pas grave de ne pas y ressembler, et ça n'est pas non plus souhaitable. D'ailleurs, les positions que tu peux y voir ne seront pas forcément adaptées ou agréables pour toi : suivant notre anatomie, certaines nous vont, d'autres moins. Comme *a priori* ce n'est pas ton métier, tu n'as pas à tout maîtriser à 100 %.

LE CONSENTEMENT EN TOUTE SÉCURITÉ

Tu dois toujours t'assurer de l'accord de tes partenaires, avant toute relation mais aussi avant et pendant chaque acte que tu souhaiterais. Ce n'est pas parce que tu as déjà couché avec une personne qu'elle est OK pour du sexe en permanence, et ce n'est pas parce que tu es déjà en train de coucher avec elle qu'elle est partante pour absolument toute pratique. T'assurer du consentement de l'autre à chaque fois que c'est nécessaire ne casse pas la dynamique, au contraire : ça permet de voir, en temps réel, ce qui fait envie ou non à la personne, et de vous assurer une expérience optimale.

Évidemment, même si on connaît la personne et qu'on la considère comme *clean* (*spoiler* : ça ne veut absolument rien dire), et en l'absence de tests négatifs : on se protège ! Il existe des préservatifs intérieurs et extérieurs, qui sont nécessaires quand bien même une contraception est en place, pour éviter tout type d'infection. En cas d'impossibilité de se procurer un préservatif (oui, ça arrive, alors essaie de prévoir), on se limite au sexe non pénétratif (pas de fellation ou de cunnilingus non plus !)… jusqu'à la prochaine fois !

PAS DE PRESSION À LA PERFORMANCE !

Toujours à cause du porno, mais aussi des discussions avec les potes – et même quand l'idée est de décomplexer – on a tendance à faire peser une pression énorme sur le sexe. Déjà, tout comme il n'y a pas de schéma à respecter, il n'y a pas de durée idéale pour un rapport sexuel. Cela peut être long, parce que ça prend plus de temps pour se lancer, ou parce qu'on veut vraiment y aller doucement. Et à l'inverse, parfois, c'est très court, et ça n'indique absolument rien sur la qualité du rapport. L'avantage, c'est que tout le monde a sa temporalité à découvrir et qu'on peut refaire l'amour autant de fois qu'on le veut à la suite, si la première fois n'a pas complètement satisfait les deux partenaires !

On parle aussi beaucoup d'orgasme, au point qu'on peut se mettre la pression. Pourtant, l'important dans un rapport est de partager quelque chose, d'éprouver réciproquement du plaisir, mais pas de jouir à tout prix. Si toi ou la personne avec qui tu couches n'a pas d'orgasme, ce n'est pas grave. Communiquez, discutez-en, utilisez des lubrifiants et/ou des objets, mais rappelez-vous que plein d'autres paramètres entrent en compte : il peut y avoir une raison psychologique, une fatigue ou tout autre état (coucou l'alcool !) qui rend plus difficile l'accès à l'orgasme. Ça ne veut pas dire que tu es un « mauvais coup » ou que tu es « frigide », juste que ce n'était pas le bon moment. Tu n'es pas une machine, et parfois, de fait, tu as plus ou moins la tête ailleurs.

Oh, d'ailleurs, si tu n'as pas la tête à ça ou si ça n'est pas à ton goût : pas la peine de simuler ! Oui, pas mal de monde le fait et ça avance à quoi ? Eh bien, à pas grand-chose – à part évidemment à améliorer ton jeu d'acteur ou d'actrice. Tu auras juste échappé à un dialogue qui aurait pu débloquer bien des choses, notamment montrer à l'autre comment te faire plaisir. On a vu plus utile, donc ne vous fais pas perdre ce temps.

LE SEXE EN SOLO ?

Le sexe en solo est un art sexuel à part entière : on appelle cela la « masturbation ». Dans le temps, c'était tellement considéré comme choquant (comme à peu près tout ce qui ne relevait pas de la reproduction) qu'on disait que ça rendait sourd. Alors, non, ce n'est pas grave de se masturber, c'est même parfaitement normal. Tu peux le faire de la façon que tu veux, avec tes mains, avec des objets (nettoie-les bien au savon avant et après !) ou en te frottant à ce qui te plaira – pas en public, évidemment. À cette occasion, tu peux avoir envie de te remémorer des souvenirs, d'imaginer des choses, d'écouter, de lire ou de regarder du porno, ou même de faire le vide… N'hésite pas d'ailleurs à ritualiser ta pratique et à en faire un vrai moment avec toi-même. Fond sonore, jolis sous-vêtements, miroirs, lumières tamisées : faire l'amour avec soi-même, c'est toujours faire l'amour !

Autre chose, tu peux pratiquer la masturbation même quand tu es avec quelqu'un : quitte à avoir un clitoris, par exemple, autant en profiter pour qu'il soit stimulé, y compris pendant une pénétration. Tes envies sont la priorité et, avec le consentement de l'autre, on ne te tiendra pas rigueur de vouloir maximiser ton plaisir de toutes les façons possibles.

LES PRÉLIMINAIRES, ÇA N'EXISTE PAS !

Dans la lignée des vieilles légendes toujours, je vais t'en raconter une qui a particulièrement porté préjudice à tout le monde pendant bien trop longtemps : celle selon laquelle tout autre acte sexuel que la pénétration (sexe oral, masturbation mutuelle…) ne serait qu'un « préliminaire » – c'est-à-dire quelque chose qui précéderait le « vrai sexe », celui où un pénis pénètre un vagin. Oui, c'est bête. Le sexe oral, c'est déjà du sexe !

Le cunnilingus est l'action de lécher une vulve, ce qui peut être particulièrement plaisant si ce n'est pas pratiqué mécaniquement. Car il n'y a pas de mode d'emploi et on trouve autant de façons de faire qu'on trouve de vulves. On peut utiliser les doigts, sucer les lèvres, aspirer le clitoris, mordiller les cuisses, toucher toutes les parties du corps qui nous plaisent en même temps...

La fellation est l'action de sucer un pénis et, à nouveau, il n'existe pas de technique parfaite. On peut le mettre dans sa bouche jusqu'au point qui nous va (attention à ne pas vomir !), on peut exercer des pressions sur le gland (en faisant attention au frein), ou on peut balader ses doigts (toujours avec le consentement de l'autre).

Dans tous les cas, il n'y a pas de technique magique qui marche avec tout le monde, et c'est bien ça, la magie : la diversité ! Alors, écoute l'autre, regarde ses expressions, demande-lui tout simplement si ça lui plaît, fais des pauses si besoin pour lui parler, l'embrasser – et bien sûr, vérifie toujours son consentement.

N'UTILISE PAS LE SEXE POUR AUTRE CHOSE QUE POUR LE PLAISIR

Ne couche pas avec quelqu'un parce qu'il ou elle t'a mis la pression : sur le moment, peut-être que tu arriveras à te convaincre que c'est OK, parce que l'autre aura été très persuasif ou persuasive, mais tu regretteras sûrement ensuite que ce soit allé trop vite à ton goût, ou même que ça se soit passé tout court.

Pour grappiller des derniers moments, ça peut aussi être tentant de recoucher avec son ex. Pose-toi bien la question de ton consentement, celui tout au fond de toi. Si tu fais ça non pas pour la relation sexuelle en elle-même, mais dans l'espoir qu'elle relance votre relation, alors il s'agit davantage d'une sorte de négociation qui a peu de chances d'aboutir, et ce moment risque d'avoir pour seul effet de te replonger dans la peine de ce que tu as perdu.

Il peut y avoir du sexe sans amour, il peut y avoir de l'amour sans sexe, mais fais attention quand même à tout ça. Dans les deux cas, il faut s'assurer que c'est bon pour les deux personnes et que rien ne manque à aucune des deux. Une relation sans amour sera peut-être difficile pour l'une des personnes et, même si c'est plus simple de la jouer cool, désinvolte, « sans prise de tête », la tendresse qui peut entourer certaines relations sexuelles peut toucher nos petits cœurs plus qu'on ne le voudrait. Préserve bien le tien et celui des autres : sois honnête avec toi-même comme avec tes partenaires.

VOIR AUSSI : ANATOMIE, CONTRACEPTION, DÉSIR, FÉMINISME, IST, ORIENTATION SEXUELLE, PORNOGRAPHIE, PREMIÈRES FOIS

SOLITUDE

Cet état permet de se retrouver avec soi-même. La solitude est l'occasion d'un peu de calme, mais elle peut aussi nous sembler compliquée, bizarre, voire douloureuse, là où il paraît plus cool de se montrer en permanence en compagnie de plein de monde.

LA PEUR TERRIBLE DE LA SOLITUDE

La solitude peut nous faire éprouver des sentiments dont on se passerait bien : avoir de la rancœur contre les autres, ressentir un manque pour des personnes non essentielles, se sentir moins bien, déprimer. Dans un monde où la plupart des gens adorent avoir du monde autour, cela peut même être vécu comme quelque chose d'humiliant. En vérité, tout le monde ne passe pas sa vie à scruter ce que tu fais. Ne cultive donc pas trop cette crainte ! S'entourer, oui, mais pas à n'importe quel prix.

La pire des solitudes, c'est de se sentir seul ou seule même au milieu des autres, ce que tu as peut-être déjà expérimenté à un moment où tu étais très triste, par exemple. C'est comme être au milieu de la chaleur et se sentir de glace. Heureusement, un jour, ça passe. Cette sensation, tu peux aussi l'éprouver si tu fréquentes des personnes qui te mettent mal à l'aise ou avec qui tu n'arrives pas à être toi-même. Le vide de la solitude ne sera absolument pas comblé par ce type de compagnie.

PRENDS LA SOLITUDE COMME UNE ALLIÉE

La solitude peut avoir du bon en ce qu'elle permet de se concentrer sur soi davantage. Pour de nombreuses personnes, c'est *a priori* moins agréable ou stimulant que d'être au milieu du monde, du bruit, de l'agitation constante, mais c'est ce qui permet à ton cerveau de se reposer et de traiter toutes les informations pour te faire avancer.

On cherche souvent à se fuir soi-même. Pourtant, la solitude peut aider à encaisser des émotions très fortes sans avoir à dire à d'autres des choses qu'on regretterait ensuite. Elle permet aussi d'éviter de chercher à tout prix chez les autres ce qui est en réalité un manque en nous : pense à ces personnes qui multiplient les relations amoureuses ou les *crushs*, dont elles se débarrassent sitôt que ce vide semble un peu comblé. Malgré les apparences, ce n'est pas en accumulant les rencontres qu'on guérit ce qui est tout au fond de nous.

C'est une vraie victoire que d'enfin réussir à apprécier la solitude, que ce soit en se baladant, en écoutant de la musique, en bricolant, ou bien en ne faisant rien du tout. Il s'agit en fait de prendre du temps qualitatif avec soi-même et de se sentir exister au-delà du regard des autres. Profites-en pleinement, plutôt que de seulement faire passer le temps entre deux interactions sociales. Tout est bon à prendre pour vraiment se rencontrer. C'est l'occasion, face à toi-même, d'apprendre à te connaître et à t'apprécier en tant que personne. Ça paraît peut-être naïf, et pourtant, c'est sûrement la clé de ton amour-propre, alors ne la néglige pas.

→ VOIR AUSSI : AMITIÉ, AMOUR, BONHEUR, CHILL ←

SPORT

Faire du sport est absolument capital pour ta santé mentale – même si l'activité n'est pas intensive, comme aller marcher – et pour ta santé physique. Cela cultive aussi ta détermination, et quelle fierté quand on se voit progresser !

LANCE-TOI !

C'est difficile, quand on n'a pas l'habitude, de soudain se mettre au sport et de s'astreindre à cette routine. Pourtant, elle fait tellement de bien une fois qu'elle est installée dans notre vie ! Il y a toujours un sport qui te convient, auquel tu n'as peut-être même pas pensé. Car, oui, il y a autre chose que le 3 x 500 m du lycée ou la salle de sport. Démarre progressivement pour ne pas te dégoûter ni te blesser, mais avec régularité – tu peux d'ailleurs commencer avec des potes.

TROUVE CE QUI TE PLAÎT

Il existe une grande diversité de sports : les sports d'équipe pour développer les liens et se dépasser en groupe, les sports de combat pour la défense et la tenacité, les sports d'adresse, les sports nautiques, les sports de glisse… Tout est possible ! Alors, dans la mesure de tes moyens, n'hésite pas à te lancer. Certains sports ont l'avantage de ne nécessiter aucun matériel, et multiplier les disciplines peut te permettre, tout en t'amusant, d'effectuer les trois séances de sport hebdomadaires hautement recommandées aux 5-17 ans par les médecins – en plus des trente minutes de marche quotidienne.

RESPECTE TES LIMITES

Ne te juge pas si tes performances ne sont pas incroyables, ce n'est pas le but ! Tu dois avant tout faire du bien à ton corps et à ton esprit, et les reconnecter ensemble.

N'écoute pas non plus tous les mauvais conseils qui fusent de partout : par exemple, le sport à jeun ou la course à pied en k-way sous le soleil écrasant, c'est non. Certaines règles sont à respecter : échauffe-toi avant, étire-toi après, hydrate-toi avant, pendant et après ta séance. Et si tu fumes, ne le fais pas juste avant ni dans l'heure qui suit (tes poumons seront grands ouverts).

→ VOIR AUSSI : SANTÉ MENTALE, SANTÉ PHYSIQUE ←

STAGE

Le stage est une courte période que tu passes dans une entreprise pour découvrir son fonctionnement, un métier et le monde du travail afin de t'aider à décider de ton orientation professionnelle.

UNE ENTRÉE DANS LE MONDE DES ADULTES

Un stage, c'est l'occasion pour toi de découvrir ce que c'est que d'avoir un rythme de travail, des missions… et des responsabilités ! Car oui, durant ce stage, non seulement tu vas comprendre à quoi servent toutes ces connaissances que tu accumules depuis le début de ta scolarité, mais en plus, tu pourras avoir la satisfaction de mener à bien des tâches qui s'inscrivent dans celles de l'entreprise qui t'accueille – une belle façon de te rendre compte que tu es capable de bien des choses, pas mal pour la confiance en soi, non ? Tu vas aussi rencontrer des personnes qui pourront te conseiller et avec qui tu pourras garder contact.

TIRES-EN PROFIT !

Quelle que soit la durée de ce stage, l'essentiel est que tu t'y sentes bien et utile. Ta priorité est d'apprendre des choses sur un métier et de découvrir s'il te plaît ou non, donc le choix du lieu est essentiel. N'hésite pas à te faire aider par tes profs (qui suivront ton parcours durant le stage) pour cibler le domaine qui te convient le mieux, puis identifie plusieurs entreprises, si cela t'est possible. Pense à écrire des lettres personnalisées pour chacune des entreprises auprès desquelles tu postules, pour montrer que tu connais bien leurs activités et dire en quoi tu pourrais y participer. Lors de la prise de contact, mais aussi à ton arrivée, n'aie pas peur de poser un maximum de questions : tu es là pour apprendre, tout le monde est passé par là, donc personne ne t'en voudra. C'est le moment d'emmagasiner le plus de connaissances et de compétences possible qui te seront utiles pour la suite de ton parcours, alors profite !

VOIR AUSSI : AVENIR,
VOIE PROFESSIONNELLE

STRESS

Le stress peut être paralysant comme extrêmement stimulant. Quand on ressent du stress, on appréhende quelque chose de réel : quelque chose qui va se produire, qui représente un enjeu pour nous et pour lequel nous voulons être à la hauteur. Il est à distinguer de l'angoisse ou de l'anxiété.

UN AMI UN PEU MALADROIT

Souvent, tu stresses parce que ce qui va se passer te tient à cœur. Je crois que même les personnes les plus à l'aise, compétentes, voire charismatiques du monde connaissent le stress dans des moments pareils, quelle qu'en soit la durée.

Comme pour toute sensation désagréable, les deux meilleures choses à faire sont d'une part d'apprendre à l'anticiper pour ne pas trop en souffrir, et d'autre part, quitte à ce qu'elle soit là, de s'en servir pour en tirer quelque chose de positif. Parce que oui, parfois, le stress peut être un moteur. On stresse jusqu'au moment où on se jette à l'eau. Une fois qu'on est dedans, les choses se mettent en place, même si on se sent dans une espèce d'état second.

DÉSTRESSE !

En cas de stress, tu peux pratiquer ce que l'on appelle en sophrologie la « respiration en carré ». Pose-toi dans un endroit calme (tu peux même fermer les yeux) et inspire pendant dix secondes, retiens ta respiration pendant dix autres secondes, expire sur dix secondes, retiens ta respiration pour dix nouvelles secondes… et recommence. Tu peux aussi choisir une musique qui t'inspire confiance et apaisement, pour la réécouter dans ces situations et te rappeler que ça ne peut que bien se passer, comme les fois d'avant. Quoique te dise ton cerveau à ce moment-là, tu es capable, promis?

Car tout va bien se passer. Le cerveau nous joue des tours dans ces moments-là. Il te prive peut-être même de sommeil les nuits entières qui précèdent l'événement stressant, pour voir jusqu'où peuvent aller tes possibilités… et elles sont infinies. Tu as déjà triomphé de situations où tous tes moyens te semblaient t'échapper. Garde en photo cette page, si besoin, et relis-la. Tout le monde stresse. Et la vie continue. Crois en toi, l'instant où tu te lances ne représente que quelques secondes d'une vie !

→ VOIR AUSSI : SANTÉ MENTALE ←

SUICIDE

Le suicide, c'est se donner la mort de façon volontaire. Tu en as entendu parler, qu'il s'agisse de célébrités, ou peut-être de personnes de ton entourage proche ou éloigné – et tu y as peut-être même déjà pensé. Il y a un gros tabou et beaucoup d'idées reçues à propos du suicide, ce qui rend d'autant plus nécessaire le fait d'en parler ouvertement.

QU'EST-CE QUE LE SUICIDE ?

Le suicide résulte d'une grande souffrance. Pourtant, des gens peuvent endurer longtemps des choses très difficiles sans jamais le faire, tout comme d'autres choisiront soudain la mort alors que rien ne laissait imaginer cette issue. Cela vaut pour toutes les questions de santé mentale : on n'est jamais dans la vie ni dans la tête des autres. Personne n'est à même de comprendre entièrement les raisons qui ont poussé quelqu'un à la mort. Se suicider n'est ni une preuve de faiblesse, ni un acte d'égoïsme. Aussi difficile que cela puisse être à vivre de l'extérieur, rappelle-toi que la personne avait ses raisons – même si la colère que tu ressens peut-être est humaine. Quand il s'agit d'une personne que tu ne connaissais pas bien et dont le décès ne te touche pas directement, nul besoin de donner ton avis : juger un tel acte n'avance à rien.

SI QUELQU'UN QUE TU CONNAIS SE SUICIDE

Selon Santé publique France (santepubliquefance.fr), 9 000 personnes se suicident chaque année. Si cela arrive autour de toi, sache déjà qu'il est entièrement normal de ressentir de la stupeur, de la tristesse, ou même de la colère. Bien que cela varie en fonction des croyances de chacun et chacune, culturellement, notre société considère la mort comme une fin. C'est pourquoi il est d'autant plus compliqué de comprendre comment une personne peut choisir cette solution, plutôt que n'importe quelle autre.

Peut-être ressens-tu aussi un profond doute. Particulièrement quand on est jeune, vivre un cas de suicide fait résonner des choses très profondes en nous, sur la vie et la façon de gérer les épreuves. Il est donc entièrement normal que beaucoup de questions se bousculent en toi, tout comme il est important que tu en parles non seulement avec des proches, mais aussi, si tu le peux, avec des spécialistes de santé mentale, qui sauront t'apporter les clés pour encaisser ce choc.

Il est naturel, après le suicide d'une personne proche, de vouloir t'entourer de gens qui la connaissaient aussi, car vous vivez une épreuve commune et êtes à même de vous soutenir mutuellement. Pourtant, prends bien garde à te ménager des moments à toi ou avec d'autres personnes non concernées, pour te sortir un petit peu la tête de tout ça. Même si tu n'as pas envie d'en parler, il s'agit juste ici de t'aérer. Si tu prends en charge toute la tristesse des autres sans jamais laisser libre cours à la tienne, tu ne tiendras pas sur la longueur du deuil. Non seulement ce sera encore plus difficile pour toi, mais tu ne seras plus capable d'aider les autres.

UN DE TES PROCHES VEUT SE SUICIDER

Première chose absolument capitale : ne t'improvise pas psy pour tes proches. Aussi solide et de bon conseil sois-tu, tu ne le seras jamais assez pour porter et soulager l'autre dans une telle situation.

En revanche, c'est très important que l'on t'ait confié une souffrance, et ce n'est pas, comme tu le sais, à prendre à la légère. Assure la personne qu'elle est importante, pour toi et même en général, mais aussi qu'elle est normale, et que traverser tout ça n'en fait pas quelqu'un de faible. Tu peux aussi, en t'appuyant sur des exemples de ta vie, de la sienne ou de celles de gens que vous connaissez, lui montrer qu'aux périodes très sombres succèdent de meilleurs moments – et que tu seras là dans les deux cas. Enfin, tu peux lui suggérer de consulter un ou une spécialiste de la santé mentale, voire l'accompagner dans ses démarches pour trouver THE psy – sans jamais la brusquer, j'insiste, ni faire les choses derrière son dos.

Pour te protéger, parce que ce n'est pas à toi de prendre ce poids sur tes épaules (et que tu n'en as pas les compétences), tu peux proposer d'en parler à une tierce personne que vous connaissez, ou bien toi-même en parler à une personne extérieure de confiance, sans mentionner le nom de la personne qui est en difficulté. Face à quelque chose d'aussi lourd pour toi, cherche de l'aide sans attendre ! Cela vaut aussi quand tu observes chez des potes des comportements nouveaux (isolement, colère permanente, forte tristesse), à risque (addictions ou mises en danger : on peut chercher la mort à petit feu de mille façons). L'idée est que tu puisses échanger sur ces observations, non seulement pour garder les idées claires, mais aussi pour t'enlever un peu de charge émotionnelle.

TU PENSES AU SUICIDE

Quand on va mal, notre cerveau nous fait réévaluer non seulement notre présent mais aussi notre passé, voire notre futur, sous un spectre négatif. Ainsi, on a l'impression que, jusqu'ici, notre vie n'a été que malheureuse, et qu'elle le sera toujours, et il est très difficile dans une telle période de se détacher de cette vision des choses. C'est extrêmement difficile, mais je t'assure que ça peut se guérir et finir par passer.

Il est très important que tu verbalises ça auprès de tes proches. Si personne autour de toi ne te semble à même de recueillir et de comprendre ta parole – ça arrive, et je te jure que la solitude ne dure pas toute une vie –, d'autres peuvent le faire.

Si cela t'est possible, tu dois recourir à des spécialistes de santé mentale – cela peut d'ailleurs se faire de façon gratuite et anonyme. Même si, pour l'instant, cela te paraît impensable, échanger avec un ou une psy peut te permettre d'identifier ce qui te fait tant souffrir, t'aider à vivre avec et peut-être même t'amener à le dépasser. Tu peux aussi appeler le 3114, un numéro de téléphone gratuit qui te permettra de parler à quelqu'un rapidement.

→ VOIR AUSSI : AMITIÉ, DEUIL, MORT, SANTÉ MENTALE ←

TÉLÉPHONE

C'est presque réducteur d'appeler « téléphone » un outil qui sert aussi à prendre des photos, aller sur les réseaux sociaux, se repérer, écouter de la musique, et même s'éclairer dans le noir, alors que la plupart d'entre nous ne passent presque plus d'appels, pas vrai ? Penchons-nous sur cette petite boîte qui ne te quitte jamais. On peut tout faire avec elle, mais, au vu des effets néfastes sur la concentration de cet appareil aux sollicitations constantes, fais en sorte que ça ne devienne pas aussi une raison pour ne rien faire.

L'INDISPENSABLE DANS TA POCHE

Traite-moi de boomeuse, mais comme toutes les générations avant la tienne, je suis fascinée de voir que ce truc, qui servait juste à téléphoner de n'importe où (à une époque qui te semble peut-être préhistorique : il y a quinze ans), et qui a ensuite permis d'envoyer des textos, puis d'écouter de rares musiques (qu'on s'envoyait via Bluetooth), puis d'aller sur le Net (WAP), puis de prendre des photos (à l'époque toutes floues et pixélisées), puis de consulter des applications... ce même truc sait maintenant faire à peu près tout de manière super efficace. Le problème, c'est que le téléphone a remplacé nos GPS, nos baladeurs, nos montres et réveils, nos appareils photo, nos télés ou nos livres, tous nos moyens de communication – parfois même les ordinateurs. Pas facile de s'en détacher... Depuis quand n'as-tu pas quitté la maison sans ton téléphone pour faire quelque chose ?

DÉCONNECTE-TOI ET SOUFFLE !

Première chose : ce n'est pas grave si tu n'aimes pas les appels, il y a les SMS pour ça. Et quand tu sais qu'une personne de ton entourage n'aime pas téléphoner, préviens-la que tu voudrais l'appeler – c'est beaucoup plus répandu qu'on ne le pense !

Au-delà de ça, tu as le droit de ne pas être disponible parfois, un peu comme quand tu dors. Le mode avion, la désactivation de certaines notifications et le compteur de temps d'écran (quand le téléphone en est doté) sont des outils formidables pour ne pas te laisser absorber trop longtemps. Tu peux aussi te fixer comme objectif de ne pas recharger ton téléphone de la journée ou de le tenir loin dès que c'est possible. C'est même souvent une bonne solution pour faire redescendre le stress.

Si tu es accro au scroll, fais-le sur des applications qui t'intéressent VRAIMENT, ou bien utilises-en qui sont liées à la relaxation ou à tes passions (tu peux lire plein de trucs intéressants et même apprendre une nouvelle langue !), et surtout, prends l'habitude de poser ce téléphone quand tu dois passer un vrai moment IRL ! Même si nous sommes beaucoup à savoir tout faire en même temps, ce n'est jamais agréable d'être avec quelqu'un qui est vissé à son écran lors d'une discussion, un repas, une soirée, ou même un film.

J'AI PAS DE TÉLÉPHONE

À quel âge peut-on avoir un téléphone ? C'est quelque chose que tu dois voir avec tes parents directement, en fonction de leurs limites. Généralement, cela commence à être utile dès lors que tu te déplaces en autonomie, pour rentrer du collège par exemple. Tu peux aussi les convaincre en négociant des horaires précis d'utilisation. C'est normal de leur part de vouloir te protéger de ce qui peut devenir une vraie addiction.

J'AI UN TÉLÉPHONE NUL !

Ton téléphone passe les appels ? Tu peux répondre aux SMS ? Prendre des photos ? Consulter Instagram ou WhatsApp ? C'est déjà top. Oui, ne pas avoir le dernier modèle comme les potes est rageant, mais ça t'épargne au moins un truc : le stress constant de le casser, de le perdre, ou qu'il soit volé. Qui c'est qui a un portable de *warrior* ?

→ VOIR AUSSI : RÉSEAUX SOCIAUX ←

TÉLÉ-RÉALITÉ

Un type d'émissions de télé (que tu regardes peut-être sur ton ordinateur ou ton téléphone) occupe beaucoup les discussions (que les personnes les suivent ou non, d'ailleurs) : la télé-réalité. Il faut toutefois avoir conscience que ce genre audiovisuel relève en fait plus de la télé que de la réalité...

POSE TON CERVEAU, MAIS PAS TOTALEMENT

Sur ton temps libre, tu peux bien te distraire comme tu le souhaites. Les gens qui jugent veulent souvent montrer leur supériorité. Pourtant, regarder des émissions de télé-réalité n'est pas plus bête que de scroller sur Instagram pendant des heures, de regarder bon nombre de films ou séries, ou même de participer à certaines discussions. Comme pour d'autres activités peu coûteuses en énergie, tu as le droit de te vider la tête devant de temps en temps. Ça peut aussi faire un sujet de conversation avec tes potes, mais aie quand même un regard critique, car tout n'est pas bon à garder !

MÉFIE-TOI DES APPARENCES

Les émissions de télé-réalité propagent beaucoup de stéréotypes. Il n'y a aucun problème à ce qu'une femme fasse de la chirurgie esthétique ou qu'un homme se transforme grâce à la musculation, mais garde en tête que ça ne représente en rien des codes à suivre absolument. Le corps des personnes que tu vois dans ces émissions constitue une grosse partie de leur métier et elles y consacrent beaucoup de temps et d'argent – ce dont tu ne disposes pas forcément.

En parlant d'argent, la vie de tout ce petit monde a de quoi faire rêver, quand on connaît les sommes astronomiques gagnées pour, soi-disant, seulement partir en vacances entre potes et faire des placements de produit sur les réseaux sociaux. Mais, à vraiment y réfléchir, est-ce de l'argent si facile quand tu sacrifies ta vie privée, ta tranquillité, et que tu dois sans cesse créer de nouveaux conflits pour continuer à exister ? Certaines choses sont plus fatigantes qu'elles n'y paraissent, penses-y bien avant de faire des plans de carrière.

LA TÉLÉ N'EST PAS LA RÉALITÉ

Ces émissions te montrent un drôle de modèle amoureux. Dans la vraie vie, il y a beaucoup plus d'amours LGBTQIA+, et les relations sont plus complexes que le schéma rapide qu'on t'y présente : se repérer, se mettre en « pré-couple », se mettre en couple, se tromper, se quitter, se disputer et recommencer. Les filles y sont traquées dès leur arrivée, puis reçoivent de nombreuses injonctions à supporter les comportements pénibles des garçons avec qui elles « sortent », à les « pardonner », à « agir en femmes » si elles les « aiment vraiment ». On repassera pour le modèle féministe – mais ne nous leurrons pas : ce qui s'y passe est un reflet grossi et caricaturé des clichés à l'œuvre dans notre société.

Au-delà de ces schémas amoureux pas terribles, et parce que ce que l'on visionne nous influence forcément, prends aussi garde à la glorification d'une certaine culture de l'agressivité, du harcèlement, mais aussi du sexisme. Les hommes ont toujours raison face à des candidates féminines interchangeables qui sont autant de jolis rôles secondaires.

LES PREMIÈRES TÉLÉ-RÉALITÉS

Les stars des premières émissions de télé-réalité, au début des années 2000, étaient poursuivies par les paparazzis et gagnaient jusqu'à 1 million d'euros !

- *Loft Story*
- *Star Academy*
- *Popstars*
- *La Ferme célébrités*
- *L'Île de la tentation*
- *Bachelor*
- *Queer, cinq experts dans le vent*

VOIR AUSSI : CÉLÉBRITÉ, CHILL

TIMIDITÉ

Tu n'es pas à l'aise en public, tu n'oses pas aller vers les autres, peut-être même que tu rougis, bafouilles ou transpires quand tu rencontres une personne que tu ne connais pas ou lorsque tu essaies de parler en public : c'est ce que l'on appelle la « timidité ». Et la bonne nouvelle, c'est que ce n'est pas grave.

NE TE LAISSE PAS IMPRESSIONNER

Certaines personnes sont extraverties (c'est-à-dire très à l'aise socialement), et alors ? Même celles qui te semblent les plus éloignées de toi ont une vie normale, avec son lot de problèmes. Dis-toi aussi que, parmi ces gens, certains ont tout aussi peur que toi des autres et compensent juste du mieux qu'ils peuvent en donnant de la voix.

N'AIE PAS HONTE D'ÊTRE TIMIDE

Tu as peur de t'exprimer en public, de ne pas être à la hauteur, de ne pas trouver les bons mots : au fond, c'est une peur de décevoir les autres... ou soi-même. Si cela relève plus d'un manque de confiance que de ton caractère, dis-toi que ça va évoluer avec le temps : tu vas grandir, apprendre à te connaître et gagner en assurance.

Rassure-toi sur un point : tu n'as pas moins d'intérêt aux yeux des autres parce que tu es timide. Tout le monde a ses qualités, sans forcément savoir les exprimer publiquement, et c'est pour celles-ci que les gens qui te connaissent bien t'aiment autant.

TRAVAILLE SUR TOI

L'éloquence (l'aisance dans l'expression et le langage) n'est innée que chez de très rares personnes, sinon, elle s'apprend. Répète à l'avance les discussions qui t'inquiètent, force-toi à prendre la parole en classe ou dans des lieux publics en te fixant de petits défis, va discuter avec des gens que tu ne connais pas, inscris-toi à des activités comme le théâtre, qui t'aideront à t'affirmer. Tu en vaux la peine !

VOIR AUSSI : CONFIANCE

TOLÉRANCE

La tolérance, c'est accepter que d'autres puissent agir différemment de nous et c'est admettre qu'on puisse avoir une autre façon d'être, de penser ou de vivre. Accepter la différence d'autrui, c'est s'enrichir en comprenant ce que l'on n'est pas, en découvrant la vie au-delà de notre point de vue et de notre histoire. Dans une société idéale, ce terme ne devrait même pas exister, parce que tout le monde devrait vivre ensemble sans avoir le moindre droit de regard sur l'autre.

UN VRAI EXERCICE MENTAL

Le plus souvent, on parle de tolérance à l'égard des personnes racisées, LGBTQIA+, en situation de handicap… Si ça te semble, à toi, relever du bon sens, sache que ce n'est toujours pas naturel pour tout le monde – notamment pour un certain nombre de personnes bien plus âgées que toi.

Faire preuve de tolérance envers les personnes qui sont différentes de nous, par choix ou non, c'est accepter de détourner son regard de sa seule existence qui, malgré les difficultés qu'elle comporte, est peut-être quand même bien plus facile que celle d'autres personnes. Il existe de multiples formes d'oppressions qui peuvent toucher les autres, des oppressions que l'on ne subit pas soi-même et dont on n'a peut-être pas conscience, même si on souffre pour d'autres raisons. Mais c'est encore compliqué à reconnaître pour beaucoup de gens, qui font souvent montre d'une forme d'égocentrisme qui s'explique parfois par la souffrance, parfois par un manque de connaissances, parfois enfin par une éducation spécifique aux milieux sociaux ou géographiques dont ils ne sont jamais sortis.

Malheureusement, l'ignorance engendre la peur, voire la méchanceté. Or, il est bien plus simple de choisir de ne pas voir les injustices et de ne pas essayer de comprendre les autres. Mais rejeter les autres, c'est leur refuser le droit d'exister en tant que personnes, et c'est totalement injuste. Il est donc essentiel de prendre connaissance des difficultés que rencontrent les autres et d'accepter le fait qu'on a certains privilèges, avant d'essayer de changer les choses à notre échelle.

NE TOLÈRE PAS TOUT

Tout n'est pas acquis, même si les choses avancent. Pourtant, certaines personnes crient (et ce sont souvent les gens qui justement détiennent beaucoup de privilèges) qu'« on ne peut plus rien dire ». Ce que ces personnes défendent, c'est une vision de la liberté d'expression selon laquelle on pourrait absolument tout dire, y compris proférer des propos haineux envers d'autres personnes, qu'elles soient femmes, LGBTQIA+, adeptes d'une religion, ou simplement d'un autre bord politique. Or il faut savoir que ces propos haineux sont punis par la loi.

Même avec la plus grande des tolérances, on ne doit donc pas accepter que tout soit dit. Il faut tolérer les désaccords et toujours préférer le dialogue aux attaques ou à la fuite, parce qu'on ne détient pas la vérité absolue, mais il ne faut pas tolérer l'intolérance. Quand les mots se transforment en actes, cela devient encore plus dangereux. Certains propos très violents remettent en cause la liberté et même la vie des autres. La tolérance s'arrête là où commence la violence. On a pu voir, comme tu l'étudies sûrement à l'école, les dégâts que l'existence de tels discours dans le débat public ont pu faire.

Ne laisse pas des propos qui te dérangent être tenus devant toi. Si tu t'en sens le courage, argumente et discute : le travail que tu fais là servira toujours à ce que quelqu'un d'autre n'ait pas à entendre les mêmes horreurs, et peut-être même pourras-tu faire changer la personne d'avis. Interroge ses raisons et invite-la à ouvrir les yeux sur d'autres réalités et à faire preuve de compréhension, montre-lui que la diversité fait entièrement partie de notre histoire... Mais arrête-toi avant de perdre patience : t'énerver te fera du mal et bloquera la personne dans ses positions. Je crois qu'on ne change jamais mieux les choses qu'en faisant preuve d'un calme olympien – plus tu dialogueras, plus tu le verras.

VOIR AUSSI : BACKLASH, FÉMINISME, FOI, RACISME

TOXICITÉ

La toxicité désigne tout ce qui agit comme un poison sur toi. On entend énormément ce mot, mais ce qui importe, c'est de savoir la repérer pour mieux s'en détacher.

TIENS-TOI LOIN DES RELATIONS TOXIQUES

Les personnes toxiques t'empoisonnent, par essence. Même si on se voile la face, on finit par s'en rendre compte. Ces gens te font sentir mal à l'aise, voire triste. En leur présence, tu as du mal à être toi-même, comme s'il fallait toujours marcher sur des œufs pour ne pas créer de situations gênantes ou conflictuelles, et tu préfères dissimuler ce que tu penses vraiment, de peur que ce soit mal pris, jugé ou répété. Après les avoir vus, tu as le ventre noué, tu te sens vide et mal – peut-être même que tu rejoues avec honte certains moments dans ta tête.

Ce sont pourtant parfois des personnes que tu n'as pas le choix de croiser (si elles sont de ta famille ou dans ta classe, par exemple). Peut-être même que tu recherches leur compagnie, et c'est un peu normal : quand des gens sont toxiques avec nous, cela nous dévalorise et on a naturellement tendance à chercher coûte que coûte leur approbation, pour restaurer notre estime de nous-mêmes. On peut aimer profondément des personnes toxiques qui nous aiment en retour. La question n'est malheureusement pas là : parfois les gens aiment mal. Il est alors préférable de prendre du recul par rapport à cette relation, quelle qu'elle soit, pour la laisser mûrir... ou l'écarter définitivement.

Ne te sens pas coupable si tu as expérimenté ou expérimentes cette dépendance, mais sois honnête avec toi-même et prends les décisions nécessaires : tu peux, par exemple, avoir une discussion sérieuse sur ce que tu ressens (dans ce cas, méfie-toi des belles promesses), changer ta façon de te comporter à l'égard de la personne (en t'autorisant à la contredire, en la voyant moins ou en développant des liens avec d'autres), ou encore couper les ponts (sache que, même si cela te fait perdre des opportunités ou un certain entourage, promis, ça libère).

L'AMOUR NE SUFFIT PAS

Quitte à le redire parce que ce point est capital : parfois, on peut comprendre avec douleur qu'on est soi-même toxique pour quelqu'un que l'on aime énormément. Tu peux être une très bonne personne, sans l'être pour l'autre malgré la meilleure volonté du monde, parce que vos attentes dans la relation, quelle qu'elle soit, sont différentes, parce que vous n'avez pas le même *timing* ni les mêmes besoins ou les mêmes façons de communiquer, parce qu'enfin tu l'aimes tant que tu estimes qu'à ce moment précis, cette personne mérite mieux que ce que tu peux lui apporter. C'est toujours un crève-cœur de quitter quelqu'un qu'on aime, mais je crois (et tu t'en rendras compte) que la plus belle preuve d'amour est de savoir s'oublier un peu pour laisser à quelqu'un son bonheur et sa liberté... même si c'est loin de nous.

NE SOIS PAS TOXIQUE POUR TOI-MÊME !

Se couper des personnes toxiques, c'est bien, mais à condition de ne pas l'être pour soi-même ! Quand tu as envie de te trouver moins bien que les autres, de lister ce que tu as raté ou de croire que rien dans ta vie ne va marcher, demande-toi si tu ferais preuve de si peu de bienveillance avec une personne que tu aimes. Resterais-tu proche d'une personne qui te traite comme tu te traites toi-même ?

Aie aussi conscience que certains comportements, même s'ils te soulagent à court terme, sont toxiques pour toi. Par exemple, et je te parle ici de ce que je connais très bien, faire la fête est extrêmement plaisant sur le moment. On passe de beaux instants et des nuits fabuleuses, qui laissent au cœur des souvenirs impérissables. Oui, mais voilà, le corps s'en souvient aussi, et durablement. Alors, fais ce dont tu as envie, mais n'en abuse pas ! Sortir avec ses potes de temps en temps, oui, mais si ça doit arriver très souvent (rappelle-toi que même si « tout le monde le fait », ça reste mauvais pour la santé), tâche de profiter sans boire à l'excès ni trop veiller. Tu peux profiter ET t'économiser ! Ce que je te dis ici vaut également pour l'alimentation ou pour tout autre plaisir pouvant vite virer à l'addiction.

Quand rien ne va, il faut s'accorder de la détente et un certain lâcher-prise, c'est-à-dire du répit. Mais une fois que tu retrouves un peu d'énergie et le moral, prends le temps d'évaluer les habitudes qui ponctuent ton quotidien et demande-toi si toutes sont bonnes pour ta santé physique et mentale. C'est une bonne occasion pour arrêter de fumer (ou ne plus s'autoriser de cigarettes qu'en de très rares occasions) ou pour cesser de *stalker* ces gens que tu adores détester juste pour t'énerver ! La vie est déjà suffisamment complexe, alors sois ton propre ange gardien et épargne-toi.

→ VOIR AUSSI : AMITIÉ, AMOUR, BIENVEILLANCE, FAMILLE ←

TRANSPIRATION

La transpiration est un phénomène physiologique courant par lequel ton corps dégage de la sueur. Il devient alors humide, et cela peut être odorant. En fait, des glandes s'activent pour que ton corps reste à température ambiante. C'est donc tout à fait naturel et important pour la santé.

N'AIE PAS HONTE DE TRANSPIRER : C'EST NATUREL !

Tout le monde transpire. Simplement, les gens transpirent plus ou moins (beaucoup plus à partir de l'adolescence), et différemment selon les zones du corps.

CERTAINES SITUATIONS FAVORISENT LA TRANSPIRATION (OU SUDATION) :

- Le sport et les températures élevées (c'est une des raisons pour lesquelles il faut boire plus d'eau en été) ;
- Les émotions vives (coucou, les timides !) ;
- L'alimentation (notamment, pour les personnes peu habituées, la nourriture épicée).

Tu penses vraiment pouvoir éviter chacune de ces situations ? Non. Tu transpires parce que tu es un être humain. Il n'y a pas de complexe à avoir. Cela dit, ne t'inquiète pas : il existe des astuces pour limiter les désagréments (notamment les odeurs incommodantes) au maximum.

VOICI DES PRINCIPES FACILES À OBSERVER :

- Change tes draps chaque semaine : on transpire beaucoup la nuit.
- Lors de la douche, frotte-toi particulièrement bien les aisselles, les parties intimes et les pieds (sous, et entre les orteils !) en t'aidant d'un gant ou d'une brosse.
- Pour les aisselles, utilise plutôt un déodorant naturel, que ce soit une pierre d'alun, ou un déo que tu fabriqueras toi-même avec de l'huile de coco et du talc : les produits antitranspirants ne sont pas bons, car ils ont pour but d'empêcher un processus naturel. Évite également les déodorants comprenant de l'aluminium, qui sont possiblement cancérigènes. Si malgré ça, tu as des auréoles et que ça te gêne, privilégie les hauts de couleurs foncées et évite les matières synthétiques !

• Pour les pieds, mets des chaussettes ou des collants propres chaque jour. Enlève tes chaussures en arrivant à la maison, essaie de ne pas mettre la même paire deux jours de suite. Ces conseils t'éviteront aussi des mycoses ! Si tes chaussures commencent à sentir mauvais (ce qui peut être particulièrement gênant dans les vestiaires ou si tu vas chez quelqu'un), saupoudre-les de bicarbonate de soude, que tu laisseras agir toute la nuit.

• Tu éviteras aussi la plupart des odeurs de transpiration en changeant de sous-vêtements quotidiennement et de tee-shirt tous les deux jours (en évitant, autant que possible financièrement, les tissus synthétiques).

ASTUCE POLITESSE

Ne fais jamais remarquer à quelqu'un qu'il ou elle sent la transpiration devant tout le monde, et évite de médire sur les autres, de façon générale : cela peut arriver à n'importe quel moment et à n'importe qui. Si l'odeur t'incommode, par exemple dans les transports, tu peux te déposer discrètement une goutte de parfum entre les deux narines.

VOIR AUSSI : COMPLEXE, FLUIDES

TRAUMATISME

Un traumatisme découle du choc violent ressenti à la suite d'un ou de plusieurs événements au cours desquels on a vu notre intégrité ou celle d'une personne extérieure menacée. Les traumatismes ont des répercussions sur nos comportements et sur notre vie en général.

LES SYMPTÔMES DU TRAUMATISME

Un traumatisme peut se manifester de façons très diverses : troubles du comportement alimentaire, phobies, troubles du sommeil, dépression, souvenirs persistants, anxiété sociale, cauchemars, et même ce que l'on nomme « syndrome du stress post-traumatique ». On peut aussi, d'ailleurs, vivre des événements potentiellement traumatiques sans en concevoir de traumatisme.

Même quand il semble enfoui, le traumatisme peut réapparaître à tout moment par le biais de stimulus (ou *triggers*) : une odeur, un bruit, un son, mais aussi un rêve, un récit, un film, des actualités… Sans parler des traumatismes dus à des événements graves, certains traumatismes liés à de grandes désillusions peuvent se réactiver chaque fois qu'une situation similaire se présente. Si cette blessure ne guérit pas, cela peut constituer (par exemple, dans le domaine professionnel ou affectif) de vrais freins dans la vie.

Un traumatisme peut même être issu de choses dont on ne se rappelle pas, ou confusément. Tes traumatismes sont légitimes même s'ils concernent des choses qui te paraissent anecdotiques, ou qui sont totalement insignifiantes pour les personnes autour, et même s'ils sont liés à des événements très anciens. Pour ces mêmes raisons, ne te moque pas des traumatismes des autres et ne conteste pas non plus le fait que telle ou telle situation ait pu les marquer en profondeur.

Dans le cas d'événements graves, le cerveau peut enclencher un puissant mécanisme de protection : le déni. Cela explique pourquoi les traumatismes ne se manifestent parfois que très longtemps après.

TU PEUX VIVRE APRÈS UN TRAUMATISME

Il existe plusieurs manières de prendre en charge un traumatisme. On peut, par exemple, suivre une psychothérapie qui ira chercher en profondeur dans notre esprit tout ce qui est associé à ce choc, choisir une thérapie EMDR (basée sur les mouvements des yeux) – qui est particulièrement utilisée pour soigner le stress post-traumatique –, ou encore s'orienter vers un ou une psychiatre, qui peut nous prescrire un traitement médicamenteux adapté pour nous aider. On peut aussi progressivement repousser le traumatisme grâce à une pratique artistique nous permettant de nous exprimer, ou en participant à des groupes de parole constitués de personnes touchées par les mêmes problématiques. Mais quoi qu'il en soit, il est essentiel d'agir pour pouvoir guérir son ou ses traumatismes.

Les traumatismes peuvent nous changer profondément, nous abattre ou parfois au contraire nous donner l'énergie de déplacer des montagnes. En tout cas, contrairement à ce que disent certains dictons, tu peux tout à fait ne pas essayer de tirer des enseignements de tes blessures ou les transformer en forces. D'ailleurs, l'existence serait tout de même préférable sans souffrance, quelles qu'en soient les potentielles conséquences positives, mais les difficultés sont le lot de tout le monde. Heureusement, on vit avec et parfois, on s'en remet.

→ VOIR AUSSI : SANTÉ MENTALE, TROUBLES ALIMENTAIRES ←

TROUBLES ALIMENTAIRES

Les troubles du comportement alimentaire (ou TCA) sont des troubles liés à l'alimentation qui peuvent avoir de lourdes conséquences sur la santé mentale et physique.

À L'ORIGINE DES TROUBLES ALIMENTAIRES

L'idée selon laquelle les troubles alimentaires seraient seulement « des régimes qui dégénèrent » est un énorme cliché : le problème est beaucoup plus complexe. On ne devient pas anorexique, par exemple, juste pour mincir. Il y a bien des personnes chez qui ces troubles apparaissent à cause de la pression sociale ou familiale (provoquant notamment une obsédante volonté de maigrir), mais ce n'est pas le seul facteur. Ton âge est celui (passionnant mais aussi très difficile) des grands changements. On ne se reconnaît plus physiquement, on n'est pas toujours bien psychologiquement et on fait ce qu'on peut pour répondre à ce mal-être.

Alors parfois, pour pallier le stress ou les manques et ces vides qui semblent se creuser très fort à l'intérieur de toi, tu peux avoir envie de manger d'énormes quantités de nourriture sans raison apparente. Pour contrôler un petit peu mieux ce corps et cette vie en bouleversement, te maîtriser à des moments où tout bouge, tu as peut-être déjà essayé de te priver de nourriture – et tu as ainsi eu l'impression de renforcer ta volonté. Les troubles alimentaires se déclenchent parfois par besoin de contrôle, au milieu d'une vie où on a l'impression que tout s'accélère sans qu'on ait le pouvoir de décider quoique ce soit. Manger trop ou trop peu, ça peut aussi être une punition que l'on s'inflige à soi-même pour quelque chose de mal qu'on a l'impression d'avoir fait, ou une façon d'attirer enfin sur soi l'attention dont on peut manquer.

TYPES DE TROUBLES ALIMENTAIRES

Cette liste montre les troubles alimentaires les plus répandus, notamment chez les adolescentes, qui peuvent se combiner ou non, et se succéder par phases ou non.

• Anorexie : privation stricte et volontaire de nourriture qui peut être associée à une activité physique intense.

• Hyperphagie boulimiques : lors de crises, ingestion compulsive de nourriture en très grande quantité et dans un laps de temps réduit, jusqu'au mal de ventre.

• Boulimie : crises d'hyperphagie avec une volonté de contrôle du poids, donc souvent suivies de vomissements ou associées à une pratique sportive excessive.

• Orthorexie : obsession pour une alimentation saine, aboutissant à un régime strict excluant des aliments de plus en plus nombreux (sucre, sel, matière grasse, etc.).

IL N'Y A PAS À AVOIR HONTE : PARLES-EN ET FAIS-TOI AIDER

Tu peux avoir une perception erronée de ton corps pour plein de raisons. Le problème, c'est bien ce regard que tu portes sur toi, pas ton anatomie (c'est pour cette raison que cela ne sert à rien d'essayer de raisonner une personne anorexique). Tout le monde peut être concerné à un moment ou un autre par des troubles alimentaires (10 % de la population en serait atteinte), même des gens que tu ne soupçonnes pas. Il y a une forte pression de la société sur les corps, notamment féminins bien sûr, mais aussi masculins : les garçons peuvent aussi être touchés.

Tout comme on a peu de prise sur notre santé physique, on ne choisit pas ce qui atteint notre santé mentale. Alors, ce n'est pas honteux d'expérimenter des troubles du comportement alimentaire – et heureusement, dans la plupart des cas et avec un traitement adapté, on s'en sort. Comme pour tout trouble psychologique, quand tu en souffres, tu as l'impression qu'il te sera impossible d'en sortir, mais ce n'est pas vrai. Tu peux aller voir des psys – il y en a dont c'est la spécialité – qui t'aideront à traverser cette période compliquée grâce à des thérapies adaptées, qui sont de plus en plus efficaces et qui éviteront des répercussions graves de ces troubles sur ta vie. Il faut prendre cela très au sérieux : on estime que le taux de mortalité de l'anorexie est de 5 à 10 %.

Ce sujet est tabou, mais tu es légitime. En famille ou dans ton entourage amical, si on te fait des réflexions sur ton poids ou ton corps, tu as tout à fait le droit de dire que ça te met mal à l'aise. Réciproquement, ne fais pas de commentaires sur le corps des autres et abandonne tes clichés. Et pour une question de savoir-vivre, ne critique pas le poids des gens. D'ailleurs, à moins qu'on ne sollicite explicitement ton avis, dire à quelqu'un « Tu as grossi » ou « Tu as maigri » n'est ni un compliment ni une remarque pertinente. Une variation de poids peut masquer bien des raisons dont tu n'as pas forcément idée. C'est pour ça qu'il ne faut pas non plus dire qu'une personne très mince est forcément anorexique : on ne doit jamais utiliser le nom d'un trouble pour qualifier le physique ou les comportements d'une personne.

QUELQU'UN AUTOUR DE TOI A DES TROUBLES ALIMENTAIRES ?

Des signes peuvent aider à repérer ce genre de troubles chez nos proches, comme des traces sur les mains (dues aux vomissements forcés), une tendance à parler constamment de nourriture et de restriction, ou la disparition des règles. Si c'est le cas de quelqu'un que tu connais très bien, à qui tu tiens et réciproquement, tu peux essayer de lui demander discrètement si tout va bien. Si cette personne se confie à toi et te confirme avoir un problème d'ordre alimentaire, assure-la de ton soutien, rappelle-lui qu'il n'y a rien de honteux et propose-lui de l'accompagner dans ses démarches pour qu'elle se fasse aider.

Ne juge jamais quelqu'un qui a des troubles alimentaires, même si tu estimes qu'il y a des « problèmes plus graves » ou que la personne est très belle, et donc qu'« il n'y a aucune raison ». Ce genre de raisonnements ne l'aidera pas, et tu dois comprendre que la dysmorphophobie (c'est la vision erronée de son propre corps, aussi bien de sa corpulence que, par exemple, des traits de son visage), qui accompagne fréquemment les troubles du comportement alimentaire, a pour conséquence que la personne ne perçoit absolument pas son corps comme tu le perçois, toi. Ces visions dépendent du cerveau, pas du corps lui-même. Aussi, ne minimise pas ; tu n'es pas spécialiste en la matière, et tout ce dont cette personne a besoin… c'est de temps et de soutien !

VOIR AUSSI : COMPLEXE, SANTÉ MENTALE

VÉGANISME

Pratiqué par les vegan (un de ces mots marrants dont on entend des prononciations parfois fantaisistes), le véganisme est un mode de vie qui exclut tout produit induisant l'exploitation des animaux.

UN COMBAT CONTRE LE SPÉCISME

L'idée du véganisme est de faire cesser l'exploitation par l'être humain des autres espèces animales, pour que chacune vive en paix de son côté. En effet, notre façon de considérer l'espèce humaine comme supérieure aux autres constituerait une oppression appelée le « spécisme ».

Leurs actions coup de poing font que les personnes qui militent en faveur du véganisme sont souvent tournées en ridicule – notamment par les hommes et femmes politiques de l'extrême-droite – voire considérées comme des terroristes. Pourtant, et bien qu'elle puisse paraître parfois violente, cette lutte a l'immense mérite, avec le temps, de faire bouger les choses : par exemple la fourrure, si longtemps à la mode, est de moins en moins utilisée, y compris dans la haute couture. Même le cuir animal a tendance à disparaître.

UN CHOIX POUR LA NATURE

Le véganisme a aussi un fort lien avec l'écologie. L'élevage est à l'origine d'une grande partie de la déforestation, génère d'importantes émissions de gaz à effet de serre et consomme beaucoup d'eau (pour produire un seul kilo de viande de bœuf, 500 à 700 litres d'eau sont nécessaires). Les personnes qui défendent le véganisme sont donc souvent également impliquées dans les mouvements écologiques. Elles considèrent que la nature et les êtres vivants qui la peuplent font partie d'un même équilibre qu'il convient de ne pas briser.

UN BONUS POUR LE CORPS

Enfin, on peut aussi être vegan pour des raisons de santé : en éliminant un certain nombre d'aliments, ce régime alimentaire pousse à mieux choisir et préparer les produits, évitant ainsi certains troubles de la santé ou maladies, comme un taux de cholestérol élevé ou certains cancers, qui pourraient être dus à une consommation excessive de viande rouge. Mais ça reste très compliqué pour beaucoup de gens, dans un pays où les traditions culinaires, très centrées sur la viande, sont au cœur de la culture !

Avant de t'engager dans une telle démarche, surtout à un âge où tu as particulièrement besoin d'une alimentation équilibrée pour bien grandir, assure-toi de maîtriser les règles de remplacement alimentaire : tu ne dois pas avoir de carences. Par exemple, les protéines que tu n'as plus dans la viande peuvent être trouvées dans d'autres aliments.

PLUSIEURS NIVEAUX D'ENGAGEMENT

Autour du véganisme, il y a en fait plusieurs types de démarches que tu dois comprendre – sans les confondre.

- **Antispécisme : ne pas hiérarchiser les espèces animales**
- **Végétarisme : ne pas consommer de chairs animales (poissons et viandes)**
- **Végétalisme : ne pas consommer de protéines animales (poissons, viandes, œufs, lait, miel...)**
- **Véganisme : ne pas consommer de produits issus de l'exploitation animale (poissons, viandes, œufs, lait, miel, laine, cuir, fourrure...)**

UNE DÉCISION POUR SOI

Militer pour le véganisme peut aller jusqu'à changer notre langage. C'est le principe des insultes non oppressives qui permettent de ne plus traiter personne de chien ou de chienne, ni de porc ou de truie. Mais (et j'en sais quelque chose) les changements ne se font pas en un jour et ce sont des combats de longue haleine. Ainsi, même si tu crois profondément en toutes ces idées, tu risques d'affronter des moqueries et des réprimandes plutôt que de convaincre si tu traites les membres de ta famille d'assassins à table, si tu incendies toute personne qui utilise une insulte « animalière », ou si tu reproches à tes proches végétariens et végétariennes de ne pas en faire assez. Accepte, même si tu sens que le temps presse, que chaque personne doive faire son cheminement personnel, et qu'il n'est pas toujours possible pour tout le monde, pour des raisons financières ou de santé, d'adopter les comportements que tu juges les meilleurs.

VOIR AUSSI : ÉCOLOGIE

VIOL

Le viol est la pénétration (par quelque moyen que ce soit) non consentie. C'est un crime (c'est-à-dire une infraction à la loi considérée, avec le meurtre, comme l'une des plus graves). Il est pourtant peu sanctionné : on estime que seul un violeur sur cent est condamné, rendant le traitement de ce crime scandaleux.

UN CRIME RECONNU GRÂCE AU FÉMINISME

On n'a pas toujours parlé de viol. Jusqu'à la fin des années 1970, on parlait souvent d'« attentat à la pudeur », occasionnant des peines peu importantes pour les coupables. Mais grâce au combat acharné de militantes féministes et à des lois passées en ce sens, le viol est aujourd'hui réellement reconnu dans sa gravité. Même s'il reste encore beaucoup de chemin à parcourir, on avance !

LE COMBAT DE GISÈLE HALIMI

Remercions à jamais Gisèle Halimi, avocate, pour sa contribution au combat féministe. En 1978, au procès d'Aix-en-Provence, des violeurs sont lourdement condamnés grâce à sa plaidoirie. Elle fit reconnaître que des femmes libres, seules, lesbiennes, avaient été violées sans l'avoir « cherché ». Le procès a eu un important retentissement dans la société et a mené à une réforme de la loi.

LE MYTHE DU VIOL PARFAIT

À cause de ce que l'on appelle la « culture du viol », où les victimes sont culpabilisées et les violeurs rarement punis, il y a dans la société une image fantasmée du viol : « le viol parfait ». Celui-ci serait perpétré par un inconnu, de nuit dans un coin sombre, comme une ruelle déserte ou un parking, et sous la contrainte d'une arme dont la victime aurait tenté de se défendre.

La réalité de l'immense majorité des viols est pourtant bien différente, ce qui rend le sentiment de légitimité des victimes très difficile. Dans les faits, cette situation ne représente que 10 % de la totalité des cas. Le reste du temps, la victime connaît son violeur, en qui elle peut même avoir confiance, et qui peut faire partie de sa famille, de son entourage amical, voire être son conjoint ou son ex. Cela peut se passer pendant une fête familiale, une soirée, ou n'importe quand. Il n'y a pas de viol-type.

Donc ne te sens pas coupable si ce que tu as vécu ne correspond pas au cliché du viol-type. La tétanie, ou la sidération (le fait d'être incapable de réagir face à un danger), est un phénomène psychique aussi répandu qu'incontrôlable (ton cerveau se déconnecte en cas de danger), et faire confiance à quelqu'un est totalement humain. Ce n'est pas ta faute, à aucun moment, quel que soit l'état dans lequel tu étais ou le lien que tu entretenais avec cette personne : elle n'avait pas le droit de te faire ça.

RECUEILLIR LA PAROLE

Ne remets jamais en question le récit d'une victime, c'est déjà quelque chose d'extrêmement lourd à porter. Si une victime se confie à toi, c'est que c'est très important pour elle et qu'elle a toute confiance en toi. Si elle le déclare publiquement, c'est qu'elle a décidé que c'était une nécessité, pour elle ou pour d'autres victimes potentielles : c'est un acte courageux que tu ne peux que saluer, sans t'improviser juge. Les cas de mensonge relèvent d'un mythe qui a la peau dure : on estime que les « fausses plaintes » représentent environ deux pour mille des plaintes déposées pour viol.

Si l'on te fait le récit d'un viol, ne prononce pas le mot. Peut-être que la personne n'en a pas encore pleinement pris conscience et tu ne seras pas toujours là pour assumer les éventuelles conséquences pour elle. Et t''improviser psychologue ou juriste pourrait être dangereux, y compris pour toi. C'est très bien d'avoir de la bonne volonté, mais tu dois aussi te préserver, surtout si tu as toi-même vécu ce type de situation.

SE RECONSTRUIRE APRÈS UN VIOL

Ne ressens aucune pression à porter plainte. Le faire peut être important pour que justice soit rendue et que la personne ne recommence pas, mais tu n'as aucune obligation à le faire. Un procès est un processus long, parfois coûteux, et surtout douloureux, car il faut retraverser ce que l'on a vécu et affronter la défense de son violeur. Si tu sens que c'est quelque chose d'important dans ta reconstruction, je ne peux néanmoins que t'encourager à porter plainte, car il est important de privilégier toute démarche qui pourrait te faire aller mieux.

Dans le cas contraire, ou bien si tu n'es pas encore prêt ou prête, alors personne ne peut décider à ta place. Après un viol, si tu avais plus de 18 ans au moment des faits, tu as vingt ans pour lancer une action en justice, et si tu avais moins de 18 ans, tu en as trente après ta majorité (soit jusqu'à la veille de tes 48 ans). Dans les commissariats, l'accueil n'a pas toujours été optimal mais les choses vont en s'améliorant et tu peux t'y faire accompagner par quelqu'un qui sera là pour te soutenir. En attendant, tu peux d'ores et déjà faire constater les sévices par des médecins et des spécialistes de la santé mentale.

En parallèle d'une plainte ou tout simplement pour avancer, tu peux faire le choix de te faire aider par des psys (dont c'est parfois la spécialité !), pour éviter d'ancrer en toi ces traumatismes et pour t'accompagner dans la suite de ta vie. Entoure-toi et n'aie pas honte : ce n'est à aucun moment de ta faute. Protège-toi ! À ce sujet, évite surtout de te brusquer dans ta vie sexuelle : ne te juge d'aucune façon si tu n'as plus de libido, ou si au contraire tu éprouves le besoin de reprendre le contrôle de ton corps au moyen de certaines pratiques. Fais exactement les choses comme tu les entends, en te rappelant que tu ne dois rien à personne, et ne te sens pas coupable si tu n'as pas l'impression d'avoir un traumatisme. Chaque personne vit les choses à sa manière. Mais si tu culpabilises ou que tout cela te hante et t'affecte d'une façon ou d'une autre… parles-en ! Il n'est jamais trop tard.

→ VOIR AUSSI : INCESTE, JUSTICE, TRAUMATISME, SANTÉ MENTALE, SEXE, VIOLENCE ←

VIOLENCE

La violence définit tous les actes qui, par la force ou la contrainte, visent à oppresser, soumettre et/ou blesser quelqu'un. La violence peut évidemment être physique (coups portés), mais aussi psychologique (harcèlement, entre autres). De fait, il y a toujours eu de la violence entre les êtres humains. On l'expérimente donc forcément à un moment ou un autre. Mais comment vivre avec, et surtout, comment l'éviter ?

BATS-TOI POUR ÉVITER LA VIOLENCE

Notre société est organisée de façon à ne pas recourir à la violence pour régler les conflits, pour que la loi du plus fort ne soit pas celle qui prime. C'est un des objectifs du droit, qui doit protéger tout le monde.

À titre individuel, on peut choisir de dialoguer plutôt que de frapper, d'insulter ou de mépriser. Même si tu as l'impression d'être la personne gagnante à la sortie d'une situation violente, c'est tout de même quelque chose qui te diminue. Je sais très bien que, pour certains et certaines d'entre nous, le sang bout plus facilement et l'instinct pousse à s'insurger. Cependant, l'idée ici n'est absolument pas de se laisser faire ou de fermer les yeux (parfois, il y a même un devoir de s'interposer), mais d'éviter d'entrer dans un engrenage.

Nourrie par la colère ou l'esprit de revanche, la violence crée au fond du cœur un besoin d'en découdre, qui ne cessera de grandir et d'entraîner des conséquences toujours plus graves sur les autres. C'est horrible de sentir la haine ou la colère nous envahir soudain, à tel point qu'on a la sensation de ne plus se maîtriser. Épargne-toi tout ça – par exemple en t'isolant quand tu sens que tes nerfs te dépassent ou en respirant et en réfléchissant dix secondes avant de faire un geste malencontreux. Par la suite, réfléchis à comment éviter d'être aussi sensible à cette violence intérieure. Même légitime, elle peut t'effrayer, toi, mais aussi t'attirer de vrais ennuis.

LA MALTRAITANCE DANS LES CERCLES PRIVÉS

On parle beaucoup de maltraitance dans le cadre privé, c'est-à-dire dans les relations parents-enfants ou de couple. Elle peut être physique et/ou sexuelle : gifles, fessées, jets d'objets, agressions sexuelles. Toute brimade physique est interdite par la loi, quelle que soit la culture ou la famille, même si certaines personnes l'estiment normale et éducative.

La maltraitance peut aussi être psychologique, par exemple lorsqu'on crie de façon constante et injustifiée sur une personne ou qu'on la dévalorise ou lui fait croire qu'elle est folle et que ses sentiments sont illégitimes (ce que l'on appelle le *gaslighting*), ou encore lorsqu'on la néglige complètement alors qu'on en est responsable légalement. Même sans coups, cela laisse des traces.

Vivre une violence, ou assister à une scène violente, peut être profondément marquant. Ce sont des images qui restent gravées et dont le souvenir peut se réactiver très facilement. Les séquelles de la maltraitance ne sont pas seulement physiques ! Elles peuvent prendre la forme de traumatismes qui peuvent engendrer des conséquences psychiques et rendront la construction de l'individu plus difficile. Afin d'éviter que cela ait des répercussions à long terme sur ta vie et ton équilibre psychique, il peut être important de passer par un travail psychologique.

Si tu as l'impression de subir de la maltraitance, ou que c'est le cas de quelqu'un de ton entourage, parles-en à un adulte de confiance à ton école ou appelle le 119. Il existe des services de protection de l'enfance, mais aussi des femmes ou de toute personne vulnérable. Ce n'est pas ta faute, quoi que les personnes qui te violentent te disent : garde absolument ça en tête. L'essentiel est de pouvoir en parler, aussi difficile que ce soit, afin que d'autres personnes habilitées puissent prendre soin de toi et de ta sécurité.

LA VIOLENCE DANS LA SOCIÉTÉ

Dans notre société normée s'exerce aussi ce que l'on appelle la « violence symbolique » : de façon indirecte, des gens privilégiés peuvent en oppresser d'autres en leur refusant des droits ou des libertés ou en leur assenant qu'ils ne sont pas à leur place ou moins importants, car ils estiment que seule leur façon de vivre ou de penser est légitime. Par exemple, dans l'espace public, les femmes sont exposées en permanence à des commentaires sexistes ou à caractère sexuel, plus ou moins agressifs, concernant leur corps ou leur façon de s'habiller. Les classes populaires (qui englobent les personnes pauvres) subissent aussi ce type de violences lorsque sont mises en place des politiques qui les précarisent encore plus. Quand les personnes racisées ou LGBTQIA+ sont discriminées à l'embauche ou pour trouver un logement, ou le fait qu'elles connaissent couramment des microagressions (des offenses reposant sur des préjugés) qui les font se sentir mal à l'aise ou inférieures, c'est également de la violence symbolique.

Il existe aussi une violence latente (c'est-à-dire cachée mais toujours là) dans notre société, qui consiste à mettre en permanence en avant le négatif pour servir les intérêts des hommes et femmes politiques. Lorsque seules t'arrivent des informations sombres, souvent sélectionnées pour pointer du doigt telle ou telle population, cela peut créer chez toi une sensation d'insécurité et contribuer à faire grimper la haine et des divisions dans la société. Slalomer mentalement entre les catastrophes naturelles, les attentats et les faits divers est quelque chose de mauvais pour ton cerveau. C'est une violence constante dont tu dois essayer de te protéger, en te cultivant pour mieux comprendre ce qui se passe, mais aussi en acceptant de parfois te couper des informations… et de ne pas systématiquement avoir un avis tranché sur tout.

→ VOIR AUSSI : CYBERHARCÈLEMENT, HARCÈLEMENT DE RUE, INCESTE, LYCÉE, JUSTICE, VIOL ←

VOIE PROFESSIONNELLE

La voie professionnelle a longtemps été, à tort, mal considérée. On n'a privilégié qu'un type de destin, qu'un type de vie, qu'un type d'intelligence. Pourtant, cette voie (celle du CAP, qui dure deux ans, ou du bac professionnel, qui dure trois ans) permet d'apprendre et d'exercer rapidement des métiers concrets et passionnants.

UNE OPTION DE PLUS EN PLUS FAVORISÉE

Actuellement, du fait des crises économique, écologique ou sanitaire, beaucoup de personnes ayant fait le choix de travailler dans le domaine dit « tertiaire » (dans les bureaux, en gros) éprouvent le besoin de remettre du sens dans leur vie et quittent leur emploi pour apprendre des métiers manuels. Ce sont des métiers exigeants qui correspondent à des besoins essentiels et produisent au jour le jour des résultats, et cet aspect concret est quelque chose de précieux.

RÉALISE TES RÊVES D'AUTONOMIE

La voie professionnelle est une bonne manière de s'assurer un emploi. D'une part, on apprend un métier précis de façon très concrète, d'autre part, si une chose est sûre, c'est que la société aura toujours besoin de boulangers et de boulangères, d'électriciens et électriciennes, de garagistes ou de restaurateurs et restauratrices !

Un autre avantage majeur est d'accéder rapidement au salariat. Là où d'autres enchaînent les stages non ou mal rémunérés, puis les contrats précaires – même après de longues études –, en choisissant une voie professionnelle, tu commences à travailler plus tôt. Et si tu suis une formation en alternance, même si le salaire est réduit, tu gagnes TON argent, et c'est très satisfaisant.

TON CHOIX EST LE BON

Aller en pro, ce n'est pas forcément un choix par défaut ! C'est prendre une décision en laquelle tu crois vraiment, plutôt que d'aller t'ennuyer au lycée général si ça ne te branche pas. C'est important d'aller vers quelque chose qui a du sens pour toi.

CONVAINCS TES PARENTS

C'est toujours inquiétant pour une famille de laisser ses enfants s'engager dans des voies qu'elle ne connaît pas. C'est ton cas ? Si tes parents ne comprennent pas, fais-leur valoir :

- La stabilité de l'emploi
- Le salaire
- La rigueur que t'imposera ton agenda chargé
- Le prestige (par exemple dans la gastronomie)
- La passion

Vous pouvez d'ailleurs visiter en famille les lieux d'apprentissage. Cela te confortera dans ton choix et rassurera tes parents ! Renseigne-toi auprès de ton établissement et n'oublie pas : il n'est jamais trop tard pour changer d'avis et une année, à ton âge, n'engage pas pour la vie, alors n'hésite pas à essayer !

→ VOIR AUSSI : COLLÈGE, LYCÉE, STAGE ←

VOYAGE

Voyager, c'est partir pour découvrir ce qu'on ne connaît pas encore ou simplement pour revoir des endroits qu'on aime. On le fait par plaisir, parfois par obligation familiale ou scolaire, pour apprendre, s'évader, ou pour couper un peu d'un quotidien monotone.

VOYAGE POUR TOI, PAS POUR INSTAGRAM

Plus que jamais, les réseaux sociaux nous donnent l'impression que le voyage est nécessaire pour s'accomplir alors qu'on n'a malheureusement pas toujours ni le temps ni l'argent. On peut aussi ne pas aimer voyager, tout simplement, et se sentir mieux chez soi, et il n'y a aucun complexe à en avoir : ça ne fait pas de toi une personne moins intéressante. Ce qu'il te faut en tout cas retenir, c'est qu'il n'y a aucun intérêt à voyager juste pour montrer aux autres que tu le fais ou que tu as atteint LA destination. Parfois, les plus beaux voyages se font dans des endroits inattendus, peu spectaculaires et étonnamment proches.

DÉCOUVRE RÉELLEMENT L'ENDROIT

Si tu pars à l'étranger, imprègne-toi de l'atmosphère générale du pays et de ses coutumes : ça ne veut pas dire se taper l'incruste (les photos avec les enfants, par exemple, ça n'est pas respectueux), mais plutôt faire les marchés, prendre le temps de flâner dans les rues, s'asseoir en terrasse pour regarder passer les gens et la vie. Bien plus qu'en multipliant les visites à un rythme effréné, on en apprend énormément sur un endroit en observant le quotidien des personnes qui y vivent.

LE PREMIER VOYAGE EST EN TOI-MÊME

Beaucoup de personnes se lancent un jour dans un tour du monde pour s'échapper d'un quotidien qui ne leur va plus. Si ça te tente, sache bien qu'où qu'on parte, même en plaquant tout, on emporte toujours ses soucis et que rien d'extérieur ne peut complètement guérir ce qu'on refoule à l'intérieur de soi. Aussi, si ton but est plus de fuir que de découvrir, sache que tes démons grimperont sûrement dans tes valises. Alors, avant de tenter de parcourir le monde, explore toi toi-même !

VOIR AUSSI : RÉSEAUX SOCIAUX

RESSOURCES UTILES

FIL SANTÉ JEUNES

FILSANTEJEUNES.COM

Par téléphone au 0 800 235 236
ou par chat

*De 9 h à 13 h et de 14 h à 18 h,
7 jours sur 7*

ALCOOL

ALCOOL-INFO-SERVICE.FR

Par téléphone au 0 980 980 930
ou par chat

De 8 h à minuit, 7 jours sur 7

CIGARETTE

TABAC-INFO-SERVICE.FR

Par téléphone au 39 89

De 8 h à 20 h, du lundi au samedi

CYBERHARCÈLEMENT

E-ENFANCE.ORG

Par téléphone au 3018 ou par chat

De 9 h à 20 h, du lundi au samedi

DROGUE

DROGUESINFO-SERVICE.FR

Par téléphone au 0 800 231 313
ou par chat

De 8 h à 2 h, 7 jours sur 7

HOMOPHOBIE ET TRANSPHOBIE

ECOUTE.CONTRELHOMOPHOBIE.ORG

Par téléphone au 0 810 20 30 40
ou par chat

De 8 h à 23 h, 7 jours sur 7

IST

SIDA-INFO-SERVICE.ORG

Par téléphone au 0 800 840 800

24 heures sur 24, 7 jours sur 7

IVG ET CONTRACEPTION

IVG.GOUV.FR

PLANNING-FAMILIAL.ORG

Par téléphone au 0 800 081 111

De 9 h à 20 h, du lundi au samedi

INCESTE

Par téléphone au 0 805 802 804

De 10 h à 19 h, du lundi au samedi

SOLITUDE

SOS-AMITIE.COM

Par téléphone au 09 72 39 40 50
ou par chat

24 heures sur 24, 7 jours sur 7

SUICIDE

SUICIDEECOUTE.PADS.FR

Par téléphone au 01 45 39 40 00

24 heures sur 24, 7 jours sur 7

VIOLENCE

ALLO119.GOUV.FR

Par téléphone au 119 ou par chat

24 heures sur 24, 7 jours sur 7

COMMENTONSAIME.FR

Par chat

De 18 h à 21 h, du lundi au samedi

ARRETONSLESVIOLENCES.GOUV.FR

Par téléphone au 39 19

24 heures sur 24, 7 jours sur 7

Toutes les illustrations sont de Mélody Denturck
Toutes les photographies sont © Shutterstock

Direction : Guillaume Pô
Direction éditoriale : Tatiana Delesalle
Édition : Juliette Magro assistée d'Emeline Plessier
Préparation de copie : Agathe Camus
Relecture sur épreuves : Marie-Maud Atig
Relecture scientifique : Lise Giorno
Sensitivity reading : Morgan Lucas
Direction artistique : Sylvaine Beck
Couverture : Caroline Soulères
Création graphique et recherche iconographique : Ambrine Angaud
Mise en pages : Julie Bureau
Direction de fabrication : Thierry Dubus
Fabrication : Marie Guibert

Dépôt légal : avril 2022
1re édition
ISBN : 978-2-3170-2751-2
Code MDS : MN27512
N° d'édition : M21208

PEFC
PEFC/46-31-13
Certifié PEFC
Ce produit est issu de forêts gérées durablement et de sources contrôlées
www.pefc-france.org

Achevé d'imprimer en mars 2022 par Rotolito en Roumanie.

Ce livre s'inscrit dans une démarche écoresponsable : il est composé de matériaux issus de forêts bien gérées certifiées PEFC™ et d'autres sources contrôlées. Cette certification garantit une empreinte carbone réduite et une gestion raisonnée de la forêt, qui maintient la biodiversité et protège les écosystèmes. Il est imprimé avec des encres à base d'huile végétale, c'est-à-dire fabriquées principalement à partir de matières premières renouvelables, sans huiles minérales et biodégradables.
Il a été imaginé et conçu en France et imprimé en Europe.